ファミリー・ビジネス

S・J・ローザン

チャイナタウンに多大な影響力を持つギャングのボス、チョイが病没する。彼は遺言で、自らの所有する古い会館を堅気の姪メルに譲っていた。そこは再開発計画でタワーマンションが建つ予定の場所で、この相続が利害関係者のあいだに波風を立てることは必至だ。私立探偵のリディアは相棒ビルと、事態が片づくまでメルの護衛を務めることになるが、チョイの葬儀が終わった次の日、ギャングの幹部が何者かに殺されてしまう……。チャイナタウンを揺るがす一大事に最高のコンビが挑む現代ハードボイルド〈リディア・チン&ビル・スミス〉シリーズ！

登場人物

リディア・チン……私立探偵。わたし
ビル・スミス……私立探偵。リディアの相棒
ビッグ・ブラザー・チョイ
（チョイ・メン）……リ・ミン・ジン堂《トン》のボス。故人
メラニー（メル）・ウー・マオリ……チョイの姪。弁護士
ナタリー（ナット）・ウー・ハリス……メルの妹
チャン・ヤオズ……リ・ミン・ジン堂の最高幹部
アイアンマン・マ
タン・ルーリエン
ルー・フーリ
……リ・ミン・ジン堂の幹部
ビーフィー……リ・ミン・ジン堂の構成員
ロン・ロー……マトウ堂のボス。故人
ジャクソン・ティン……不動産開発業者

アデーレ・フォン……チャイナタウン文化保存協会の理事長
ジョニー・ジー……ブラックシャドウズの元ボス
ドローレス・レイエス……元看護師
ティム・チン（ティエンファ）……リディアの兄。弁護士
ミセス・チン……リディアの母
ライナス・ウォン……リディアの親戚
ミスター・ガオ……薬草店の主人
メアリー・キー
クリス・チェン
}……五分署の刑事

ファミリー・ビジネス

S・J・ローザン
直良和美訳

創元推理文庫

FAMILY BUSINESS

by

S. J. Rozan

This book is published in Japan
by TOKYO SOGENSHA Co., Ltd.
Japanese translation rights arranged with
BIAGI LITERARY MANAGEMENT, INC
through Japan Uni Agency, Inc., Tokyo

ファミリー・ビジネス

著者はこの作品を心からの感謝とともに次の方々に捧げる
ウォーレン・リーボルト
フェイ・チュウ・マツダ
ラリー・ポンティッロ
そして
賞を満載した船で故郷へ向かっているパーネル・ホール

謝辞

エージェントのジョッシュ・ゲッツラー
ペガサス・ブックスのクレイボーン・ハンコックとその仲間たち
地元の知識の宝庫ヘンリー・チャン
専門知識の宝庫ジル・ブロック
辛口の文学批評家バーブ・シャウプ
どんなときでも励ましてくれたパトリシア・チャオ
マン・オブ・スティール　ジョナサン・サントロファー
文章の達人　エリザベス・エイブリー、ジャッキー・フレイマー、シャリーン・コルバーグ、マーガレット・ライアン、キャリー・スミス、シンシア・スウェイン、ジェイン・ヤング
料理の達人　スティーヴ・ブライアー、ヒラリー・ブラウン、スーザン・チン、モンティ・フリーマン、チャールズ・マクィナニー、ジム・ラッセル
そして
公園の散歩とコーヒーにつき合って正気を保たせてくれた
シェリル・ルーリエン・タン、チャールズ・クリス・チェン

1

その日の午後、チャイナタウンはビッグ・ブラザー・チョイが死去したニュースで持ち切りになった。

わたしはそれをひと足早く、チャイナタウンではない場所で知った。メアリー・キーとわたしは、ワシントン・スクエア・パークで秋の昼下がりの陽射しを浴びてマンゴーティーを飲みながら、噴水の横で行われている手品を眺めていた。真っ赤な口紅をつけた若い黒人男性が、ストリングバンドの演奏に合わせて、くすくす笑っている子供たちの耳から次々にコインを出す。携帯電話が『アイ・フォウト・ザ・ロウ』を奏でると、メアリーはため息をついた。

「無視しなさいよ」わたしは言った。

「本気？　クリスからなのよ」メアリーは電話を出した。

「あら！　じゃあ、出なくちゃ」

クリス・チェンはチャイナタウンの中心に位置する五分署の三級刑事だ。メアリーは二級で、クリスが刑事に昇級して以来、コンビを組んでいる。上層部は非番の日などあってないようなものだとみなしているが、一般の警官にとっては大事な休日だ。それなのに電話をしてきたのだから、よほど重要な件なのだろう。

メアリーは電話を耳につけ、周囲に声が漏れないよう背を丸めた。「ハイ……ええ……大丈夫よ。どうしたの？……ええっ。いつ？　どうして？　ふうん、ひと安心ね……そうね……ええ、まだたしかなことは……わかった。ありがとう、クリス」

「なんだって？」電話を切ったメアリーに尋ねた。手品師が少女にマーカーを渡して、ピンポン玉に名前を書かせている。

「いまは問題なし」

手品師は帽子にピンポン玉を入れ、逆さまにして振った。なにも落ちてこないのを見て、観客が不思議そうな顔をする。

「でも、あとで問題になるの？」

「クリスが警告してくれたのよ。ビッグ・ブラザー・チョイが亡くなったんですって」

「びっくり。死因は？」

「重度の心臓発作。心配ないわ、いまのところは」

わたしも別に心配していなかった。チョイは敵対する堂《トン》に消されたのではないし、チャイナタウンで堂の抗争が勃発する恐れはまずない。そういう泥臭い時代はほぼ過去のものになった。

メアリーの言った〝いまのところは〟は別のことを匂わせていて、それがなんであるか、なゼクリス・チェンが電話してきたのかをわたしは知っていた。わたしやメアリーが育った街に地殻変動が起きようとしているのだ。

高校の物理教師は、自然は真空を嫌うと言った。

権力もまたしかり。

顎をさすって考え込んでいた手品師が、ぱっと顔を輝かせた。ひとりの少年に忍び足で近寄ってその野球帽を指さし、観客の注目を集めておいて帽子を持ち上げる。少女の名が書かれたピンポン玉がちょこんと頭に載っていた。

夕方にかけてチャイナタウンで細かな用事を済ますあいだ、チャン死去の報を幾度となく耳にした。年配の商人たちは人目をはばかりながら声を潜めて顧客に伝え、公園にたむろする中年のおばさんたちは口をすぼめて心得顔でうなずき合い、不良少年たちは煙草を吸いながら、ついにくたばったかとうそぶいた。

帰宅したとたん、「ニュースを聞いた？」と母に訊かれた。

あくびをして「ビッグ・ブラザー・チョイのこと？　ええ、何時間も前に聞いたわよ」と答えてからかいたい誘惑に駆られたが、やけにうれしそうなので考え直した。「どんなニュース？」

「兄さんが昇進したのよ」

まったく見当違いのニュースだったので、一瞬戸惑った。

「どの兄さん?」と、機械的に訊いた。わたしには兄が四人いる。母は我が子のことを話す際、どの子と特定することは滅多にない。こちらが察して当たり前なのだ。わたしが話題になったとき、兄たちは頭を使う必要がないのだから、ずいぶん不公平な話ではある。もっとも今回は形ばかりの質問であり、目星はついていた。

兄のひとりアンドリューはフリーランスのカメラマンだから、昇進するもしないもない。あとの三人は大学の有機化学科教授、緊急救命室《ER》勤務の医者、弁護士。テッドは終身在職権が保証されている最高位の正教授なので、上はない。ERが大好きなエリオットは、たとえ病院長の地位を約束されてもいまの職場を捨てないだろう。残るひとり、ティムは母のお気に入りだ。そこでティムだろうと思ったが、一応訊いたのだった。

「ティエンファに決まってるでしょ」

やはり、ティムだった。

「パートナーになったの? すごいわね」

ティムとはあまり仲がよくない。ちやほやされる末っ子の座を奪われてティムは当然面白く思っていないし、だいたいが幼いころからいまに至るまで知ったかぶりで独善的、なにかとケチをつける嫌味な人間なのだ。

だが、アジア系というハンディキャップを負いながら、白人エリートが幅を利かせる弁護士事務所で、異例の若さでパートナーという地位を得た。ついに念願叶ったというわけだ。〈ハリマン‐マギル〉のような巨大事務所では昇進できなければ転職するほかない。ティムは企業《M》

の合併買収《&A》部門に所属し、面白味のない仕事が面白味のない性格に合っているのだろう、仕事が大好きだ。〈ハリマン - マギル〉で昇進できなかった場合、ほかの一流事務所へ転職できる可能性は少ない。母が喜ぶのも無理はない。

「ティムに電話をしておくわ」わたしは言った。「買い物を冷蔵庫に入れてから」

「そうしなさい。お祝いを言われたら喜ぶわよ。そうそう、まだ知らないかしら。ビッグ・ブラザー・チョイが亡くなったわ」

2

「それで、彼は何者なんだ?」パートナーのビル・スミスはそう訊いて、わたしが買い置きしておいたジャスミンティーを淹れて持ってきてくれた。わたしは母と鶏肉入り焼きそば《チャウファン》の夕食をとったあと、トライベッカにあるビルのアパートメントに来た。母には仕事で遅くなると断ってある。これは〝これ以上言わない〟を意味し、対して母は〝なにも訊かない〟を貫く。ビルとの関係に変化があったことを薄々感づいているのだろうが、まだ口に出しては言われたくないようだ。こうしたことは、タイミングがなによりも大切だ。

「彼って誰? ティム兄さん?」と、からかって先ほどの埋め合わせをした。

「また、冗談を。兄は兄でも、ビッグ・ブラザー・チョイだよ。ティムがどの兄さんかは知っている。四人のなかで一番ぼくを嫌っている」

「正確には、いまだにあなたを嫌っている唯一の兄よ。テッドとエリオットは、まあ、いいんじゃないか、という段階に進化したし、アンドリューはあなたのことが大好きだわ」

「驚嘆すべきはチン家の人々。ガートルード・スタイン（アメリカの著作家、詩人、美術収集家　一八七四－一九四六）も五人きょうだいの末っ子だった。ぼくもアンドリューが好きだ。で、ビッグ・ブラザー・チョイだけど」

「チャイナタウンギャングのボスよ。一九八〇年代、リ・ミン・ジン堂《トン》のニューヨーク支部の新しいボスとして香港から送り込まれたの。リ・ミン・ジンの意味は〝心と体をまっすぐに保つ者が前進する〟。なんでにやにやしているの？」

「ついその反対を想像した。構成員が揃いも揃ってぐうたら寝そべっているところを」

鼻で嗤《わら》いたいところだが、母のトレードマークとも言うべき仕草なのでやめておいた。「チョイが来た当時、ニューヨーク支部は組織の態を成してなかった。前のボスは指導力がなく、内部で裏切りや殺し合いが多発していたのよ」

「文字どおりに？」

わたしは肩をすくめた。「だって、堂だもの。全盛期のチョイは泣く子も黙る存在だった。剛腕を振るって組織を立て直し、活動し始めた。リ・ミン・ジンはほかのいくつかの堂よりも小さかったけれど、チョイは縄張りの拡大に熱心で、これはまだ完了していないわ。当時は、いつも暴力を伴う抵抗が起きていた。そのころにチョイが殺されなかったのが、不思議なくらい。九〇年代に小さな堂と合併したおかげかもしれないわね。この合併もまだ完了していない。相手はマトウ――馬の頭という意味の堂」

「完了していない理由は？」

「堂は義兄弟の契りを交わして団結した組織だから、家族と同じなの。家族のことがあまり好きでなくても」――たとえばビルのように――「ふたつは持たない」

「結婚すれば持つ。権力者一族が勢力を拡大する伝統的手法だよ」

「そうね。でも、堂は原則として女性の平構成員を認めないから、結婚したくても相手がいない」

「もったいないな。ぼくがボスだったら、絶対にきみを加入させる」

「どんな特典があるか調べてから、加入するか決めるわ」

「多種多様な特典を保証する。それはともかくとして、完了しないなら、なぜ始めたんだい？」

「チョイは明らかに勢力の拡大が目的だった。縄張りがほぼ倍になったもの。それから一年も経たないうちにマトウのボス、ロン・ローは構成員を契りから解放して表舞台から消え、希望する平構成員はリ・ミン・ジンに加入したの。ロン・ローの目的がなんだったのか、当時もいまもわからない」

「単に引退したかったとか？」

「それほどの年ではなかった。先見の明があったのかしらね。堂は月日とともに勢力や構成員を失った。不良少年たちはおとなになって足を洗うか、もしくは刑務所に入る。むろんチャイナタウンから汚職や闇金融、そのほかの犯罪がなくなったわけではないけれど、よその地域と同じようになってきたわ」

「どういう意味で？」

「賭博やかっぱらい、商人の不正行為などの軽微な犯罪は相変わらずチャイナタウンに蔓延しているけれど、大金の絡んだ犯罪はもっと……抽象的で頭脳的なホワイトカラー犯罪になったわ。そして以前に比べ、チャイナタウンの外部と密接に関係している。あなたたちの不正はわたしたちの不正でもあるということ」

「すばらしい。まさに人種のるつぼにふさわしい」

わたしはお茶をひと口飲んだ。「でも数ヶ月前、外部と絡んだ不正でチョイは意外にも正義の味方として登場したのよ。ベイヤード・ストリートとモット・ストリートが交差する区画に持ち上がった再開発計画を知っている？　フェニックス・タワーという二十階建てのタワーマンションを建設する予定なの。中間所得層用と富裕層用が混在すると謳っているけれど、完成したときにはきっと全部富裕層用になっている。『予想外に建築費がかさみましてね、市長閣下。このままだと赤字になってしまいます。変更を認めていただけませんか。ニューヨーク市は、われわれ開発業者が満足するよう、真剣に考えたほうがいいのではありませんか。さもないとほかの地方で仕事を取らざるを得ませんので、結果的に選挙献金もそちらへ行ってしまいますよ』そして、一階に地元民用施設を設けてお茶を濁す。まあ、豚に口紅って寸法ね」

ビルはにやにやした。「南部に行って以来、表現がとても豊かになったね」

「よけいなお世話」と一蹴したものの、あながち的外れではない。「話をもとに戻すと、フェニックス・タワー建設予定地にあるリ・ミン・ジン会館が売却に応じていないの。ベイヤード・ストリートの角から二棟目の、曲線的なひさしのある建物よ。一八〇〇年代後半に中国から輸入したタイルが使われているわ。そこの敷地がないと、建設予定地の真ん中に穴が開いた状態になって建設計画が進まないの。ほかの物件については売却に同意を得ているけれど、どれもほかの物件全部を買収できた場合に限るという条件がついていて、買収できない場合は拒否できる。不動産取引においてはよくあることだと、ティムは話していたわ」

「ティムと開発計画について話したのかい？」

「パートナーに昇進したお祝いの電話をしたついでに、いまチャイナタウンの住民全員がしているように、ビッグ・ブラザー・チョイの話をしたのよ。ティムはチャイナタウン文化保存協会の経理担当なので、フェニックス・タワー計画の進捗を逐一追っているの。それで開発計画の今後について尋ねた次第」

「ティムに尋ねた？　たまげたな。よほど興味があったんだね」

「知ったかぶりの見下した口調を徹底的に濾過して拝聴したわ。ええ、すごく興味があった。ティムは、次のボス次第だと言っていた。ビッグ・ブラザー・チョイは売却を断固拒否していたけれど、どうやら別の派閥があるみたい」

「チョイが決定権を持っていたのか？　堂の建物だろう？」

「法的には持っていなかったかもしれないけれど、表立ってチョイに逆らう構成員はいなかった」

「そして、いまなら逆らうことができる」

「だったら、すぐに声をあげる必要があるわ。いま死ななくてもいいのに、とティムはお冠だった」

「チョイも同じ思いだろうな。ティムはどんな問題を抱えているんだい？」

「たくさんありすぎてどこから手をつければいいかわからないけれど、この場合は一種の最終期限が設定されていて、それが今月末ということ。その前なら所有者は売却を拒否することができ、実際、開発業者が区画全体を買収できないなら、不動産を永久に塩漬けにされてはたまらないから売却をやめると、二名が明言している」

「では、チョイは孤独な旅への出発を早めさせられた？」

「そう考える人はきっと大勢いるわ。でも、メアリーは否定している。解剖をした病理医は、こんな状態の血管でよくぞここまで長生きしたとあきれていたそうよ。とにかく、これで開発業者は会館を買うチャンスがあるかもしれない。ティムは、それで不機嫌なの」

「おやおや、かわいそうに。ひとつ、確認させてくれ。なぜ、開発計画の阻止が正義なんだい？　開発業者が中国系アメリカ人ではないとか？」

わたしはカップを置いた。「議論をするために、あえて言ったのよね？　カチンときたわ。もちろん、正義だわ。両親が中国人かどうかは、欲深でゲスであることとは関係ないでしょう？　ジャクソン・ティンは、父親がクイーンズに所有している庶民向けアパート六棟から入る他人の金を利用してあちらこちらに取り入って、マンハッタンの大規模な計画を手がけるまでにのし上がった。いまや大物になったことを証明したくてたまらないのよ。そのために彼がチャイナタウンを破壊しても、止めることはできない」

「フェニックス・タワーはチャイナタウンを破壊するのか？」

「想像してみて。ニューヨーク市でもっとも狭い街路が入り組んだ地域に、二十階建てのタワーマンションが建つのよ。そしてこれまでの例に違わず、貧しい人々は居場所を失い、流行の先端を行く人種や高給取りが流れ込む。言葉は悪いけど、白人がね」わたしは椅子に座り直して、ビルを睨んだ。「あなたがこういう質問をするたびに、血圧が上がるわ」

「チャイナタウンの現状や力関係は、外部の人間にはよくわからない。きみに教えてもらうほかない」

わたしはため息をついた。「あなたって、たまにすごく不愉快なときがある」

「うん、認める。では、きみの言ったことが全部事実だと仮定して——むろん、きみのことだから疑問の余地はない——チャイナタウンギャングのボスはなにが目的で正しい側についた?」

わたしは少しして肩の力を抜いた。「たしかなことは、誰にもわからないのよ。最終期限ぎりぎりまで粘って買収価格の釣り上げを目論んだという皮肉な見方も少なからずある。でも、違うと思う。チョイは悪党だったけれど、チャイナタウンを仕切る悪党だった。そして、チャイナタウンの一部を縄張りにしていた。フェニックス・タワーを縄張りへの脅威とみなして、それを止めようとしたのではないかしら」

「彼の死去が大きな意味を持つ理由はそれ?」

「理由のひとつではあるわね」

「ほかにもあるのか?」

ビッグ・ブラザー・チョイ率いるリ・ミン・ジンが仕切っていた伝統的な犯罪——みかじめ

料の取り立てや闇賭博場の権利を巡る強引な駆け引きのほかに、内部で後継者抗争も勃発するだろう。そのあたりの事情を説明しようとしたところで、携帯電話が鳴った。ディスプレイを見た。「詳しい事情がわかるかもしれない」わたしは言った。「ガオおじいさんからだわ」

3

あくる朝八時きっかりに、ビルとわたしはガオおじいさんの店を訪れた。

「朝早くにすまないね」ガオおじいさんはそう詫びて、経営する薬草店に招き入れた。おじいさんと呼んではいるものの血のつながりはなく、また店はわたしにとって商品を売る場以上の意味がある。

わたしは十三歳のときに父を亡くした。ショックは大きく、やり場のない激しい怒りを感じた。母はそんなわたしをガオおじいさんの店に使いに出し、それまで求めたことのなかった薬草や漢方薬、強壮液を買わせた。気持ちの荒んでいたわたしはお使いを頼まれるたびにむくれたが、ガオおじいさんの店には進んで出向いた。ガオおじいさんはまず薬缶を火にかけ、それから処方に必要な薬草を乳鉢で磨り潰す。調合した薬剤を白い紙できっちり包んで赤い紐で結ぶと、香の煙が甘くほんのり漂う薄暗い店内で一緒にお茶を飲み、父親を亡くして心のささくれ立っている十三歳の甘えん坊を賓客のように扱った。学校や家族について尋ね、またさまざまなことに対するわたしの感想や考えを聞きたがった。おじいさん自身の話は森羅万象の喩えを使って語ることが多く、難しくてよく理解できなかったが、おじいさんが聡明であることはわかり、わたしの話に興味を持ってくれるのがうれしかった。

ガオおじいさんは当時もいまも、三兄弟堂《トン》の上級相談役の地位にある。

「それほど早くないわ、おじいさん」わたしは言った。わたしにはそうだが、ビルはコーヒーを飲むあいだずっと、文明人らしい時間がどうのこうのとぼやいていた。もちろん、無視した。

「よく来てくれた、チン・リン・ワンジュ」ガオおじいさんは言った。「それに、ミスター・スミスも」

「こちらこそ、お目にかかれて光栄です、ミスター・ガオ」

十三歳のわたしにも老人に見えたミスター・ガオは、いまではかなりの高齢だが、背筋がぴんと伸び、動作は機敏だ。入口のドアに鍵をかけ——わたしたちを早い時刻に呼んだのは、十時の開店に間に合わせるためだ——瓶や鉢の載ったカウンターと、数多の小抽斗に花や葉、茎をぎっしり詰めた薬箪笥とのあいだを通って、店の奥へ向かった。薬草のにおいが、商人の守護神関羽を祀った祭壇から立ち上る線香の甘い香りと入り混じった。居間に当たるスペースに置かれた獅子足のテーブルにティーポットが用意され、精緻な彫刻を施したローズウッドの椅子にひとりの女性が座っていた。

「さあ、さあ、遠慮しないで」ビルのためだろう、ガオおじいさんは英語で言った。「チン・リン・ワンジュ、ミスター・ビル・スミス、こちらはウー・マオリ」

ウー・マオリは微笑んで軽く会釈した。年はわたしより少し上の三十代半ばくらい。座っていても、長身であることがわかる。頬骨の高い、優雅な細面だ。つややかな黒髪は流行を取り入れながらも手入れのしやすいショートカット。茶のパンツに薄茶のセーターとフラットヒールのアンクルブーツ、それに物怖じしない雰囲気をまとっていた。〝ビ〟と呼ばれる円盤状の翡翠《ひすい》にゴールドのチェーンを通して、首からさげていた。わたしもそれより小ぶりな〝ビ〟をつけている。四人の兄たちも。翡翠は魔除けになると言われ、中国人のあいだでは一般的な出産祝いだ。

　母がわたしを妊娠したことを知ると、父は翡翠を買うための貯金を始めた。わたしの二歳の誕生日にやっと払い終えたと、チン家では語り継がれている。

　ガオおじいさんはにっこりしてクッションを差し出し、わたしには椅子が大きすぎた子供のときと同じように、背に当てるよう勧めた。ローズウッドの椅子はいまだに大きすぎた。わたしはクッションを受け取った。おじいさんがお茶を注ぐ。

「家族はみな元気なんだろうね？」これはわたしへの質問だ。おじいさんはビルに訊くほど野暮ではない。

「はい、おかげさまで」わたしは繊細でさわやかな味わいの緑茶をすすった。「ティエンファはつい最近、事務所のパートナーに昇進しました」

「それはよかった。おめでとう、と伝えておくれ」

「はい。お子さんやお孫さんは元気ですか？」

「ああ、つつがなく暮らしておる。気にかけてくれてありがとう」

　わたしは公立小学校《PS》一二四で同級生だったおじいさんの一番下の孫について、おじいさんはわたしの姪、甥について尋ねた。こうしてしきたりに従って一族郎党の近況報告を終えてから、本題に入った。

「チョイ・メンが亡くなったことは、当然耳に入っているね」おじいさんは口を切った。〝メン〟は中国語で〝兄〟を意味するが、ビッグ・ブラザー・チョイの本名の可能性もある。

「はい」

「チョイはウー・マオリの伯父だ」ガオおじいさんは隣に座っているマオリを示した。

「メルでけっこうよ」マオリはわたしとビルに言った。落ち着いた澄んだ声は、大きくも小さくもなく、この場にぴったりだった。重役会議やセミナーを取り仕切る機会が多いのだろうか。

「名前を聞いてびっくりした？」わたしを見て微笑んだ。

わたしは頰が熱くなった。「聞いただけでは――」

「ええ、男性だと思うわよね。母は子供の名を、兄のメン伯父に選んでもらったの。伯父は、両親の会話を盗み聞いた子供をさらう悪鬼が、女の子ではなく男の子を捜すよう仕向けたかった。それに、人間社会での平等性を求めた――女だからという理由で、会いもしないで門前払いを食らうことがないように。英語名はメラニーだけど、昔からメルと呼ばれているわ。妹はナタリー。ナットよ」

「ビッグ・ブラザー・チョイがフェミニスト？　初耳だわ」

「伯父は保守的だったけれど、先進的な一面もあったのよ」

「伯父さんとは親しかったんですか？」

「子供のころ、母はここへよく連れてきてくれたわ。ナットもわたしも、チャイナタウンが大好きだった。でも、育ったのはスカースデール。だから中国語は初心者レベル」ガオおじいさんに目をやる。おじいさんはうなずいて、先を促した。「そのころ、伯父がミスター・ガオを紹介してくれたの。ふたりはライバルだったけれど、伯父は自分がいなくなったときになにかが必要になったら、ミスター・ガオを頼るよう勧めた」

「チョイ・メンの行為は」ガオおじいさんは言った。「だいたいにおいて決して誉められたものではなかった」おじいさんはメル・ウーを見て言い、彼女はその視線をしっかり受け止めた。

「だが、家族を心から愛していた。わたしが姪の助けになると信じていたのなら、喜んで力を貸そう」

「おじいさんはわたしたちにもそれができると考えて、ここに呼んだのね」わたしは言った。

「どうすれば力になれるのかしら、メル？　わたしのことはリディアと呼んで」

「伯父がベイヤード・ストリートの会館をわたしに遺したの」

4

わたしは薄暗い店内でコーヒーテーブルを囲んでいる、ビル、ガオおじいさん、物議を醸している不動産を相続したばかりの女性を見つめた。「ちょっと待って。リ・ミン・ジン会館を遺した？　ビッグ・ブラザー・チョイは実際に所有していたということ？」

「ええ。そして、年一ドルでリ・ミン・ジンに貸していた」メル・ウーは言った。「きちんと手続きをして合法的にね」微笑んだ。「リ・ミン・ジンは非営利の五〇一（c）（3）団体（課税が免除される非営利団体）よ」

「非営利団体ですって？　あれが？」

「リ・ミン・ジンは多種多様な活動を支援しているわ。子供たちの武道教室にブラスバンド、スポーツチーム、社会見学、遠足。公園の緑化運動。それに未亡人や孤児のための基金も設立している」

いい気なものだ。自分たちで未亡人や孤児を作り出しておいて。スカースデール育ちで世間知らずのお嬢さまはリ・ミン・ジンの正体を知らないのか、あるいは堂《トン》をものともしないのか。おそらく後者だ。

「きのう、メン伯父の弁護士に」メルは言った。「伯父の死去を伝えたところ、遺書を精査して一時間後に詳細を伝えてきたわ。遺産は」――ちらっと微笑んで――「合法的な銀行口座にある資産やその他すべては、ナットの子供たちへの少額の信託基金を除いて、ナットとわたしが半分ずつ相続する。でも、会館の件にはびっくり。伯父が実際に所有していたことは知らなかった。弁護士の説明ではこうよ。伯父が一九八〇年代に香港から来てボスに収まる以前から、リ・ミン・ジンは会館を借りていた。大家は堂の下級構成員で、やはり構成員だった父親から相続した云々。リ・ミン・ジンは買い取る手間をかけずに借り続けていたが、マトウとの合併を機に、伯父は家族にいつも我が家があることを望んで買い取った。そして、およそ五年前に証書を作成して、伯父自身とわたしを生存者への譲渡権利のついた共同所有者にした。わたしにはそのことを話さなかったけれど、話す義務はないしね。でも、おかげで腰を抜かすところだったわ」

わたしも腰を抜かすところだった。「それでリ・ミン・ジンは？　会館が堂の所有にならないことを知っているの？」

「伯父が所有していたことは知っている。でも、堂ではなくわたしが相続したことは、どうかしら」

「でも、どんな立場に置かれたか承知でしょうね？」

「リ・ミン・ジンの半数は会館の存続を熱望し、残りの半数は売却して大金を得たいと望んでいることは承知よ。でも所有者はわたしだから、たとえ売ったとしても、彼らには一ドルも入らない。法律上はね」

「法律上はそうだが」ビルは初めて口を開いた。ガオおじいさんが身を乗り出して、わたしの茶碗に茶を注ぎ足す。「分け前を要求するだろう」

「ええ、もちろん」やはり、堂をものともしないのだ。「でも、売らないでおこうと思っているの。メン伯父はフェニックス・タワー建設を阻止したかった。異存はないわ」

「つまり、建設計画には反対だと？」ビルは訊いた。

「わたしの見た限り、地域社会は建設を望んでいない。チャイナタウン文化保存協会も。メン伯父も。それだけで反対する理由に十分なるけれど、都市計画というもっと大きな観点で考えると、二年分の建設関連の歳入と引き換えに、チャイナタウンの個性とそれが生み出す観光収入を犠牲にするのは大きな過ちだわ。貧困層が立ち退きによって行き場を失うという人道的問題は、言うに及ばず」

　メルの話し方がティムそっくりなので、驚いた。わたしの表情に気づいたらしく、メルはにっこりした。「わたしは不動産専門の弁護士で、借主の権利、ハウジングジャスティス（住宅の不安定性に直面している低所得者の公平性確保）、環境正義（肌の色や出身国、所得にかかわらず誰もが公正に扱われ、安全な環境で暮らせるように提言すること）などに取り組んでいるのよ」その微笑は挑戦的ではなかったが、弱者の味方を気取っているきらいがなくもなかった。「たいていの場合は、開発に賛成よ。必要悪のときもあるし、実際にいい結果をもたらすこともある。ここだけの話、ジャクソン・ティンは最低な人間だけれど、正当性のあるプロジェクトなら支持するわ。だけど、これはだめ。フェニックス・タワーは間違っている」

「最低な人間――ということは、彼を知っているの？　そうか、ふたりとも不動産関係の仕事ですものね」

「ええ、ときどき仕事絡みで顔を合わせるわ。でも、初めて会ったのはずっと前、中学生のとき」

「あなたはスカースデール出身でしょう。ジャクソンはクイーンズの高級な地域の出身だと思うけど」

「そう、フォレストヒルズの出身よ。でも、わたしや妹と同じく、ヴァルハラのウィンタープレップに行ったの。同じクラスだったわ」

「通学が大変だったでしょう」

「あそこは全寮制だよ」ビルが苦笑する。なんでもよくご存じだこと。ビルは実際、ものすごく変なことを知っているときがある。

わたしはメル・ウーに訊いた。「あなたが開発計画に反対していることを、ティンは知っているの?」

「わざわざ話したりはしないけれど、わたしの仕事の内容を知っているから薄々気づいているかもしれないわね。これまでは部外者として眺めていたけれど、これで直接関わることができる。ナットと彼女の子供たち、それにわたしだけが生存しているメル伯父の血縁者なの。伯父の意思を尊重したいけれど、難しい問題があるのよ」

「どんな問題?」

「わたしは弁護士、つまり法の番人よ。非営利だろうがなんだろうが、堂の大家になることはできない」これで、世間知らずではないことも明らかになった。「会館を今後も所有するなら、リ・ミン・ジンを立ち退かせる必要がある。ニューヨークでは、立ち退き要求にあえて厳しい規制をかけているわ。伯父はあそこに住んでいたけれど、建物は組織活動の拠点、つまり集会用と定義されるクラブハウスとして登録されていて、本来は短期滞在用なの。理論的には、居住用建物の場合よりも退去させるのが容易だけれど、数多の問題があることに変わりはないわ」

数多の問題。わたしは、スカースデール育ちのメル・ウーがリ・ミン・ジンを退去させようとしたときに起こり得る問題を想像した。

「思うに」メルは続けて言った。「正式に通告をし、退去しなかったら警察を呼ぶ手もあるけれど、ベイヤード・ストリートで武器を持った睨み合いが起きかねない。火種になるのはまっぴらだわ」

「だったら、どうするつもり？」

「どうしたらいいのかしらね。補償金を渡して出ていってもらうにしても、伯父の遺産はジャクソンの提示した買収額にはとても及ばない」

「でも、買収に応じたとしても、ジャクソンの払ったお金はどのみちリ・ミン・ジンの手には入らないわ」

「さっき、あなたのパートナーが指摘したとおり」――ビルに向かってうなずき――「法律上は手に入らないけれど、分け前を要求する。法に従っておとなしく退去するから、慰謝料を寄越せと」苦々しげに笑った。「いっそのこと、チャイナタウン文化保存協会に寄付しようかしら。面倒な問題も一緒にね」

わたしも笑った。「兄が協会の経理を担当しているのよ。その兄が弁護士事務所のパートナーに昇進したので、さっきガオおじいさんに報告したところ。寄付されたらどんな顔をするかしら。見てみたい」

「お兄さんはどこの事務所？」

「〈ハリマン－マギル〉よ」

「優秀なのね。不動産部？」

「いいえ、M&A」

「そう。すぐに望みが叶うかもしれないわよ。早々に決める必要があるから」

一瞬、会話が途切れた。「メル」わたしは言った。「あなたはいろいろな事情を考慮しているし、分別もある。あなたに会えてもちろんうれしいわよ。でも、なぜわたしたちを呼んだの？」

ガオおじいさんは、全員に茶を注ぎ足した。メルは言った。「さっき話したように、メン伯父はあそこに住んでいた。最上階全部を自宅にしていたの。管理人という名目で」

「ある意味では、当たっているわね」

「ある意味ではね。それで、会館を相続しただけではなく、遺言執行人に指定されたので、あそこに行く必要があるの。アパートメントに残されている書類や貴重品などを確認したいし、あ建物全体も見てまわりたい。加えてミスター・チャン――チャン・ヤオズが電話をしてきたのよ。彼はメン伯父のもとで最高幹部だった」

「では、いまは堂のトップなのね？」

「そうでしょうね。でも、そのことで電話をしてきたのではないの。メン伯父はわたしに知ってもらいたいことがあったんですって。書面にすることは拒んだけれど、会館の今後の扱いに影響するメッセージだそうよ。それで、ひとりで行っていいものか、ミスター・ガオに相談したのよ。不動産物件の調査には慣れているけれど、これは特殊な状況だから」

「じつに賢明な判断だった」ガオおじいさんは言った。「そこで、ひとりで行くのは、勧められないと忠告したのだ」つまりは危険という意味だが、おじいさんは口に出しては言わなかった。「むろん、わたしが同行することはできない。そこで中国語を話すおまえさんが適任だと勧めたのだ」ビルに微笑んだ。「それにきみも適任だ、ミスター・スミス」

「大男だからですか」ビルは言った。

「そのとおり」

「喜んでお供するわ」メル・ウーに告げてビルに目をやると、彼はうなずいた。正直なところ、リ・ミン・ジン会館とビッグ・ブラザー・チョイの自宅にはとても興味がある。「いつ行く予定かしら」

「葬儀が終わるまで待ってくれと、ミスター・チャンに頼まれたの。言い換えれば、葬式の前に押しかけてくるのは不作法だということね。水曜の午前がいいそうよ」

「それまでになにかが……なくなる心配はない？」

「あそこがギャングの巣窟だから？」

「ええ、まあ」

「ミスター・チャンは、メン伯父にとても忠実だった。室内に入る権利のある人が明確になるまで、入口に見張りを置いて警護しておくと思う。必要ならわたしのことも警護してくれるでしょうけれど、ミスター・チャンをそんな立場に追い込みたくなくて」

「思いやりがあるのね」

「よけいな面倒をかけたくないのよ。いまの状況では堂をまとめておくだけでも、苦労していると思う。堅苦しくてとっつきにくい人だけれど、物心がついたときから知っているの。メン伯父のところへ遊びにいくと、いつもこっそり飴をくれたのよ。彼の希望どおりにしましょう。水曜日に会館で落ち合うということでいい？」

「もちろん」

ガオおじいさんが言った。「その際、武器を携行してはならん。故意に挑発しているとリ・ミン・ジンに思われる」

「承知しました」わたしはビルに目をやって同意を確認してから、うなずいた。

「葬儀に参列してもらえる？」メル・ウーは言った。「もし時間があれば、そのあと墓地にもお願いしたいわ。あなたの存在をみんなに印象づけたいの」

「ええ、いいわよ、お望みなら」誰も寄せつけるなという意味だと解釈した。

メル・ウーはガオおじいさんがうなずいたのを確認して、言った。「では、火曜日の午前十時にワー・ウィンサン葬儀場で会いましょう」

5

白や黄色の花で飾った黒光りする車がずらりと並び、その先頭はビッグ・ブラザー・チョイの大きな黒縁写真が屋根に載った霊柩車だ。火曜日の午前九時四十五分、ビルとわたしは車列の横を通ってワー・ウィンサン葬儀場に入った。

チョイの葬儀のために用意された一番広い会場は香の煙が重苦しく立ち込め、ぎっしり並んだ花束や花輪、大勢の参列者で身動きが取れないほどだった。

シンプルな黒のスーツをびしっと着込んだメル・ウーは、花で覆った祭壇に置かれた棺のそばに立っていた。隣に若い女性が並び、こちらのスーツもやはり黒だが、流行を取り入れた洒落たスタイルだ。メルによく似ているので、妹のナタリーだろう。その横で大柄な白人男性が片手で赤ん坊を抱きかかえ、もう片方で幼い少年の手を握っていた。

棺の頭側には髪の薄い陰気な顔の初老の男がひっそりたたずんでいた。足側にはもう三人が控えている。棺にもっとも近い位置にいるのは、意外にも女性だった。短くカットした髪、両手の甲にタトゥー。会場のほかの男たちと同じく、黒のスーツとネクタイ。姿勢がよく険のある顔立ちで、年は五十前後と頭側に立っている男よりも若いが、同じように近づきがたい雰囲気がある。その左で、背の高い筋肉質の若者が肩を怒らせて周囲を睨《ね》めつけているが、無駄にすごんでいるとしか思えない。顔に見覚えがあるが、名前が出てこなかった。若者の横で渋い顔をしているのは痩せた猫背の男で、頭側にいる男と同年配だ。棺の近くにいる彼らがリ・ミン・ジンの幹部なら、オフィスのクリスマスパーティーを想像しただけで気が滅入る。

ウー姉妹にお悔やみを述べる参列者の列が途切れなく続く。わたしもビルと列に加わった。

「来てくれてありがとう、リディア、ビル」メルは前に立ったわたしたちに言った。「妹のナタリー・ウー・ハリスよ。それにご主人のポール」ナタリーはメルと同じように頬骨が高いが、つややかな黒髪は長く伸ばしてクラシックなシニヨンに結っていた。落ち着いているメルとは対照的に、緊張して苛立っていた。ギャングの葬儀でぼさっと立って参列者に挨拶をするのが気に染まないのだろうが、ギャングの葬儀であることよりもぼさっと立っていることが嫌いらしい。またウー姉妹は、おそらくそれぞれの方法は異なるだろうが、我を通すことに慣れているという印象を受けた。

ナタリーはわたしと握手を交わして言った。「初めまして。あなたのことはメルから聞いているわ」横にいる少年の肩に手を置く。「この子はマシューよ。マッティ、リディアとビルにご挨拶して」

ネイビーブルーのスーツを着た四歳くらいのマッティは、首を伸ばしてわたしを見つめ、手を突き出した。「こんにちは」

「こんにちは、マシュー」わたしは言い、ビルも続いた。

メルは「マッティ、リディアとビルにあの子が誰だか教えてあげて」と、ポール・ハリスの丸太のような腕に抱かれて目を丸くしている幼子を指さした。

「妹のエミリー」少年はきっぱり言って、赤ん坊の足をしっかりつかんで所有権を主張した。

「エミリーはあなたがいて幸せね」わたしが言うと、マシューは重々しくうなずいた。

メルが少し下がって初老の男を紹介した。「リディア・チン、ビル・スミス、こちらはチャン・ヤオズよ。伯父と親しくしていたの」棺の頭側に控えている男が会釈する。ビルとわたしは男に初対面の挨拶をしてお悔やみを述べ、会場の隅へ移動した。

「チャンが新しいボスか」ビルは言った。

「棺の足側にいる女は誰かしら」

「どんな規則にも例外はあるんだね？　堂《トン》は原則として女性の平構成員を認めないときみは言ったが、〝決して〟とは言わなかった」

「ええ、きっと例外よ。それに棺の頭側と足側は名誉ある付添人の位置よ。彼女は平構成員ではなく、幹部でしょうね。驚いたわね。ビッグ・ブラザー・チョイは、本物のフェミニストだった」

「では、彼女の隣にいる若者は？」

「見覚えがあるけれど、名前が出てこなくて——あ、思い出した。アイアンマンよ！　アイアンマン・マ。テッドのクラスメイトだった。ウエイトリフティングをやっていて、いつも筋トレをしていたのでアイアンマン。堂に入ったことは知らなかったわ。あの位置に控えているのだから、幹部ね」

「つまりビッグ・ブラザー・チョイは、フェミニストでもあり、スポーツファンでもあった」

ビルは言った。「あとひとりは？　スクルージ顔負けの渋い顔の男」

「全然知らない。それにしても個性的な人たちね」

「今後が楽しみだ。で、これからどうしたらいい？」

「わたしの真似をして」わたしは棺の前に行って丁重に頭を下げた。ビルが倣う。

ビッグ・ブラザー・チョイはスーツとネクタイをつけて、白絹を敷いた棺に納められていた。葬儀屋が最善を尽くしたことは疑問の余地がないが——なんと言ってもビッグ・ブラザー・チョイの遺体だ——棺の蓋を開けた葬儀に参列したときの常で、遺体に施した化粧や計算し尽くした手の位置などの、虚《うつ》ろな肉体に生命が宿っているように見せるための工夫に気味悪さを感じた。


　棺の前から移動すると、厳粛な面持ちの係員が線香を三本渡す。少し間を置いて、ビルにも三本。壺で燃えている火を移して礼をし、ほかの参列者の線香が煙を上げている別の大きな壺の砂に差した。持参した冥銭（金銭を模した副葬品）の半分をビルに渡して、一緒に最初の壺の前に戻って投げ入れた。冥銭が炎に包まれて煙を上げる。これでビッグ・ブラザー・チョイがあの世で金に困ることはない。

　ビルと並んで、クッションつきの折り畳み椅子に座った。メアリー・キーとクリス・チェンが黒人男性とともに、奥の壁際に立っている。三人とも黒のスラックス、磨き上げた黒のゴム底靴、革ジャンパーという出で立ちだ。思わず忍び笑いを漏らした。潜入捜査官は完璧に役になりきって正体を隠すが、私服刑事は一マイル先からでも正体がわかる。ニューヨーク市警察《NYPD》はいかなる人種であれ、大物ギャングの葬儀とあれば人の出入りを観察する。あの黒人は何者だろう。

　席が次第に埋まり始めたとき、入口のあたりがざわついたので振り向いた。ガオおじいさんが入ってくるところだった。みごとな仕立ての黒のスーツにオーバーを羽織って、三兄弟堂の幹部ふたりを伴って優雅に歩んでくる。顔をこわばらせる男たちが、参列者のなかにちらほら見受けられた。リ・ミン・ジンの構成員だ。だが、これは彼らのボスの葬儀だ。三兄弟堂の代表者たちに嫌悪感を示したのは忠誠心と習慣によるもので、もし参列がなかったらもっと気分を害したに違いない。

　わたしは会場を見まわして、ほかの堂の構成員を捜した。両手を太鼓腹の上で組んでいる初老の男に、見覚えがあった。ワイヤーフレームの眼鏡の奥から鋭い視線を飛ばしている、禿頭の男にも。このふたりよりも少し若い六十前の長身の男が、前のほうに座っている。見覚えはないが、先の二名と同じく、剣呑な雰囲気を漂わせていた。あと一、二名が目を引いたが、観察眼の賜物なのか、勘繰りすぎなのかはわからない。

　ガオおじいさん一行はウー姉妹に挨拶をして、ビッグ・ブラザー・チョイの遺体に拝礼し、線香を灯して冥銭を燃やしたのちに着席した。

　弔意を表す人々が長い列を作っている。わたしは再び周囲を見まわして、今度はチャイナタウンの有力者の顔を捜した。

「おや、年貢の納めどきだよ」ビルがささやいた。

正面に向き直ると、暗色のビジネススーツにピルボックス帽をかぶった凛とした中年女性がウー姉妹の手を握っている。その横に、兄のティムが立っていた。

「なんでわかったの?」わたしは言った。「まさにそう感じるの。予想していなかったときにティムが現れると、いたずらの現場を押さえられたみたいな気がする。きっと、子供のときにしょっちゅう告げ口をされたせいだわ」

「つまりは、きみがしょっちゅういたずらをしたからだ。ここになんの用があるんだろう」

ティムが係員から線香を受け取ろうとして、こちらに気づいた。わたしはにっこりした。ティムが眉をひそめる。いつものことだ。ティムと中年女性は壺のほうへ向かった。

「ティムと一緒にいるのは」ビルに言った。「アデーレ・フォン。チャイナタウンの旧家の出で、チャイナタウン文化保存協会の理事長よ。ティムは経理担当。開発計画に反対すると妙な同盟ができるみたいね」

「ティムとアデーレ・フォンのことかい?」

「ティムとアデーレ・フォンとビッグ・ブラザー・チョイ」

さいわい、近辺の席は全部埋まっていた。アデーレ・フォンとティムは通路を挟んだ数列前の席についた。ティムがこちらに向かって再び眉をひそめたのでにっこりしてやると、顔を背けて前に向き直った。

式の開始に向けて僧侶が棺の周囲に集まり始めたとき、入口のドアが開いた。ジャクソン・

ティンが素早く身を滑り込ませて後列の席につく。

今度はリ・ミン・ジンの構成員ではない人々も顔をこわばらせた。ティンと彼の開発計画は界隈の反感を買っているのだ。ティンは静かに腰を下ろして足を組み、ハンサムな顔に神妙な表情を浮かべて式の開始を待った。緊張している様子がまったくないのは、傲慢なのではなく、自信があるためだろう。顔を出したのは賢明だと思った。犯罪者であろうが、相反する立場の人間であろうが、そんなことには関係なく地域社会のリーダー格だった年長者の葬儀に参列して伝統と礼儀を重んじる態度を見せれば、いくらか反感がやわらぐことが期待できる。

その後一時間ほど鐘を鳴らしての読経が続き、参列者は拝礼をし、線香を捧げて祈りや追悼の言葉を述べた。最後に全員が立ち上がった。棺が閉じられ、厳粛な面持ちの八人の男がかついでしずしずと会場をあとにして、霊柩車に運び入れた。楽隊の演奏が始まり、参列者がぞろぞろと歩道に出てくる。メアリーとクリス、それに黒人刑事の三人は真っ先に出てきて、道を挟んだ公園の前で待機した。クリスが小型カメラで撮影を始め、ときには黒人刑事の指示を受けてカメラの向きを変えていた。

参列者が再び列を作って次々にウー姉妹の手を握り、硬貨の入った小さな赤い封筒を受け取った。遺族の渡す赤い封筒は、死者に近づいたことによる厄を祓うためである。わたしとビルもウー姉妹にお悔やみを述べ、封筒を受け取った。少し離れたところから、お悔やみを述べる人々を眺めた。そのなかには兄のティムとアデーレ・フォンもいた。アデーレがナットと言葉を交わすあいだ、ティムは両手でメルの手を握って熱心に話しかけていた。ティムはこうして話すか、嫌味を言うかの、ふたつにひとつしかない。

「お兄さんを見てごらん」ビルは言った。「彼のことを知らなければ、メル・ウーを口説いていると思うところだ」

「なんですって？」話しているふたりを眺めて、わたしは言った。「違うわ。ティムは彼女が同じ法律書で会話を学んだのか、探っているのよ」

ティムはようやくメルの手を離してその場を離れ、赤い封筒をポケットにしまってこちらへ向かった。まさに厄の到来である。目の前に来て、ぶっきらぼうに言う。「なんで来た」わたしの答えを待たずに、ビルに突っかかる。「ここにいるギャングどもが、きみの依頼人なのか？」

「ビッグ・ブラザー・チョイがチャイナタウンの地域社会の重要人物だったから来たのよ」わたしは素早く口を挟んだ。ビルがティムの非常識な質問に触発されて、つまらない言い争いが起きるのを防ぎたかった。「わたしは地域社会に根づいた仕事をしているの。敬意を払うのは当然だわ」

「〝地域社会に根づいた〟だと？　人の不幸を追いかけて、の間違いだろう。下劣な連中のあいだをうろついて依頼人を探すなんて、みっともないぞ」

わたしは言い返した。「その比喩、気に入ったわ。でも、兄さんもここにいる。〈ハリマン－マギル〉の新パートナーが下劣な連中のあいだをうろついていたら、みっともないんじゃない？」

ティムは鼻息荒く――実際に荒くした――答えた。「ぼくはチャイナタウン文化保存協会を代表して参列した。〈ハリマン－マギル〉のパートナーたちは、ぼくが地域社会に関わっていることを知っていて、好意的にとらえている。地域の伝統やそれを支える建造物を保存する価値を十分認識しているからね」

現実的な母とおおらかな父のあいだに、なぜこんな退屈な堅物が生まれたのかと不思議でならない。

「参列したのは」ティムはもったいぶって言った。「協会と、じつのところチャイナタウン全体がチョイ・メンに借りがあるからさ」

わたしは片方の眉を高々と上げた。ビルはこの仕草を滑稽だと思っている。「ビッグ・ブラザー・チョイは協会に寄付をしていたの？」

「いや、そうではない。だが、理由はともかく、チョイがジャクソン・ティンのリ・ミン・ジン会館買収を断った時点でわれわれは目指す方向を同じくした」

目指す方向を同じくした――いやはや、選挙演説でもあるまいに。

「ちなみに、来ているわよ」

「ティンが？　ほんとうに？」ティムはきょろきょろして、歩道の少し先で数人のビジネスマンと立ち話をしているジャクソン・ティンを見つけ、「ごますり野郎」とつぶやいたようだった。もっとも、わたしがそう思っただけで、空耳だったのかもしれない。ティムはティンが気づくわけがないのに、あてつけがましくそちらに背を向けて、わたしに向き合った。「アデーレは協会として弔意を示したかったので、同行するよう頼んできたんだよ。多忙だったが、もろん承諾した。ひとりで行かせたくなかったのでね」

「ご立派ね、ティム・チン。おはようございます、ミセス・フォン。お久しぶり」

「おはよう、リディア」ウー姉妹との立ち話を終えて、葬儀デートの相手の傍《かたわ》らに立ったアデーレ・フォンは、微笑を浮かべた。「あなたはミスター・スミス、リディアと一緒に仕事をしている方ね。あなたのことは、ティムから聞いているわ」

「いいことだけならいいんですが」ビルは答えた。もっともそれがあり得ないことは、ビルもわたしも承知だ。「お会いできて光栄です。あなたの協会は地域社会に多大な貢献をしていると聞いています」

「わたしは大したことはしていませんよ」アデーレ・フォンは謙遜した。「さいわい、仕事熱心な理事たちや」――ティムにうなずき――「大勢の献身的なボランティアがいましてね。ティム、悪いけれどもう戻らなくては。墓地へ行く予定なら、わたしは――」

「いいえ、ぼくも事務所に戻らなければならない。途中で降ろしますよ。じゃ、また。リディア、ビル」ティムはアデーレの肘に手を添えて、歩み去った。

わたしはにやにやしながら、ふたりを見送った。「アデーレを喜ばせたから、ティムはあなたを見直したかもしれない。ティムはアデーレにいい印象を与えたがっているもの」

「懐柔できただろうか」

「高望みは禁物よ」

「思うに」ビルは言った。「メルは爆弾発言にふさわしいタイミングではないと判断したんだろうね。リ・ミン・ジン会館が協会のものになるかもしれないことは、ティムやミセス・フォンに話さなかったみたいだ」

「そうね、話していればティムは必ず言う。『重大な秘密があるけど、おまえに教えるわけにはいかない』」

ビルは煙草に火をつけた。参列者が三々五々待たせてあった車に乗り込み始め、残った人たちは煙草を吸って、立ち話を続けた。ジャクソン・ティンがメル・ウーの前に行って手を取り、お悔やみを述べているのが目に入った。人生の軌道が再び交わったのだ。いっぽうナタリー一家はティンを無視して、霊柩車のうしろのリムジンに乗った。ティンは彼らをちらっと見て歩み去り、メルはナタリー一家に合流した。

メルは、葬儀場の車をビルとわたしのために手配してあった。五台並んだ葬儀場の車のうしろに自家用車が連なり、その列はブロックの先まで続いていた。各車のエンジンがかかるとともに楽隊の演奏が始まり、葬列は出発した。

葬列はチャイナタウンの街路をゆっくり進み、先頭を歩く楽隊がにぎにぎしく演奏して生者の世界と死者の世界との狭間で徘徊する悪霊を追い払った。もっとも、若きビッグ・ブラザー・チョイの武勇伝が事実なら、彼の亡霊やその死を悼む人々に害をなす度胸を持った悪霊はいないだろう。歩道の人たちは足を止めてカタツムリのごとく進む葬列を眺め、赤信号で道路を横断している——チャイナタウンで人気のスポーツだ——歩行者たちは慌てて駆け出した。

こうしてビッグ・ブラザー・チョイが近隣をしっかり覚え、年に何回かある死者が生者を訪れる日に迷子になる心配がなくなったところで、マンハッタン・ブリッジへ向かったが、その前にリ・ミン・ジン会館に最後の別れを告げた。

「ほら、あそこ」ベイヤード・ストリートに入ったときビルが言い、わたしは彼の指先を追った。

ジャクソン・ティンがフェニックス・タワー建設予定地の前で、両手をポケットに突っ込んで葬列を眺めていた。

6

ブルックリンとクイーンズの境にあるサイプレスヒルズ墓地まで、葬列は三十分を要した。ブルックリン《B》・クイーンズ《Q》高速道路《E》を粛々と進んでいるとき、ビルは心配そうに訊いてきた。

「大丈夫？」

「平気よ。葬列に加わるのは父の葬儀以来だから、なんだか変な感じがするだけ」

「お父さんのお墓もこっちのほう？」

「いいえ、ニュージャージー。清明節（先祖を祀る中国の祭日。例年四月四日ないし五日）には家族全員でお墓の掃除に行くのよ」

ビルは黙ってわたしの手を取って握り締め、目的地に着くまでずっとそうしていた。

サイプレスヒルズ墓地では門のすぐ内側にある事務所の前で、地味な靴を履いた中年のたくましい白人女性が待っていた。葬列はいったん止まって彼女を霊柩車に乗せ、その指示に従ってチョイ・メンの永眠の地へ向かった。

「ずいぶん広い墓地ね」わたしは言った。車は樹木の茂った敷地の曲がりくねった小径を進んでいく。昼下がりの陽光が紅葉を輝かせていた。

「この墓地はニューヨークで一番古い部類に入る。ジャッキー・ロビンソン（プロ野球選手一九一九－七二）

はここに埋葬されている。それにメイ・ウェスト（女優一八九三—一九八〇）も」

「そうなの？　チャイナタウンの主な堂《トン》の構成員も、ここに埋葬されているのよ」

「ほんとうに？」

「ちゃんと調べたもの。わたしたちが向かっている丘のてっぺんを見て。中国式の墓石ばかりでしょう。もちろん堂と無関係なお墓もあるけれど、堂はそれぞれ専用区画を持っているのよ」

「全部が同じ方向を向いているね。区画線に対して少し斜めになっている。風水かい？」

「まず間違いないわね。誰だって永久に間違ったほうを向いているのはいやでしょう」

　霊柩車が急な坂を上りきって停まった。あとに続く車列も。車を降りて、全員で丘の頂上に近い、掘られたばかりの墓穴を目指した。

「中国人の墓は間隔が狭いね」ビルは周囲を見まわして言った。

「あなたたちみたいに広くする必要がないのよ。たいてい、数年後に遺体を掘り起こして遺骨を浄め、壺に収めて埋め直すの。父もそうだった。そうすれば、一区画に大勢埋葬できる。家族とずっと一緒にいることができるわ」

「いろいろな考え方があるものだね。ビッグ・ブラザー・チョイの墓は少し大きいな」

「ボスだもの」

「でも、初代ではなかった。創立は一世紀くらい前だろう？　ほかのボスたちの墓はどこ？」

「チョイ・メンの前のボスは——やはり頂上近くのあのあたりだと思う。でも昔は、海外で亡くなると、経済的に可能なら、遺族が中国に遺体を送り返していた」わたしは説明した。「先祖代々の村に帰したのよ。この風習が改革後にほとんど途絶える前は、裕福な人はみなそうしていた。だから、ほかのボスたちは故郷に帰ったのでしょうね」

チョイ・メンの墓には、ウー一家のすぐうしろの葬儀社の車に乗っていたミスター・チャン、アイアンマン、スクルージ、険のある顔の女が先に到着していた。次々に車が来て参列者を降ろすうちに、人相の悪い男たちの迫力ある集団ができあがった。何人かは妻を伴い、数人は未成年や成年の息子を連れていた。娘を連れてきた者はいない。ガオおじいさんや、ほかの堂の構成員とおぼしき面々の姿はなかった。葬儀と埋葬とでは慣例が異なるのだろう。

チョイ・メンの墓は、墓地のなだらかな丘とブルックリンを見下ろす最上級の場所に位置していた。意外にも、グレーの御影石に漢字を彫った二名用の墓石が設置されている。亡くなったばかりのチョイ・メンの部分は、その前の地面に伝統的な木製の札が差してあり、のちほど名前などを彫る習わしだ。もう半分にはこう彫られていた。〝チョイ・メンの愛する妻ニ・メイメイ　ここに永久に眠る　一九五四―一九九〇〟写真を焼きつけた小さな額が墓石に取りつけてあった。

「チョイが結婚していたことはまったく知らなかったわ」わたしはビルに言った。「ほら。奥さんはずいぶん若くして亡くなっているわ」

「かなり前だ」

「その後、チョイは独身を通したのね」

棺をかつぐ人のリーダーが、霊柩車の後部を開いた。「うしろを向いて」わたしはビルに言った。「埋葬を見るのは、不吉だから」

全員が墓に背を向け、葬儀屋が埋葬の終了を告げるのを待って向き直った。僧侶が経を唱え、ウー姉妹、ナタリーの夫ポール、息子マシューが土を墓に投げ入れた。もう一度経を唱えて、儀式が終了した。

ひとりひとり墓前に進み出て、最後の旅に出るチョウに無言で思いを伝えた。会食に出席する人、帰宅する人が三々五々車に乗り込んでチャイナタウンへ向かい、群衆は次第に減っていった。葬儀屋の車で来た面々を残して全員が帰ると、メル・ウーは乗ってきたリムジンから白いカーネーションの花束を取り出した。伯父の墓に供えるものと思って見ていると、彼女は伯父の墓を素通りして丘の反対斜面に並んでいる墓石のほうへ向かった。ミスター・チャンがしごく当たり前のことのように、付き添う。険のある顔の女、アイアンマン、それにスクルージも。わたしはビルに目配せして、彼らについていった。

反対斜面の頂上近くにも、二名用墓石が一基あった。邪魔をしないよう少し離れたところで立ち止まって、氏名と年月日を読む。「ロン・ローよ」ビルに教えた。「それに彼の妻。ローはマトウのボスだった」

「馬の頭という意味だったね。リ・ミン・ジンが合併して吸収した堂だ」

「ここがその専用区画みたい」

メル・ウーは、墓石に固定されたブロンズ製の花瓶に花束を入れた。全員で三度拝礼して、横一列に並んで静かにたたずむ。一陣の風が木々の葉を揺らした。

「ありがとう」チャンが英語で言った。「覚えていてくれたのだね」

「メン伯父と一緒にメイメイ伯母さまのお墓参りに来たときは、ここにも必ずお花を供えていました。当然すべきことという感じでした。この方たちは伯父ととても親しかったのでしょうね」

「うむ、お互いをとても大事にしていたな」

メルはリムジンへ向かいながら、ビルとわたしに微笑んだ。チャンはこちらをちらっと見たが表情は変えず、険のある顔の女はあからさまに値踏みをし、スクルージとアイアンマンはあてつけがましく知らん顔をする。ナタリー一家が待っている車のところへ戻ると、赤ん坊のエミリーは父親の肩に頬をつけてぐっすり眠っていた。わたしは最後にもう一度チョイ・メンの墓に目をやってから、チャイナタウンへの帰途についた。

7

水曜日の午前中に電話が鳴ったとき、ビルとわたしはすでにコロンバス・パークで秋のさわやかな陽射しのなかにいた。それぞれコーヒーとミルクティーを飲みながら、象棋《シャンチー》をする男性グループ、ジンラミーをする女性グループを眺めた。チャイナタウンの公園ではゲームが性別で分けられている理由を誰も説明してくれないが、これは紛れもない事実である。おそらく女は男よりも情け容赦がなく、またカードゲームはボードゲームよりも早く決着がつくからではないだろうか。

思ったとおり、電話はメル・ウーからだった。「いま弁護士事務所を出たところよ。あと十五分くらいで着くわ」

「はい、では」

分別してごみを捨て、公園の前の歩道に立ったのは、その十分後だ。二分もしないうちにメルが小型車から降り立った。濃緑色のカシミアらしきパンツスーツ、アイボリーのシルクシャツ、靴は緑と白のウィングチップ。「ハイヒールを履かない女の人を見ると」わたしはメルに言った。「うれしくなるわ」

「高校生のとき体操の選手だったの。足を怪我して、フラットシューズしか履けなくなってしまって」
ベイヤード・ストリートを歩いて、リ・ミン・ジン会館へ行った。メルはビッグ・ブラザー・チョイの弁護士から、遺言書と証書のコピーのほかに会館の鍵を一セット受け取ってショルダーバッグに入れていたが、礼儀正しく入口のドアをノックした。

胸板の厚い肉づきのいい《ビーフィー》男がドアを開けた。その背後で、ビッグ・ブラザー・チョイの葬儀で見た険のある顔の女がこちらを観察したあと、広東語で「いいよ」と男に告げた。ビーフィーがうしろに下がる。きょうはグレーのパンツスーツに白のシャツを着た女は、メルに向かって素っ気なく会釈した。メルもまったく同じような会釈をする。メルは相手の態度に合わせて親密度を微調整するらしい。弁護士の特性だろうか。もっともティムは、誰に対しても一貫してもったいぶった態度を取る。

「おはようございます」メルは挨拶した。「タン・ルーリエン、こちらはリディア・チンとビル・スミス。リディア、ビル、タン・ルーリエンさんよ」

「初めまして」わたしは中国語で話しかけた。「チン・リン・ワンジュです。食事はおすみですか」これはごく一般的な挨拶で、答えは求めておらず、英語の「調子はどうですか」に当たる。英語の場合は「ありがとう、元気ですよ」、中国語の場合は「すみました、ありがとう」と答えるが、事実でなくてもかまわない。

タン・ルーリエンは、ぼそぼそとおざなりに定番の挨拶を返した。

「ミスター・チャンはいらっしゃる?」メルは訊いた。「会う約束をしてあるわ」

「チャン・ヤオズは上よ。案内する」タン・ルーリエンはわたしたち三人に目を走らせた。女ふたりと白人の男という組み合わせの訪問者がチャイナタウンの堂《トン》の本拠に来るのは、異例だ。タンが露骨にいやな顔をしてわたしたちを通すと、ビーフィーがドアを閉めた。彼女のあとについて広いロビーを抜け、建物の奥にある階段へ向かった。タンも異例な存在ではないかとよほど指摘しようかと思ったが、今後のことを考えてやめておいた。

会館の内部は殺風景だが、管理は行き届いていた。百年のあいだに何度も塗装を繰り返した壁、むき出しの配管、ビニル床。蛍光灯を使った照明器具のぶらさがった天井には、吸音タイルが張ってある。騒音を軽減するためというよりは、竣工後一度ならず変更された消防法への対応策だろう。建物奥の中央に、ビニルタイルの踏み板、金属製段鼻のまっすぐな階段が見える。上のU字型の各階は、どの部屋も戸口が廊下に面していた。急な階段の吹き抜けを突き刺す形でオープンケージのエレベーターが設置されている。

ニューヨークではオープンケージ式は認可されなくなったと思うが、タンがゲートを開けるとビルとメルが乗ったので、最上階まで階段を駆け上がる気にはなれず、わたしも渋々あとに続いた。最後に乗り込んだタンがゲートを閉め、エレベーターは予想に違わず揺れながらのろのろと上昇した。これなら、ふつうに歩いて階段を上っても先に着いたことだろう。

蛍光灯に照らされたビニル床の廊下が、ひとつひとつ下に去っていく。煙草とチキンスープのにおいがした。二階と三階では、構成員がグループになってお茶を飲んだり、新聞を読んだり、カードゲームや麻雀、象棋をしたりしているのが、開け放たれたドアの向こうに見えた。

こちらを見上げる人もいれば、ゲームを続ける人もいる。さらに上の階は海外から訪れた堂の構成員や、まだ住むところが見つからない新参の移民のための部屋なのだろう、ほとんどのドアが閉まっていた。

エレベーターはようやく最上階にたどり着き、盛大にひと揺れして停止した。「乗り物酔いしたわ」降りてからビルにささやいた。ビルは声を忍ばせて笑った。どんな文化であろうと、不幸のあった家で声を立てて笑うのは悪趣味だから。

エレベーターに面して、この階で唯一の戸口があった。そのドアは通り過ぎてきた階のそれとは一線を画し、朱色の重厚な木製で幅広く、精緻な浮彫を施して金色で文字を記した黒の飾り額が上部についていた、古びた漆喰壁に設けたドア枠がいかにも危なっかしい。その横に折り畳み椅子が置いてあるのは、見張り番のためだろう。いまは誰も座っていない。ビルは飾り額を見て、わたしに目顔で問いかけた。「〝心と体をまっすぐに保つ者が前進する〟」わたしは答えた。

「リ・ミン・ジンのモットーだね」ビルは言った。

「それに」メルが言った。「警告でもあるわ。ボスの居室に入る者に対しての」

そのあいだタンは苛立って周囲を見まわしていた。「チャン・ヤオズが、ここへ連れてこいと言ったんだけどね」だから、チャンは現れるという論理らしい。だが、チャンは現れなかった。「さっきまでその椅子に座っていたのに」と、椅子を示す。大声で呼んだ。「ヤオズ！」

それでも、ヤオズは現れなかった。

タンは眉をひそめて躊躇した。メルを振り返ってから、朱色のドアをノックする。返事はない。

タンは眉間の皺をいっそう深くして、もう一度ノックした。やはり返事はない。

「いいのよ。きっとなにか急用ができたんでしょう」メルは言った。

チャンが新しい大家を避けているということはあるだろうか。だとしたら、その理由は？

タンがドアノブをまわしたが、鍵がかかっていた。

メルはショルダーバッグから書類挟みを出して、鍵の束を手に取った。タンが眉をひそめる。ボスの聖域を侵させてなるものか、と手を伸ばした。だが、ドアの前に立ったメルの表情はおだやかでやさしいと同時に強い警告がこもっていて、堂の女性幹部の手を止めさせるのに十分だった。口元に浮かべた微笑と冷徹なまなざしとの落差が原因だろう。このテクニックはぜひとも学びたい。メルが教えてくれるかもしれない。

ドアには頑丈な錠が二ヶ所についていた。メルは二本の鍵を使ってそれぞれを開けた。もっとも上の錠はかかっていなかったと見え、もう一度鍵を反対方向にまわすとドアが開いた。

下の階は簡素で殺風景だったが、ここはまったく趣の異なる、伝統的な学者の書斎を思わせる部屋だった。浮彫を施した椅子が数脚と文机。玄関の向かいの壁に、侵入を企む悪霊を映して追い返すための風水鏡。筆入れと筆。風景絵巻を掛けた壁。床にカーペット、開け放たれた窓には格子細工。だが、一般的な書斎と違って、血まみれの遺体が座卓に突っ伏していた。

8

遺体は、タン・ルーリエンによれば外の折り畳み椅子に座っていたはずの最高幹部、チャン・ヤオズだった。メルに伯父のメッセージを伝えるために、面会の約束をした人物でもある。息を切らしもせずに六階へ駆け上がってきたＮＹＰＤの刑事は、メアリー・キーだった。続いてクリス・チェンが来た。メアリーとの差はあまりないが、少し息が荒かったのでうれしくなった。わたしはいつも苦労して、運動が万能な彼女と張り合っている。

現場に一番乗りした警官は、このふたりではない。わたしの通報に応えて駆けつけたのは、エリザベス・ストリートにある五分署の制服警官二名だった。会館に入ろうとした彼らの前にビーフィーを始めとして構成員たちが立ちふさがり、タン・ルーリエンが階段の上から怒鳴りつけた。ビーフィーはタンを見上げてうなずき、二名の警官をエレベーターに乗せて六階へ送り届けた。

タンはその前にいち早く、広東語で外出禁止を命じていた。抗議の声があがったものの、ビーフィーが入口のドアを背にして腕を組み、仁王立ちになった。挑戦する者は皆無だった。そのころには各階でいくつもの頭が戸口から突き出され、廊下にも男たちがたむろしていた。

「なにがあった？」「どうしたんだ？」と広東語で矢継ぎ早に問いかける声にタンは答えなかっ

たが、さりとて「なんでもない」と見下した返答をすることもなかった。

警官を乗せたエレベーターは、最上階までの旅路を無事に終えた。ふたりの警官は現場をひととおり見たのちに刑事と検視官、それに鑑識班を要請した。わたしはメル・ウーとタン・ルーリエンを廊下に連れていき、ビルは犯人が万が一まだ室内にいて非常階段へ逃げる場合に備えて、開放したドアのすぐ内側で待機していた。窓の格子細工がはずれて揺れ、非常脱出窓が開いているので、すでに逃げたのだろうが、幸運は用意された心のみに宿る（フランスの化学者パスツールの言葉）。そして、到着したうちのひとりがビルを廊下に出して、入れ替わった。もうひとりはメアリーたちが到着するまでわたしたちに付き添って周囲を警戒し、その後はメアリーの指示に従って階下でビーフィーと並んで入口に立ち、友好的とは言いがたい雰囲気を醸し出していた。

到着したメアリーは素早く周囲を確認してから、のちほど全員に聴取するので留まっているよう言い置いて、クリスとなかに入った。ビルとわたし、それにメルはアパートメントの玄関の近くで待った。ビルとわたしはなかの様子を窺うためだったが、メルはほかにどうすればいいかわからなかったからだろう。いっぽうタンは、U字型の廊下をゆっくり歩き始めた。

タンが廊下のはずれまで行ったとき、わたしはメルにささやいた。「彼女はどんな立場なの？」

「ルーリエン？　伝統的な言い方をすれば白紙扇《はくしせん》（軍師）。実際のところは経理と事業のアドバイザーよ」

「つまり、堂《トン》の最高財務責任者《CFO》ということ？」

「そんなところね。メン伯父はニューヨークに来て堂を引き継いだ当初、自分でお金の管理をしていた。だから、タンが女性でも仲間にしたんでしょうね。ひとりでなにもかもやるのは無理だし、かといってお金の管理を任せるほど信頼できる人がいなかったのね」

「常に神経をとがらせていたようだね」ビルは言った。

「大変だったのは、最初の数年だけだったみたいよ。それでも、タンが来て――彼女も香港出身だけど、向こうではリ・ミン・ジンに入っていなかった――協力者を得たメン伯父は負担が軽くなってほっとした。それだけではなく、伯父のおかげで地位を得た部下を持つのは都合がよかった」

「ほかの構成員たちはタンが入ったことをどう思ったのかしら」わたしは訊いた。

「最初は不平不満がくすぶっていたと思うわ。みんなの懐が潤うようになるまでは。タンはお金を生み出す天才だった。それまでの財政的な混乱をきちんと整理したうえで、投資を始めた。非営利団体の認可を取ったのは、彼女のアイデアよ。長年、メン伯父のもとでナンバー・スリーだった。伯父が亡くなり、こうしてミスター・チャンまで……」先ほどの室内の光景を思い出したのか、言葉をとぎらせた。それがさいわいした。タンがいつの間にか近くに来ていた。渋い顔で通り過ぎていくのを見て、思った。あの表情は理由があってのことなのだろうか、もともとああいう顔なのだろうか。

下の階が騒がしくなったので、みなで手すりから身を乗り出して覗いた。アイアンマン・マが警官とビーフィーを相手に「入れろ」「だめだ」と入口で揉めている。「入れなさい！」タンが広東語で怒鳴ったが、警官はどこ吹く風と無視した。英語に替えても同じだった。言い争いが次第に熱を帯びてくるのを見て、わたしはそばにいる警官にメアリーを呼ぶことを勧めた。

警官はためらいがちにドアを開けた。

「メアリー」わたしは声をかけた。「アイアンマン・マが下に来ているわよ。なかに入ろうとして、警官に止められている」

遺体の上に屈み込んでいたメアリーは上半身を起こしてわたしにひと睨みくれ、廊下に出てきて階下に怒鳴った。「その男をなかに入れて、連れてきて」またひと睨みくれて、戻っていく。

「なんなのよ?」わたしはこっそりつぶやいた。メアリーは運動をしているときも仕事をしているときもひたすら集中し、邪魔が入ると機嫌を損ねるのだ。

アイアンマン・マはエレベーターを見向きもせずに、警官を置き去りにして階段を駆け上がってきた。アパートメントの玄関前にいた警官が、その前に立ちはだかる。タン・ルーリエンが「マ!」と手招きした。アイアンマン・マはビルとわたしの前を脇目もふらずに通り過ぎ、廊下の端にいるタンのもとに駆け寄って、早口の広東語で声を潜めて話し合った。

わたしの知らないアジア系の警官が二名、新たに階下の入口に到着した。メアリーが呼んだのだろう。クリス・チェンがアパートメントから出てきてウィンクをし、軽やかに階段を駆け下りていった。手すりから身を乗り出して見ていると、制服警官とともに会館内の男たちの聴取に取りかかるところだった。クリスは真っ先にビーフィーを選んだ。

タンとアイアンマンが廊下の端にいるあいだに、メルに尋ねた。「気分はどう？」顔色は悪いが、見たところ冷静だ。

「どうにか大丈夫」メルは頭を左右に振った。「お葬式以外で死んだ人を見たのは、初めてで。しかも……」

「そうね。腰を下ろしたほうがいいわ。なるたけ考えないようにして」

メルは座ろうとはせずに、心もとなげに微笑んだ。「ほかになにを考えればいいの？」

「では、考えて。室内は、遺体があったことは別にして、だいたい予想どおりだった？」

エレベーターが再びがたがたと昇ってきて、タイベック防護服を着た検視官と鑑識用具一式を持った科学捜査員を吐き出した。残りの捜査員を運ぶために、戻っていく。賢明にも全員で乗り込まなかったのだ。

メルはうなずいた。「あの部屋は日当たりがいいので、伯父は書斎にしたの。壁にかかっている絵は全部伯父の作品よ。描いているところを、妹とよく眺めていた。そして、お茶とお菓子をあの座卓で――」メルは手で口を押さえた。気を紛らわせるつもりだったが、逆効果だった。

ビルが代わって続けた。「部屋のほかの部分は？　違和感がある、場違いだ、あるべきものがない。そういうことはなかった？」

「あらまあ、不思議」別の声が言った。「わたしも訊こうと思っていたところ」メアリーが開け放った朱色のドアの前に立っていた。「ミズ・ウー、入って」廊下の端に目をやって声を張り上げる。「ミズ・タン、次はあなたよ。ミスター・マはそのあと。ふたりとも」――ビルとわたしに指を向けて――「まだ帰らないで」

言われなくても、わかっている。メアリーは脇に避けてメルをビッグ・ブラザー・チョイのアパートメントに入れ、朱色のドアを閉めた。

アイアンマン・マは廊下の端から動かずに、手すりを握って階下を見続けた。タン・ルーリエンは再び廊下を歩き出した。彼女が近くまで来て向きを変えたとき、わたしは広東語で訊いた。「タン姉さん、大丈夫ですか？」本来は年長者への敬称〝おばさん〟を使うが、この場合はそぐわない気がした。

タンは〝姉さん〟が不快だったのか、あるいはわたしを嫌ったのか、じろっと睨んで歩いていった。

制服警官に見張られながら、ビルもわたしも無言で待った。およそ十分後、再びドアが開いてメアリーがメルを送り出し、タンを手招きした。タンはなぜだかもう一度わたしを睨んで、なかへ入っていった。

「大変だったでしょう」ドアが閉まるのを待って、わたしはメルに話しかけた。「大丈夫？」

メルはうなずいた。「ここへ来た理由を訊かれたわ。いまはわたしが会館を所有していると知って、刑事は驚いていた」

「チャイナタウンの人はひとり残らず驚くでしょうね。そして、不満を持つ人もいる」

メルは弱々しく笑った。「そういう人は、チャイナタウン以外にもいるわ」

「ジャクソン・ティンね」

「ええ、間違いなく。ミスター・チャンがなにを伝えたかったのか、わかればいいのに」

「チャンに呼ばれたことは、刑事に話した？」

「ええ。すごく興味を持っていたわよ。当然のことながら、それがチャンの死に関係していそうかと訊かれたわ。口封じのためか、と。でも、わたしには見当もつかない。なにか思いついたら、どんなことでも連絡すると約束したわ」メルは大きなため息をついた。「許可が出たので、帰るわ。刑事に言われて室内をひとわたり見たけれど、鑑識作業が終わったあとに念入りに見てもらいたいんですって。でも、しばらくかかりそうだから……」言葉をとぎらせて、少し間を置いて言った。「巻き込んでしまって、ごめんなさい」

「あなたは悪くないわ。あとで、電話をくれる？」

「ええ、必ず」メルは踵《きびす》を返して背筋を伸ばし、階段を下りていった。六階から五階、そして四階へとゆっくり足を運ぶ姿は平静そのものだが、動揺を押し隠していることは明らかだった。

一分も経たないうちに、メアリーがアパートメントのドアを開けた。相変わらず渋い顔のタン・ルーリエンが、人を突き飛ばさんばかりの勢いで出てきて階段を下りていった。

「ミスター・マ！」メアリーが呼ぶ。アイアンマンは上体を起こし、むっつりして大股で歩いてきた。わたしの前に来て立ち止まった。

アイアンマンは首を傾げて訊いた。「リディア？　リディア・チンか？　そうだろ？　なんだよ、こんなところで」唇の片端を上げた抗いがたい魅力のある笑みを浮かべた。わたしもつられて微笑んだ。

「ハイ、アイアンマン。ええ、リディアよ。彼はパートナーのビル・スミス。チョイ・メンの姪と一緒に来たの」

「チョイ・メンの姪？　やっぱりそうだったのか。彼女は帰ったのか？　ショックだったろうな、気の毒に。やあ、ビル、よろしく。おれの名前はエディソン・マだけど、みんなアイアンマンって呼ぶ」まいったよ、とばかりに両手を掲げたが、本心は正反対に決まっている。「きれいになったな、リディア。何年ぶりだろう？」

戸口で待っていたメアリーが、つっけんどんに言った。「ミスター・マ、リディア。クラス会はあとにして。死人が待っているんだから」

アイアンマンはたちまち顔をこわばらせ、メアリーのあとに続いた。

9

数分後にアイアンマンが出てくると、メアリーは彼に口を開く間を与えずに言った。「そこのふたり、入って」アイアンマンはちらっとわたしを見て、電話する、と唇を動かした。わたしはうなずいて、ビルとともにメアリーの前を通ってアパートメントに入った。

「別々に話を聞いて、合致するか確認しないの？」

「待っているあいだに口裏を合わせないようなら、探偵として期待外れよ。こっちに来て。なにも触らないで。寝室の鑑識作業が終わっていないの」

「凶器はなんだった？」歩きながら訊いた。遺体にカバーがかけられ、検視官が器具を片づけ、科学捜査官が指紋採取や計測、写真撮影をしていた。左手側の寝室に入った。

「キッチンナイフ」と、メアリーは答えた。

六階の西翼全部を占める寝室は、広々していた。透かし彫りの衝立つきのローベッド、豪華な箪笥や飾り棚、雲と龍を織った分厚いカーペット。紅色の壁に漢詩や、鷺や蛙、松林、霧深い山々と曲がりくねった山道などの水墨画が何枚も掛かっていた。部屋の奥に祭壇が設けられ、蠟燭に香、先祖の位牌、鉢に盛ったオレンジ、小さな仏像が載っている。

ベッド脇のテーブルに、銀の額に入れた写真が三枚。一枚は椅子に座った女性の横に男性が立っている正式な写真で、ふたりとも若く、清朝の衣装をつけていた。結婚式の写真だろうか。もう一枚は一九五〇年代に撮った同じ男女で、ポーズはほとんど変わらないがもっとリラックスしていて、女性の前に幼い子がふたり並んでいた。最後の一枚は先の二枚とは別の若く美しい女性で、微笑を浮かべていた。

「この人たちは誰？」わたしはメアリーに訊いた。

メアリーはにやにやした。「本物の警官には、一番先に質問ができるという特典があるのよ。メル・ウーが教えてくれたわ」写真を指さす。「ビッグ・ブラザー・チョイの両親よ。こっちは両親とチョイ、それに妹——つまりメル・ウーの母親ね。これはチョイの妻」

わたしは妻の写真を眺めた。墓石に嵌め込んだ写真と同時期に撮られたようだ。

「メル・ウーの話では、チョイは妻に献身的に尽くしていた」メアリーは言った。「あなたとビルは、どうしてここに来たの？」

「メル・ウーはそれも話さなかった？」

「やめて」

「心の支え兼護衛として来たんだ」ビルが口を挟む。

「続けて」

「ここへひとりで来ても大丈夫かと、彼女はミスター・ガオに相談した。ミスター・ガオは賛成しなかった」

「ガオおじいさんが？」メアリーは訊いた。

わたしはうなずいた。「ビッグ・ブラザー・チョイは何年も前に、ガオおじいさんは信用できるとメルに請け合ったのよ」

「ふたりの関係を考えると、かなり説得力があるわね。メル・ウーはなぜここに来たかったの?」

「会館を相続したし、遺言執行人でもあるから。それに、ビッグ・ブラザー・チョイがメルに知ってもらいたかったことを、チャンが教えるはずだった。いい加減にして、メアリー。メルから全部聞いたでしょう。わかっているんだから」

「だったら、これもわかっているでしょう。彼女があなたとわたしに同じことを話したのか、確認しているって。だから、文句を言わないで。ビル、なにがおかしいの?」

「女どうしというものは」ビルは言った。「女性に関するすべてと同様――男どうしよりも恐ろしい」

わたしはメアリーとあきれ顔を見合わせた。

「ねえ」わたしは言った。「知っていることは、なんでも話すわ。そのくらい承知でしょう。ここに上がってくるまでは、なにも問題がなかった。タンは、チャンが廊下にいなかったので驚き、メルが玄関の鍵を持っていることを知ると、もっと驚いた。わたしたちは死体を発見すると、すぐにアパートメントを出た」

「タンを信じる?」

「信じるって、なにを? ほんとうに驚いたのか、と訊いているの? タンはチャンがここで死んでいることを知っていて、死体を発見するときの目撃者が欲しかったとも考えられる。息を呑んでいたけれど、そのふりをするのは簡単よ。でも、メルが鍵を持っていることは知らなかったと思う。あの顔は――心底驚いていたし、憤慨してもいた。メルにそんな権利はないと言いたそうだった」

「ビルはどう？」

「リディアに同感だ。チャンが死んでいることを知っていたとしても、メルが鍵を持っているのを知らなかったのなら、どうやってみんなと一緒になかに入って死体を発見するつもりだったんだろう」

「自分用の鍵を持っていたのかもしれない。だけど、メルが先に出したので使う必要がなかった」

「メルに訊いたわ」メアリーは言った。「タンは鍵を持っていない。チャンしか持っていなかった」

「タンは当然、任意の所持品検査に同意しなかったでしょう」

「ところが、同意したのよ。堂《トン》の構成員なのに拒否しないなんて、かえって怪しいわ。タンはポケットからなにかをこっそり出して、廊下の観葉植物の鉢かどこかに隠していなかった？」

「いいえ」

ビルも首を横に振った。

「真面目な話」わたしは言った。「気になることがあるの。タンは女性だけど、メルによれば堂のナンバー・スリーだった。彼女について知っていたの？」

「さっきも言ったように、本物の警官には特典がある」

「だったら、なんで教えてくれなかったのよ。わかった。わたしが訊かなかったから。そうよね？　最低！」

メアリーは口調をやわらげた。「わたしも知ったばかりなのよ。組織犯罪対策課の刑事に頼んで、葬儀で参列者の顔と素性を教えてもらったの。わたしだって、タンのことを知ってびっくりしたのよ」

「一緒にいたのは、その人ね」

「ジョン・コブ。堂関係の連中のことは委細漏らさず知っているうえに、ルーマニアやロシアの犯罪組織にも詳しい。それで、なにか気づいて隠していることはない？　死体以外のことで」

ビルが言った。「鍵が一ヶ所しか、かかっていなかった」

「なんですって？」

「隠していたわけではない。きみたちが口喧嘩をしているあいだに、あのときのことを思い返してみた。メルは上の鍵をもう一度反対にまわさなければならなかった。つまり、彼女が鍵を差したとき、鍵は開いていた」

メアリーはわたしを見た。「口喧嘩なんかしなかったわよね」

「わたしは、したつもりよ」

メアリーは聞こえなかったふりをして、ビルに言った。「それは気になるわね。上はデッドボルト（鍵を差し込んで開閉する錠）で、下はデッドボルトと掛け金の両方よ」

「掛け金だけがかかっていて」ビルは言った。「デッドボルトのほうはかかっていなかったなら、犯人は非常窓ではなく玄関から逃げたのかもしれない。ドアを閉めれば、掛け金は自動的にかかる」

「メル・ウーは下の鍵がかかっていたか、覚えているかしら」メアリーは携帯電話を出して、ボイスメモに質問を録音した。「最初に会館に入ったとき、なにか妙なことに気づかなかった？　場違いなものとか」

わたしは言った。「ここはリ・ミン・ジン会館よ。わたしたち以上に場違いなものがある？　慌てて階段を下りてくる人や、廊下を忍び足で歩いている人がいたかという意味なら、ひとりもいなかった。タンはわたしたちを歓迎していなかった。でも、これは妙でもなんでもないのかもしれない。いまは彼女が責任者？」

「一時的にね。新しいボスを決めるのは、これからよ」

「投票で？」ビルは訊いた。「それとも、銃とナイフ？」

「ここにいる死んだ男が、最有力候補だった」メアリーが言った。「答えは簡単に出るでしょう」

「ビッグ・ブラザー・チョイが彼を指名したの？」わたしは訊いた。

「チョイはとくには指名しなかったけれど、チャンは堂のナンバー・ツーだった」

「最有力だったけれど、全員が賛成してはいなかったのね？　つまり対抗グループがあった。劣勢だったのは誰？　タン？　だとすれば、タンには立派な動機があった」

「タンがどっちのグループに属しているのか、わたしは知らない。彼女はナンバー・スリーだから、ナンバー・ツーのチャンの忠実な部下だったとも、チョイの直属だったとも考えられる。あるいはまったく別のグループかも。なにしろ、堂が相手でしょう。もう一度組織犯罪対策課と相談するわ」

「そう言えば、葬儀で棺の足側にいた男は誰？　スクルージみたいな男」

「ルー・フーリ。少年のときにブラックシャドウズに加入して、やがて上部組織のリ・ミン・ジンに移ってそのままずっと。実際、構成員歴はチョイ・メンより長いくらい。チョイが香港から来たときは、すでにいたわ。チャンは」——遺体のある別室を指して——「かつてはマトウの構成員で、合併後にリ・ミン・ジンに加入した。チャンが頭角を現すのに伴ってルーは隅に追いやられ、タンが貴重な人材だと明らかになると、もっと隅のほうに追いやられた。苦い味が残ったはずよ」

「では、長いあいだ歯ぎしりをしてきたルーには」わたしはメアリーの比喩に倣った。「チョイが亡くなって、ボスになるチャンスが巡ってきた。それで、チャンを殺したのかしら。だとすれば、タンの身も危険だということ？」

「さあ、どうだろう。でも、ルーとタンの内輪揉めに限って言えば、賢明な人は彼女に賭けるでしょうね」

「ルーは容疑者なの？」

「本気で訊いたの？　この堂の構成員や会館内にいる全員が容疑者よ。それに、盗みに入ってチャンと鉢合わせしたのかもしれないコソ泥、チャイナタウンの住人とその母親も。あなたのお母さんだって、怪しいかもしれない」

「うちの母が高級な家具をあんなふうに汚れたままにしておくと思う？」

メアリーは笑った。「さあ。帰っていいわよ。なにか思い当たったら――」

「真っ先に知らせる」

「オニール」わたしたちと一緒に玄関へ来て、メアリーは制服警官に声をかけた。「このふたりをエレベーターまで送っていって」

「それには及ばないわ。歩いて下りる」

メアリーはわたしたちのうしろで、ドアを閉めた。階段へ向かいながら、ビルは言った。

「あのエレベーターを信用しないのか？」

「設置してから一度も点検してないに決まっているもの。それに、これなら様子を探ることができる」

探ったものの、収穫はなかった。ふた部屋のドアが開け放たれていた。どちらも清潔で狭く――違法分割を繰り返したのだろう――ビニル床にシングルベッド、作り付けの小さな棚、ベッドサイドテーブルという、ホステルみたいな造作だった。使われている部屋も、そうでない部屋もある。U字型の廊下の一端に共同トイレ。一階と二階には娯楽室があって、どちらも中断されたゲームのカードや麻雀牌がテーブルの上に散らばっていた。クリス・チェンとアジア系の制服警官二名が別室でひとりずつ聴取をし、あとの男たちは小さなグループになって煙草を吸い、雑談をしていた。ゲームに興じて時間つぶしをしている者はいない。後継者の最有力候補チャン・ヤオズが、殺されたのだ。

10

午後の混雑した歩道に出て、ビルは訊いた。「さて、どこへ行く？」

「いったん帰って着替えるわ。チャンの血がついたわけではないけれど……なんとなく気持ち悪くて。そのあと事務所に行って書類の整理でもする。メルが連絡してきたら知らせるわ。でも、いまは全員がメルのことを知っているし、今度行くときはメアリーが一緒だから、この件でわたしたちが出る幕はもうなさそうよ」

「そいつは残念だ」

「あらまあ、野次馬根性が発達しているのね。でも、正直なところ」わたしは言った。「わたしも残念」

キスをして別れ、それぞれの自宅を目指した。コロンバス・パークを抜けていると、葬儀で見かけたどこの誰ともわからない長身のギャングが、ベンチでコーヒーを飲みながらリ・ミン・ジン会館を見つめていた。わたしは内心で問いかけた。あの貴重な不動産の行く末を考えているの？　仲間は大勢いるわよ。

家に着くと、母が麻雀をしに出かけていたのでほっとした。いれば必ず、午前中はなにをしていたかと訊いてくる。そうなったら、ほんとうのことを話すか、嘘をつくかのふたつにひとつしかなく、どちらも気が進まなかったのだ。シャワーを浴びてスウェットシャツとジーンズに着替えて外出し、さっきまで着ていた服をクリーニング屋に持っていった。ベーカリーでエッグタルトを半ダース買ってキャナル・ストリートの事務所に行って、予想が間違っていたことを知った。

わたしは、道路に面した旅行代理店から裏の廊下の突き当たりにあるトイレつきの部屋を又借りして、事務所にしている。中国人は他人の助けを求めることを潔しとせず、探偵事務所を訪れることさえためらう。誰か――たとえば通りかかった姑に見られて、自力で問題を解決できない意気地なしと思われたくないのだ。

そのため、外の呼び鈴に〝探偵事務所〟の文字はなく〝リディア・チン〟とだけ記してある。入口を入ればゴールデン・アドヴェンチャー旅行代理店なので、誰かに見られても、故郷への旅を計画していると言いつくろうことができる次第だ。旅行代理店に入ると、そこで働く三人の女性の誰かがわたしの事務所を教える。わたしが不在のときは代理店で待たせ、電話番号を必要としているときはそれも教える。そこでわたしは家賃のほかに、旅行代理店の三人の女性にお礼のお菓子を持っていく。きょうはエッグタルトだ。

「こんにちは」わたしは代理店を覗き込んで挨拶し、箱を掲げてみせた。「〈フェイ・ダ〉の一番人気よ」

「ありがとう」近くのデスクにいたジーナが言い、来客用の椅子を指した。メルの妹のナタリー・ウー・ハリスが携帯電話のディスプレイをタップしていた。わたしに気づいて電話をしまい、立ち上がった。

「迷惑だったかしら」きょうは自然に流しているつややかな髪をかき上げて、ナタリーは言った。「突然押しかけてきて」

「いいえ、全然」わたしは思わず驚いた顔をしたのだろう。「大丈夫？　メルから聞いたでしょう？」

「ええ。少し話をしたいの」

「こっちへどうぞ」わたしはジーナにタルトを渡して、ナタリーを廊下の先の事務所へ案内した。

　事務所にはゴールデン・アドヴェンチャーのような賑やかな街路の見える窓はなく、通風縦孔に面しているのがひとつあるきりで、わたしが借りなければ物置になっていたことだろう。照明を工夫し、鉢植えの植物や色彩豊かなポスターなどで温かい雰囲気を出すよう努めているが、ナタリーはひと目見て失望の色を浮かべた。彼女はビルと話すべきだ。ビルは事務所を構えたことが一度もなく、単独で調査をするときはバーを事務所代わりにしている。

「お茶はどうかしら？」わたしは電気ポットを手にして、尋ねた。

「いいえ、おかまいなく」ナタリーは来客用の明るい色の椅子に腰を下ろして、足を組んだ。黒のテーパードパンツに赤茶色のセーターを合わせ、ジャケットは左右非対称の興味深いデザインだった。誰だか知らないが、新進デザイナーによるものだろう。素敵なスペクテイターシューズを履いている。

わたしはポットを置いてデスクについた。ナタリーはわたしを見つめるばかりで、なにも言わない。こちらから話の糸口を作る必要がありそうだ。

「あなたもお姉さんも靴の趣味がいいのね」

「十五歳のときに自転車《バイク》で怪我をしてしまって。それ以来、ヒールのある靴は拷問なのよ」

あとを続けずに、挑戦的な目で見つめる。わたしはもう一度試みた。「誰とも会う予定がなかったから、家に帰って着替えてきたの」

ナタリーの表情が少しやわらいだ。「わたしだったら二度と着ないわね」

「なにがあったか、メルから聞いたのね？」

「血だらけだったそうね」

「刺殺されたの」

ナタリーは目を逸らして、うなずいた。「ミスター・チャンはいい人だったわ。彼はギャングだけれど、幼いときはそれを知らなかったし、いつもやさしかった」

「気の毒なことをしたわね」わたしは待った。

少し間を置いて、ナタリーは言った。「どのみち、ミスター・チャンの件がなくても、あなたに会うつもりだった。いま話すのはどうかと思うし、ミスター・チャンの死で情勢が変わるかもしれない。でも、とにかく、ジャクソン・ティンに会館を売り渡すよう、メルを説得してもらいたいの」

11

「驚かないのね」ナタリー・ウーは言った。

「伯父さんの遺産について、お姉さんと考えが違うから？　ええ、少しも。どこの家庭でも起きることだもの。でも、わたしに頼む理由がわからない」

「チャイナタウンに詳しい人を、ほかに知らないの。メルはあなたが気に入っている。メルを説得して。売ったほうがいいって」彼女は再び挑戦的な表情を浮かべた。

「いいとは思えない」わたしは言った。「チャイナタウンのことを考えると。それにあなたにとってもとくには。なにが目的なの？　たしかに莫大な金銭が絡んで――」

「お金は関係ないわ」

「では、なに？」

ナタリーは唇を噛んだ。気が進まないのか、人に要求されるのが嫌いなのか、どちらだろう。わたしは立ち上がって、電気ポットのスイッチを入れた。

「ジャクソン・ティンが訪ねてきたわ」ナタリーは言った。「彼はどうしても会館が欲しい」

わたしは茶葉をティーポットに入れながら、無言でナタリーを見つめた。

「わたしたち、同じ学校だったのよ。ジャクソン、わたし、それにメル。プレップスクールよ。

ヴァルハラの」

「メルが話していたわ」ナタリーはいつになったら本題に入るのだろう。もっとも午後の予定は書類整理だけなので、しばらくつき合うことはできる。「会館のことなら」わたしは言った。

「ジャクソンはなぜメルに話さなかったの？」

「あのふたりは犬猿の仲だもの。ジャクソンがいくら頼んだって、メルは突っぱねる」

「あなたは違うの？」

ナタリーはまた口をつぐんだ。湯が沸いて、効能を信じて選んだ鉄観音茶を十分浸出させ、顧客用の上等な茶碗に注いで渡すまで、無言の行は続いた。

「ジャクソンがしているのは恐喝と同じだわ」無頓着を装って言う。

「ジャクソン・ティンがあなたを恐喝しているの？」

ナタリーは茶をすすった。「会館を手に入れるためにね。フェニックス・タワー計画を進めたいのよ」

「なるほど。それで……？」

「それだけ。それで全部」

「そんなはずないでしょう」わたしはマグカップを置いた。「彼にどんな弱みを握られているの？　それがわからなければ、力になりたくてもなれないわ」

「なにも握られていないわ。とにかく、メルを説得して。それで十分」

「弱みを握っていなければ、恐喝できないでしょう？」

「でたらめを言えば、できるわ」

「ティンがでたらめを？　どんな？」

ナタリーは茶をひと口すすった。そして、もうひと口。「マッティは自分の子だって」鉄観音に感謝した。「ほんとうに？」

「まさか！」

「絶対に確実？」

「やめてよ。誰があんな男と」

「身に覚えのある人はたいがいそう言うわ」

「わたしは――」ナットはお茶をひと口飲んだ。「ええ、たしかに一時期つき合っていた。高校時代と、そのあと少し。メルはかんかんだった。姉はジャクソンに我慢できないのよ。でも、わたしとジャクソンの仲は、ポールと交際を始めるずっと前に終わっていた。ジャクソンはでたらめを言っている」

「だったら、なんで困っているの？」

「本気で訊いているの？　ジャクソンは大々的に公表するわ。広報を使ってマスコミに情報提供する。息子が堂《トン》の家族に育てられているって。冗談じゃない！　ポールの両親は、息子が中国人と結婚したのがそもそも気に入らない。それに、メン伯父のことはなにも知らないの。知られたらどうなるか、想像したくもない」

「では、ジャクソンが実際にマッティの父親かどうかは関係ないのね」

「関係ないってば！　大々的に報道されるのが、困るのよ！　こうした話題は格好のクリックベイトになる。ジャクソンは裁判所に申し立てて、マッティにＤＮＡ検査を受けさせるつもりだわ」

「でも、検査結果が――」

「肝心なのは結果じゃない！　わたしと肉体関係があったから、ジャクソンは申し立てたのだと、ポールの両親は永久に疑う。わたしが同じルーツを持つ男と関係したと。あの人たちは最初から、わたしが金目当てで結婚したと思っている。勘弁してよ！　ポールに財産があるなんて、婚約するまで知らなかった！」ナタリーはお茶を飲んだ。冷めていたとしても、彼女の耳から噴き出す熱気で温まったことだろう。「それに、ポールがわたしを信じると思う？　ＤＮＡ検査の結果は信じても、ジャクソンとの仲がとっくの昔に終わっていたことは？　ええ、きっと信じる。九九・九パーセントは。でも、ほんのわずか残った疑念が次第に膨らんで、いずれわたしたちの前に立ちふさがる。そして、それが事実ではないと証明する方法はない」

ナタリーはわたしが反論したかのように、睨んだ。なにもかもわたしの責任であるかのように。

「メルが会館を売らないと、そうなるの？」

「売れば、ジャクソンはわたしを放っておいてくれる」

「メルに話したの？」

「冗談でしょう？　話したら、メルはオフィスに乗り込んでジャクソンを撃ち殺すわ」

「文字どおりに？」

「まさか！　もちろん、実際にはしない。でも、間違いなく激怒する。姉はいつもわたしを守ろうとするの」

「あなたが望んでいなくても？」

「そのとおり」

　わたしもお茶を飲んだ。少し彼女を落ち着かせることにした。「わたしは兄が四人いるの。全員が束になってもメルには敵わないでしょうけれど、四人ともわたしが生まれたその日から守護神の役を買って出た。デートをするようになったころには父が亡くなっていたので、わたしとつき合う男の子は全員、兄たちの厳しいテストをパスしなければならなかった」

　ナタリーは顔を上げた。「ほんとうに？」

「ええ、例外なく。だから、こっそり動きまわるのが抜群に上手になって、この仕事に役立っているわ」

　ナタリーはちらっと笑みを浮かべた。「ここで働こうかしら。わたしも上手よ。〈ハウス・オブ・イエス（ブルックリンにあるクラブ）〉で警備の仕事をした経験もあるし」

「あなたが用心棒をしたの？」

「用心棒が連れてきたスリや麻薬密売人を、警察が来るまでおとなしくさせておく、事務所詰めの強面マダム。ヴァージニアスリムをぷかぷか吹かして、威嚇もしたわ」

「威嚇？」

「銀色の小さなリボルバーで」ナタリーは言った。「それに、ワルたちは手錠で椅子につながれていた。銃を使えないわけではないのよ。わたしは、自分の身は十分自分で守ることができる」

問題を解決してくれないなら、ジャクソンを撃つと暗に脅しているのだろうか。「ええ、あなたならできる」わたしは言った。「こっそり動きまわるのが上手だそうだけれど、ジャクソンとつき合っているときもそうやって彼との関係を隠していたの？」

「いいえ。それでは意味がないもの」

「どういうこと？」

ナタリーはわたしの目をまっすぐ見て言った。「メルは美人で頭がよく、運動神経も抜群。自分の欲しいものがわかっていて、努力をして手に入れる。わたしはいつも、ウー家の〝もうひとりの子〟だった。なにをやってもメルが先まわりしているから、お古ばかり使っている気がしたわ。メルがなぜフラットシューズを履くか、知ってる？」

突然話題が変わって、わたしは虚を突かれた。「怪我をしたためにハイヒールが履けなくなったんでしょう」

「半分はほんとうよ。さっきも話したけど、怪我したのはわたし。ギプスが取れたあと、ハイヒールを履こうとしたわ。ウィンタープレップの女生徒の定番だから。でも、だめだった。そうしたらメルは突然、体操で足を怪我した、フラットシューズしか履けないと言い出した。メル・ウーのすることはなんでもかっこいい。というわけで、瞬く間に誰も彼もがフラットシューズ。わたしはなにもしないで、かっこいい女の子に返り咲いた。やがて、ジャクソンが前触れもなくデートに誘ってきた。彼はメルの同級生だった。でも、メルではなくわたしを誘った。甘やかされた嫌味なやつだったけれど、人気もお金もあったから学校の女の子全員に嫉妬されたわ」

「メルも嫉妬した？」

「いいえ。さっき話したように、メルはジャクソンを嫌っていた。わたしが彼とデートすることもいやがった。すかっとしたわ」

家族。わたしは兄のティム、それにビルのことを考えた。

「メルはポールのことは気に入っている？」

ナタリーは肩をすくめた。「ええ。でも、彼の家族が結婚に反対していることを知って、憤慨したわ。あんな人たちと一生つき合うことになってもいいのって」

「ポールの家族はなぜ反対したの？」

「たぶん、わたしがなにかと噂の絶えない中国人の小娘だったから」

「噂があったの？」

「品行方正なお嬢さんでは決してなかったわね。高校を卒業してニューヨーク州立ファッション工科大学《FIT》に入ったの。みんな髪をピンクに染めて、大麻を吸ったり、クラブに入り浸ったりしていた。どんなだか、わかるわよね」

たしかにわかるが、ナタリーにそう思われたのはあまりうれしくなかった。「ポールとはどこで知り合ったの？」

「〈CBGB（ライブハウス）〉で働いているときに、ポールが友だちと来て。度胸試しに無理やり連れてこられたの。まったくね。彼の出入りするような場所ではなかった。どういう人だか、想像がつくでしょう。ポールは友人や環境など、わたしの生きている世界に腰が引けながらも、わたしに夢中になった。わたしはそれまでに交際した人が何人かいたけれど、誰とも長続きしなかった。楽しくても、すぐ熱が冷めてしまう。ポールは違った。突然、バカ騒ぎをおしまいにして人生を変えたくなった。ポールの世界で生きたくなった。結婚して家庭を持ち、子供をサッカーの練習に送り迎えする母親になりたくなった。郊外の家に住んでSUVを運転し、誰かのために料理を作る生活。これまでと違う、誰かに必要とされる人生が欲しくなった」

「でも、ポールの家族は反対したのね」

「そうよ。でも、ポールは負けなかった。まさに、足を踏ん張って抵抗した」ナタリーは微笑んだ。「あなたは彼の靴も見た？　彼の足はすごく大きいのよ」

「抵抗した結果、うまくいったの？」

　ナタリーはお茶で喉を湿して答えた。「しこりは残ったわ。結婚してから長いあいだ子供ができなくて、義両親はポールに圧力をかけ続けた」

「どんなふうに？」

「わたしと別れろって、しつこく。『誰にでも間違いはあるのよ。いまからでも遅くないわ。素敵なブロンド美人を見つけて、白人の孫を産んでもらって』」

「そんなことを言ったの？」

「ポールが話さないから、実際になんと言ったのかは知らない。とにかくポールがいくらはねつけてもしつこく迫って、孫息子ができたらようやくおとなしくなった。マッティに白人の血が半分しか流れていなくても、我慢してくれるんですって」

「孫娘もできたわね」

「エミリーはかわいそうに、ちっともかわいがってもらえない。最低な人たちよ。きっといまでも、ポールがわたしと別れて素敵なブロンド美人と再婚すればいいと思っている。冗談じゃない。わたしは別れない」

ナタリーの目が険しくなった。「やっと見つけた欲しいものを、ジャクソン・ティンのせいで失うのはごめんだわ」

彼女の言葉に嘘偽りはないようだった。「メルに打ち明けたらどう？」

「メルが責めたら、あげくにジャクソンは激怒してメルを怒らせる。罵詈雑言の応酬になるのは目に見えているわ。ジャクソンは、わたしや会館とは関係なく、メルに嫌がらせをするために公表しかねない」ナタリーは息を継いだ。「メルが知ったところで、なんの役にも立たない。そもそも、ジャクソンに口止めされているの。あなたに話したことが知られたら、大変なことになるのよ」わたしがうなずくまで、見つめた。「メルはいつもわたしを助けてくれた。もう一度だけ、助けてもらいたいの。あの古ぼけた会館をジャクソンに売ってくれればすむのよ」

わたしは黙っていた。ナタリーはわたしが乗り気でないと取ったらしく、事実そのとおりだった。彼女はつけ加えた。「メン伯父は売却を望んでいなかったけれど、正直なところ、ギャングの巣食っているおんぼろビルディングよ。メルはそんなものを抱えていたいかしら。おまけに殺人まで起きた。売らない理由がある?」

形ばかりの質問だったので、メルがチャイナタウンの特徴を考慮し、さらには都市の富裕化に反対して売却を拒否していることは話さなかった。ここがわたしの生まれ故郷であって、その存続がメルの拒否にかかっていることも。

「それに、急がないといけないの」ナタリーは言った。

「どうして?」

「今月末の最終期限の前なら、売り手は契約を破棄できる。会館の買収が期限後になったら、また初めから全員と交渉してまとめなければならず、成功したとしても莫大な費用がかかる」

「ジャクソンの手持ち資金を超過するのね」

「不動産売買だから、彼個人の資金ではないわ。出資者が超過分を了承しないだろうと、ジャクソンは心配していた。メルを説得できる?」ナタリーは訊いた。「あなたにできる?」

12

ナタリーが帰ったあと、わたしはしばらく思案にふけった。そのあとビルに電話をして書類整理を放り出し、〈ショーティーズ〉へ向かった。ビルは〈ショーティーズ〉の二階上に住んでいるので、ビルの家へ向かったとも言える。

明るい陽射しのなかにひんやりした冷気が潜み、レイト・ストリートまでにあるわずかな街路樹はどれも赤やえんじ色、金色に輝いていた。〈ショーティーズ〉に入って、サングラスを額に押し上げて見まわした。ビルはカウンター席にいた。

「やあ」ビルは言った。「久しぶり。昼飯をどう?」

「ワカモレにしようかな」

「了解、リディア」カウンターのなかにいるショーティーが言った。「ビールは?」

「また、いつか」

わたしはビルと知り合ってからここによく来るようになった。ショーティーはわたしがほとんどアルコールを口にしないことを知っているが、訊かずにはいられない。だって、ここはバーなのだから。

スツールを下りたビルと、ニューヨークの往年の名野球選手の白黒写真が何枚も貼ってある壁際のブース席についた。店内のテレビは二台とも同じスポーツチャンネルに合わせられ、昼下がりのバーにたむろする客——大半が夜勤明けや非番で羽を伸ばしている警官——はビールを飲みながら、数字を並べた統計表をもとに討論する背広姿の三人に見入っていた。画面がときどき切り替わって、プレーオフに備えてエメラルドグリーンのヤンキースタジアムを整備する係員たちを映し出す。車のコマーシャルが始まった。

「試合はいつ始まるの？」わたしはビルに尋ねた。

ビルは腕時計に目を落とした。「あと一時間弱だ」

「その前に帰ると約束するわ」

「帰らなくてもいいよ。無視するから」

エラがチップス、ワカモレ、それに注文しなかったが察しのいいショーティーが加えてくれた炭酸水を運んできた。彼女の本業はキャバレー歌手で、昼間はここでアルバイトをしている。

「バーガーもすぐできるわよ、ハニー」ビルに言った。

エラにお礼を言って、仕事に取りかかった。わたしはナタリーの話と要望を伝えた。

「事実なのかな」ビルは言った。

「なにが？」

「まずは、自分が子供の父親だというティンの主張。ナタリーの子はふたりとも、血が混じっているように見えたけど」

「ふたりともポールが父親で、ナタリーはＤＮＡ検査で証明できる自信がある。ただ、肝心なのは検査結果ではないの。噂が広まることが問題なのよ。ナタリーは義理の両親を恐れているの。自分は嫌われていると思っているわ。ジャクソンは、無邪気な我が子を堂《トン》の家庭から救おうとする父親を演出して、検査結果が出たらこう言う。えっ、ぼくの子じゃなかった？　でもさあ、これまでの関係を考えたら、可能性はあったよね？　それに、きみの親戚が堂に属していたことは事実じゃないか」

エラがバーガーを運んできた。「もう一杯？」真っ赤な爪のラインストーンをきらめかせて、ビルの半分空《から》になったグラスを指さす。

「まだいい。あとで頼むよ」

「オーケー、ハニー。欲しくなったら声をかけて」にこっとして、ドレッドヘアと腰を振って離れていった。

ビルはわたしのほうに向き直って言った。「彼女はぼくに気があるのかな」

「恋の橋渡し役をさせているんでしょう」わたしはコーンチップでワカモレをすくった。「自分がもてると見せかけて、わたしの恋心をあおろうとしている」

「で、効果は？」

「全然なし」

「ふうん」ビルは言って、バーガーに調味料をかけた。「では、ティンは会館が手に入れば消え失せると思う？」

「それはかなり難しい問題よね。恐喝者が消え失せるなんて、聞いたことがある？　たとえば、ジャクソンがほかの計画で資金が必要になったら？　今回成功すれば味を占めて、ウー姉妹が自分の欲しいものを持っていたら、繰り返すのではないかしら」

ビルはバンズの上半分を戻して、かぶりついた。

「それに」しばらくしてビルは言った。「チップスを頭からぶちまけられる覚悟で言わせてもらうが、これにはきみの個人的な利益も絡んでいる。いわゆる利益相反ってやつだ」

「つまりこういうこと？　依頼人Aが元来望んでいない、わたしの故郷を破壊すると確信している依頼人Bの望む行為をさせるために、Aの説得を試みるのは、紛れもなく偽善である」

「舌を嚙みそうな言い方をすれば、そうだ」

「あなたが正しいし、メルを説得する気は微塵もないわ。メルがティンに売ろうとしたら、止めるかもしれない。でもナタリーがかわいそう。ジャクソン・ティンは彼女の人生をめちゃくちゃにすることができるのよ」

わたしはチップスとワカモレをつまみながら思案にふけり、ビルはバーガーを食べながら、これは希望的観測だが、やはり思案にふけった。徐々に観客で埋まっていくヤンキースタジアムがテレビに映った。画面の片隅に、ブルペンでウォーミングアップをするピッチャーの映像が挿入されている。ビルが「あらゆる大きな幸運の陰には大きな犯罪が潜んでいる」と言うのを聞いて振り返った。

「え？」

「バルザックの名言だ」ビルはナプキンで指を拭った。「原文はもう少し長くてこんなだったかな。公言できない大きな成功を得る秘訣は、決して露見しない悪事を行うことである」

「皮肉だけど、正しいみたいね」

「百パーセント正しい。人生には、してはいけないとわかっていることをするかしないか決めなければならないときがよくある。たとえば、消火栓の前に数分間駐車しようとするとき、プラスとマイナスを秤にかける。プラスは、短時間で用事をすませることができる。マイナスは、車をレッカー車で持っていかれるリスク。さらには消火を妨げる危険もある。その用事はどれほど重要か、リスクはどれほどあるか。あらゆることを考慮して、するかしないかを決める」

「なにを言いたいの？」

「いまの例はスケールが小さいけれど、野心家にもやはりこうした機会があって、賭けるものはもっと大きい。入手したばかりの情報を使ってインサイダー取引をしたものか。裏帳簿をつけるべきか。議員を買収したらどうだろう。恐喝しようか」

炭酸水を飲み干して、わたしは言った。「つまり、ジャクソン・ティンの財産の陰になにが潜んでいるか、探り出すのね」

「恐喝者は消え失せない。だが、手詰まり状態に追い込むことはできる」

「あなたって天才」わたしは腰を上げた。「じゃあ、夜にまた。野球を楽しんで」

エラは、店を出ていくわたしにウィンクをした。

13

わたしはチャイナタウンに戻って、コロンバス・パークのベンチに腰を下ろした。すぐそばで男女の老人グループが民謡を合唱していて、その伴奏は二胡、竹笛、アコーディオン、それにバンジョーだ。中国人の適応性につくづく感心した。携帯電話を出してかけた。

「やあ、いとこのリディア！　なんかあった？」ライナス・ウォンはスピーカーフォンに切り替えたのだろう、エコーが聞こえた。

「ハイ、ライナス。万事順調《ファイナス》よ」

「なんだよ、それ」

「一度言ってみたかったの」

「そうか、こっちも順調。ねえ、レトロなティムおじさんがパートナーになったんだって？　おばさんが母さんに電話してきた」ティムはわたし同様ライナスのいとこであって〝おじさん〟ではない。〝おじさん〟は縁戚関係ではなく、〝レトロ〟に由来する。

「母は電話をしまくったものだから、チャイナタウンには知らせる相手がいなくなったの。そこで、郊外に取りかかったというわけ」

「ふうん、おめでとうって伝えてよ」

「ありがとう、伝えておく」

「あら、リディアから？」と、女性の声が聞こえた。

「そうよ。ハイ、トレラ」彼女はライナスのガールフレンドで仕事のパートナーでもある。

「元気？」

「うん、絶好調。ほら、ウーフ、リディアよ」

ぱたぱたと尾で床を叩く音が聞こえた。クイーンズにあるライナスの実家の改装したガレージで、ラグの上で丸まっている薄茶の大型犬が瞼に浮かんだ。ガレージはライナスとトレラが運営しているサイバーディフェンス会社〈ウォン・セキュリティー・サービス〉の本部だ。会社の謳い文句は〝あなたのような人たちをぼくらのような人間から守る〟。

わたしは言った。「ハイ、ウーフ。ワン、ワン、ワン。ところで、仕事を頼みたいんだけど」

「ウーフに訊いてるの？」

「いまはウーフがスケジュールの管理責任者？」

「散歩とおやつに関しては。どんな仕事？　違法な類《たぐい》？」

「違うわよ」

「なんだ。ま、どのみち、やるよ。ね、トレラ？」

「結局は違法だったりして」トレラは期待を込めて言った。

「できればそれは避けたいわ」わたしは言った。「ジャクソン・ティンという人物について調べて」

「ジャクソン・ティン？」ライナスは訊いた。「何者だい？」

「不動産開発業者じゃなかった？」トレラが言った。彼女は、天才的だが浮世離れしているわたしのいとこよりも、もう少し世情に通じている。

「ええ、そうよ。ベイヤードとモット・ストリートの角に二十階建てのタワーマンションを計画している」

「マジで？」ライナスは言った。「ヨンユンおばさんが、チャイナドレスをぎりぎりねじって怒るだろうな」

ヨンユンおばさんとは、言うまでもなくわたしの母だ。「大勢の人が不満を持っているわ」

「それで――ティンだっけ？――そいつの表に出したくない秘密を探り出したいんだね。そして、恐喝して計画をストップさせる」

「秘密は探り出したいけれど、恐喝はしないわよ」

「うん」ライナスはきっぱり言った。「恐喝は違法だ」

「そのとおり」

「なるほど。わかった。トレラ、あちこちほじくってみようよ」

「必要なのは」わたしは〝必要〟を強調した。「銀行口座とかそういった類。見つけてくれれば十分。深く調べなくていいわ。データベースのアクセスに必要なわたしのパスワードは知っているわね」私立探偵《P・I》は一般市民には与えられないデータベースへのアクセス許可を持っている。だがライナスとトレラには、わたしの持っていない技術がある。自分で調べることもできるが、彼らのほうが速くて徹底的だ。「合法な調査だけよ。いいわね？　あなたたちを刑務所に入れたくないし、それにパスワードはわたしのだから、わたしも入る羽目になる」

「おいしい情報を偶然見つけたときはどうする？　ポルノとか薬物、武器取引とかさ」

「違法になるぎりぎりのところまで調べて。ぎりぎりのところまでよ。いい？」

「ちぇっ、つまんないの」

「並行してわたしの依頼人についても同じように調べてちょうだい。メラニー・ウー、中国名はウー・マオリ。それに妹のナタリー・ウー、結婚後の姓はハリス、中国名は不明。夫のポール・ハリスについてもお願い」メルとナットの現住所を伝えた。

「自分の依頼人を調べるの？」ライナスは言った。「それって、不誠実というか……いいのかな」

「あなたは自分の依頼人を調べない？」じつはメルについては、依頼を受けた時点で調べてある。だが、ライナスならもっと掘り下げることができるし、どのみちナタリーについて知りたかったのでふたりとも頼んだのだった。

「そりゃあ、調べるさ」ライナスは言った。「ぼくらの仕事は、裏切りとか欺瞞を対象にしてる。正当な権利を持っている人の目からあるものを隠すために雇われていたって、あとになってわかったらいやじゃないか」

「違法な調査を禁じられてがっかりした割には、道徳的なのね」

「〝合法〟と〝正当〟はまったく別の意味を持つ。だよね、トレラ？」

トレラは言った。「あたしに訊かないで」

「じゃあ、お願いね。なにかわかったら知らせて。お母さんたちによろしく、ライナス。バイバイ、ウーフ」

そのあと、道場に寄った。稽古のない日だが、体を動かして頭をすっきりさせたかった。道場では掃除当番の上級者がひとりで床を掃いていた。着替えをして拭き掃除を手伝ったあと、一緒に型や防具を使った練習をして、ライトコンタクトの組手に移行した。ライトコンタクトの組手はひとつひとつの動きの間合いと力を正確にコントロールしなければならないので、フルコンタクトよりも難しい。ひととおり終わったあとは互いに汗びっしょりになって息を切らし、気分爽快になっていた。礼をして、道場の戸締まりをして別れた。

家に帰ると、もう一度シャワーを浴びる前に母が台所から声をかけてきた。「兄さんが夕飯を食べにくるわよ」

どの兄だろう。テッドとエリオットにはそれぞれ妻とふたりの子がいる。したがって、このふたりの訪問は鳩の群れが舞い降りるようなもので、母は何日も前から準備をする。アンドリューは、フィアンセのトニーが母に中華料理を教わっているのでよく来るが、わたしと仲がいいので必ず会えるよう、たいてい前もって連絡がある。では、残るはひとり。コンロの前の母のところへ行って、ただいまのキスをして鍋のにおいを嗅いだ。「うーん、おいしそう」

「牛肉《ニューロー》麺よ」

牛の肩ばら肉をじっくり煮込んだ汁を使った麺は、ティムの大好物だ。これで決まり。

「楽しみだわ。食卓の用意をする前にシャワーを浴びてくる」

「あら、家で食べるの？」母は大げさに目を丸くした。「牛肉を余分に料理しておいて、よかった」

「お母さん！　いつだって、一師団に十分なくらい作るじゃないの」

母は、わたしが家で食べても——つまりは兄と一緒に——食べなくてもどうでもいいと鼻を鳴らして、鍋をかきまぜた。

シャワーと食卓の用意をすませてからデスクについて、ジャクソン・ティンについてネットで調べた。ライナスとトレラはティンの経歴をつぶさに調べて〝表に出したくない秘密〟を探す。わたしは彼がどういう人間か、もしくは少なくとも公的な人格を感じ取りたかった。

ティンはウー姉妹と知り合ったウィンタープレップを卒業後、アデルファイ大学でビジネスを専攻、フォーダム大学でＭＢＡを取得。両校とも全米トップ四〇に入る大学で、トップ一〇ではないにしても実家に近く、在学中も父親の会社で経験を積むことができた。クイーンズで中規模のアパートを何棟か所有し、その管理のほかに建設も行っているその会社で、父親と仕事をしたのが、ジャクソンの初期のキャリアのすべてだった。およそ八年前に父親が引退して、あとを継ぐ。その二年後に父親が他界したのを機に川を越えてマンハッタンに進出し、より大規模な開発事業を手がけるようになった。

そのあいだにチャーミングな——写真で見たところ、美人で外見にお金をかけているので、そう推測した——中国系アメリカ人と結婚。現在は幼児と赤ん坊がいる。『ニューヨークタイムズ』の過去記事を調べて、結婚欄でふたりの記事を見つけた。それによると、出会ったのは三年ほど前なので、大恋愛の末の結婚だったのだろう。ナタリーの息子マシューは四歳だ。マシューは自分の子だとティンが大っぴらに主張しても、おそらく夫婦仲にひびは入らない。残念ながら、この線ではジャクソンを牽制できそうもない。

グーグルでティンの会社と今後の開発計画や、それに関連する建築家、元請などについて調べた。建築関係の受賞が少なく、またほかの施工物件を見た限りでは、建築家はいずれもティンの教育と同様、B級らしい。ビルはこうしたことに詳しいので、今度意見を聞くことにした。もっとも、納得はいく。スター級の建築家は施主の要望にあまり耳を貸さないし、開発業者は業者で〝最高にすばらしい〟よりも安上がりな〝まあ満足できる〟を好む傾向がある。元請は聞いたことのない会社ばかりだが、そもそも元請が何社あるのか見当もつかない。ビルはきっと、これにも詳しい。

わたしは家で仕事をしているときにお茶が欲しくなっても母を煩わせないように――じつのところ気を散らされないように、自室に電気ポットとお茶を置いてある。元気が出てすっきりする、アッサムティーを飲むことにした。お茶が浸出するのを待っているとき、メル・ウーから電話があった。

「気分はよくなった？」わたしは訊いた。

「ええ、いくらか。ミスター・チャンのことで頭がいっぱいで、ほかのことが考えられないの。物心ついたころから知っていたのよ。もちろん、子供だったから詳しいことは知らなかったけれど。メン伯父に会いにいくと、必ずミスター・チャンがいたわ」

「では、ミスター・チャンは若いときに堂《トン》に入ったのね」誰かの死を悲しんでいる人には、故人について語らせるのが一番だ、と母は言う。それに、興味もあった。

「もともとは別の堂だったのよ。リ・ミン・ジンと合併したマトウの一員だった。このあいだボスだったロン・ローのお墓を見たでしょう。ロン・ローが構成員を契りから解放すると、メン伯父は希望者をリ・ミン・ジンに迎え入れた。かなりの人数がリ・ミン・ジンに移ったわ。ミスター・チャンはマトウの出世頭で、リ・ミン・ジンに移って数年後にメン伯父の筆頭補佐になったのよ」メルは間を置いた。「あら、まあ！　ギャングのことなのに、これではまるで新進スターについて話しているみたい。でもナットもわたしも、子供のころはメン伯父の生活を少しも知らなかったから」

「ええ、わかるわ。タン・ルーリエンのことを教えて。彼女もその当時堂にいたの？」茶こしをカップから出して、受け皿に置いた。

「いたわよ。それがとても異例なことだとは、幼いわたしにはわからなかった」

「伯父さんは寛大だったみたいね。女性の平構成員を受け入れ、手下をひいきしないで、ほかの堂から移ってきた人物を抜擢したんだもの」

「そうね」メルは言った。「メル伯父は古風な人だとずっと思っていた。きっと、会いにいくといつもお香が焚いてあって、お経を唱えたりしたからでしょうね。お菓子や中国のゲームのことを思い出したわ。中国のチェスを教えてもらったのよ。象棋だっけ？　でも、母は伯父のほんとうの姿をわたしたちから隠していた。伯父を愛してはいたのよ。身内はわたしたち家族しかいなかったので、伯父はニューヨークに移ってくると親しく行き来することを望んだわ。でも、母はわたしたちを堂から遠ざけておきたかった。高校生になるまで、堂がどういうものなのか知らなかったくらい。知ったあとは、できる限りナタリーに隠しておいた」

「いつもナタリーを守っていたのね」

「姉とはそういうものではないかしら。責任を負うのは、いつもわたし。ナットは自由奔放。ナットが裁判所の階段で男の子たちとスケートボードをして足首をくじいたら、手当をしてやって、ナットが両親にどんな嘘をついても口裏を合わせたわ。ただし、薬物は例外。それでトラブルに巻き込まれたら自分で解決するよう、はっきり言い渡したわ」

「そうしたことがあったの？」

「一度もなかった。ナットはわたしが本気だとわかっていた」

「あなたはいったん決めたらあとに退かない気がする」

「ええ、圧力をかけられたら、もっと強い力で押し返す。好ましい性格ではないけれど、弁護士には向いているわ」

「ナタリーはいまでも自由奔放？」

「いいえ、まったく。ポールに出会って落ち着いたわ。ポールは、妹にはまたとない人よ。あなた、姉妹か兄弟は？」

「兄が四人。ふたりはいつもわたしを守ろうとし、ひとりはよき理解者、あとひとりは、わたしを走っているバスの前に突き飛ばしたがっている」

「最後のお兄さんの話はほんとうではないでしょう」

「比喩として言っただけ。あなたはその兄に会っているのよ。ティム。葬儀に来たわ」

「チャイナタウン文化保存協会の女の人と一緒だった？」

「そう。ティムは理事なの」

「感じのいい人に見えたわ」

「それが罠なのよ。ところで、もしよかったら教えてもらいたいことがあるの。ビッグ・ブラザー・チョイはなぜ再婚しなかったの？　家族を人一倍大事にしていたんでしょう？」

メルは微笑を含んだ声で答えた。「十歳くらいのとき、わたしも伯父に尋ねたのよ。とても悲しいロマンチックな事情があったの。伯父はメイメイ伯母さんを心から愛していた。ふたりとも子供が欲しくてたまらず、努力を重ねた。ところが、ようやく生まれた男の子はとても小さくて体が弱く、数日後に死んでしまった。メイメイ伯母さんは悲しみに暮れて家にこもりがちになり、一年後にあとを追うように亡くなった。今度は、メン伯父が悲しみに暮れた。そして、あの世でまた一緒になれるよう、独身を通したのよ。永遠に家族でいることができるように」

「まあ、気の毒に」彼はギャングだった、とわたしは自戒した。同情に足る人物ではない。

「メン伯父、そして今度はミスター・チャン……」メルは言葉をとぎらせた。「話を聞いてくれてありがとう。思い出話をしたら、いくらか気持ちが楽になった」

背筋をぴんと伸ばした姿が目に見えるような声で、メルは言った。「じつはお願いがあって、電話をしたの。あしたの午前中、あの刑事と一緒に室内を調べる約束をしたわ。一緒に来てくれないかしら」

「よかった」

チョイのアパートメントに？　願ってもないことだ。誰にも止めさせない。「ええ、喜んで。でも、前もって刑事に断っておくわ。あのメアリー・キーという刑事は友人なの。幼友だち。担当現場にまた顔を出すと機嫌を悪くしそう」

「友情が危機にさらされる？」

「せいぜい睨まれるくらいよ。ビルを連れていったら、そんな程度ではすまないだろうけど」

「あなたがかまわないなら、お願いするわ。このあいだみたいに構成員たちに虚勢を張らなくてよさそうね。今度は違うもの」

「どう違うの？　もちろん、喜んで一緒に行くわよ。ただ、興味があって」

「刑事は、わたしに室内をもっと詳しく調べてもらいたがっている。できるだけ協力するけれど、刑事は事件を解決することにしか興味がない。当たり前よね、それが仕事ですもの。でも――バカみたいだけど、ミスター・チャンが殺された理由がわからないうちは、事件は会館に関係があるという思いを捨てられない。わたしがおかしいのかしら」

「全然、おかしくないわ。もっとも、単なる内部の後継者争いだったかもしれない」

「ええ、たしかに。でも、チャンはわたしになにかを伝えようとしていた。メン伯父に頼まれたことを。わたしとナットではなく、わたしだけに。だから、たぶん会館についてのことだわ。つまり、わたしの問題よ。ナットには関係ない」

わたしはノートパソコンのディスプレイに表示されているフェニックス・タワーのカタログに目をやった。ナットには関係ない？　知らないから、そう言えるのだ。

「それに」メルはつけ加えた、「正直なところ、ひとりであの部屋に入りたくなくて」

「メアリー――キー刑事が一緒でしょう」なにをしているんだろう、わたしは。せっかくのチャンスを棒に振るつもり？「ああ、でもわたしと刑事とでは違うわよね、わかったわ」

「では、来てくれるのね」

「もちろん。何時に待ち合わせたらいいかしら」

電話を切ってお茶を飲み、スポーツニュースをチェックしてからビルにかけた。「まだ試合中？」

「だったら、電話に出ると思うか？」

「だったら、かけると思う？」

「じゃあ、なぜ訊いたんだい？」

「礼儀として。正義の味方が勝った？」

「ヤンキースのこと？」

「どっちのチームにしろ、あなたの応援しているほう。野球に興味はないけれど、わたしはあなたの味方だから」

「きみの忠誠心は語り継がれることだろう。うん、ヤンキースのぼろ勝ちだった。なにかあったのか?」

「ええ、ふたつ。ひとつは、メルがあしたビッグ・ブラザー・チョイのアパートメントでメアリーに会うので、一緒に行くことにしたわ」

「連れていけと無理強いしたのではなく?」

「必要とあればそうしたけれど、メルが言い出したのよ。気味が悪いんでしょうね。遺体や血痕を見たから。だけど、あなたまで連れていくのは図に乗りすぎだと思うの」

「おとなしく待っていろってことか。わかった、きみの報告を待つ。どのみち、二、三用がある。もうひとつは?」

「きょうは家で夕食を食べるわ」

「一回の電話で二度も拒絶をしておいて、しかもこれが新記録ではないとくる。胸が張り裂けそうだが、ぐっと耐えよう。お母さんの温かい愛情を思う存分浴びたいのか?」

「もっと素敵なこと。ティムが来る」

「ちょっと、待った。どういうことだ。いつもなら、さっさと逃げ出すだろう?」

「いつもなら。でも、きょうの午後いっぱい、ネットでジャクソン・ティンを調べたけれど、急所を見つけることができなかった」

「卑猥な話をするきみは、最高だ」

「経験豊富な探偵のあなたから、いろいろ学ぼうと努めているのよ。どのみち、あなたの話したような大きな犯罪は見つからなかった。ティムはこの件に利害関係があるから、いろいろ知っているかもしれない」

「それにティムのことだから、大得意で微に入り細を穿って話すだろう。でも、気をつけたほうがいい。借りができたら、いつか返さなければならない。そしてこの種のことは雪だるま式に大きくなる。ところで、比喩の抑えが利かなくなってきたね」

「あの南部への旅のせいよ。あなたもそう言ったでしょう」

「うん。では、おやすみ。もしも緊急事態が発生して、ベッドから飛び出して逃げたくなったら、狼煙《のろし》を上げるといい。すぐに駆けつける」

「緊急事態って、どんな?」

「さあねえ。ぼくの急所に関係があるかな」

自業自得とはいいえ、わたしは無言で即座に通話を切った。

14

一秒の遅れもなくやってきたティムは、いつものようにハンサム（ぽっちゃりが好きならば）で素敵な服（堅苦しい服が好きならば）を着て、魅力的（尊大な態度が好きならば）だった。靴を脱いで母にキスをして、「おや、リディア。家で夕飯を食べるのか？　デートの相手がいなかったんだな」と、手土産のオレンジを渡して寄越した。

「兄さんが来るから、セクシーな男性とのデートをキャンセルしたのよ」

「スミスのことか？　あいつをセクシーと思うようじゃ、絶望的だな」

「兄さんだって、デートの相手がいないくせに」わたしはオレンジを台所に持っていって、大きな青い鉢に盛った。

「中国語で話しなさい」母が中国語で命じた。「それからお互いにやさしい言葉をかけなさいよ」

「いいにおいだね、母さん」ティムは中国語に替えて言った。「どうせ、リン・ワンジュは手伝わなかったんだろうな」

「手伝わせてくれないのよ」わたしは言った。「兄さんに毒を盛るのを心配して」

「まったくふたりともちっとも変わらないんだから」母はわたしと兄を台所から追い出してゴ

マ油を中華鍋に注ぎ入れ、青梗菜《チンゲンサイ》を炒め始めた。

「母さんは、なんでぼくらが変わると期待し続けるんだろう」居間で腰を下ろすと、ティムは英語に戻した。「おまえが世間並みのいい妹になるわけがないのに」

「世間並みとは、外聞の悪い職業についていない妹？　あいにくだったわね。ところで、わたしはいい妹よ。電話でパートナーになったお祝いを言ってあげたじゃない」

「母さんに言われたからだろう」

「違うわ。でも、教えてくれたのはお母さん。テッドとエリオット、それにアンドリューには兄さんが直接知らせたんでしょう？　わたしにも電話をくれればよかったのに」

「なんだよ、どうせ興味なんかないくせに」

「決めつけないで」

熱々の餃子を台所から持ってきた母が、丁々発止の応酬をさえぎった。わたしは青梗菜を、ティムは両手にキッチンミトンを嵌めて鍋を運んで、テーブルについた。餃子を食べているあいだ、話題はもっぱらほかの兄やその家族、子供たちの近況に集中した。牛肉麵《ニューロー》と青梗菜に移って、ティム自身や新しい地位について語り合った。

ティムは謙遜しながらも、わたしのぎりぎり我慢できる程度にしばらく自慢をしたあと、わたしに話を振った。「先日のチョイ・メンの葬式では、新規の依頼人が見つかったのか？」

また喧嘩が始まるのかと警戒して、母は眉をひそめてわたしたちを見比べたが、口は挟まなかった。

「メル・ウー」わたしは言った。「故人の姪よ」葬式に行ったのはメルに頼まれたからだったが、なにもかも教える必要はない。

ティムは目を丸くして、もったいぶってうなずいた。「大物を釣り上げたな。どんな依頼だ」

「手助け。それしか言えないのは承知よね」

「弁護士のために働いているのでなければ、依頼人と探偵間の特権はないよ」

「メルは弁護士よ。それに特権で守られていなくても、ぺらぺらしゃべっていいことにはならない。法廷で明らかにすべき情報を、夕飯の席で兄さんに話す義務はないわ」

「わぉ」ティムは言った。「熱くなっちゃって」

「でも、兄さんに訊きたいことがあるの」

「なにも教えないでおいて、訊きたいことがある？　なんで、答えなくちゃならない」

「わたしが妹だからよ！」母は鍋の麺をティムの皿に盛り、じっくり煮込んだ牛肉の塊をいくつか選んで上に載せた。「喧嘩はやめなさい。夕食がまずくなるでしょ」

「母さんの牛肉麵は、絶対にまずくならない」ティムは言った。「リディアがなにをしようとも。わかった、リディア。なにを知りたい」

「もう、けっこう。どうせ、兄さんは知らないだろうし」

母が怖い顔をする。

「ええと、その」わたしは慌てて言った。「ジャクソン・ティンに興味があるの」

ティムは笑った。「まさか本気じゃないだろうな。あいつは既婚だよ。それに、おまえには分不相応だ」

母は怖い顔でティムを睨んだ。「〝分不相応〟とは、その男がリディアにはもったいないという意味？」

「いや、別に……」

「うちの子にもったいない人なんて、ひとりもいないわよ」母はしばし考えて、言った。「うちの子がもったいない人は、いくらでもいるけどね。ねえ、リン・ワンジュ」母は期待と不安の混じった複雑な表情を浮かべて、わたしを見た。「あんたが興味を持っているという、その男の人はほんとうに既婚なの？」

なるほど。期待は、ほかの男に興味を持ったのなら、ビルに興味を失いつつあるから。不安は、既婚なら手に入らないから。「違うのよ、お母さん」わたしは言った。「これは純粋に仕事上の興味。ジャクソン・ティンは不動産開発業者で、わたしは彼の関わっている件を調査しているの」

「メル・ウーの依頼とはそれか？」ティムは訊き、母は肩を落とした。

「残念でした。ただ、兄さんはチャイナタウン文化保存協会の理事だから、ティンのスキャンダルをとっくに突き止めていると期待したのよ」

「メル・ウーか」ティムは考え込んだ。「彼女は不動産専門の弁護士だ。伯父はリ・ミン・ジンのボスで、ティンへの会館の売却を拒んでいた。おい、リディア、直接的にしろ、間接的にしろ、堂《トン》の仕事をしているなら殺すぞ」

母の目がまん丸くなった。わたしが堂の仕事をしていると思ったのか、ティムがわたしに肉切り包丁を振りかざしているところを想像したのかは、不明だ。

「わたしの身を心配しての言葉なら、感謝するけど」わたしは言った。「兄さんは最低のエゴイストだもの。わたしのせいで〈ハリマン - マギル〉での評判に傷がつくのを恐れて、お母さんを怖がらせたのね。堂の仕事なんて、するわけないでしょ！　メル・ウーになにを頼まれたか、口が裂けても教えない。ジャクソン・ティンの調査でないことはたしかよ。よけいなお世話をありがとう」わたしは腹立ちまぎれに、肉を口いっぱい頰張った。

ティムは顔を真っ赤にしてそっぽを向いた。母が眉をひそめる。わたしは皿に目を落とした。気詰まりな沈黙がしばし続いたあと、ティムは少し態度をやわらげた。「たしかに協会はジャクソン・ティンについて少々調べた。フェニックス・タワー計画に危うい《ダイシー》点はないかと。なにもなかった」

「フェニックス・タワー計画だって？」母は言った。「ベイヤード・ストリートの？　金持ち専用の不細工で大きな建物ができるんでしょ？」

「うん、そんなところだよ、母さん」

「ダイシーということは、賭博場ができるの？」

「いや、〝ダイシー〟は悪いという意味だ」ティムは答え、わたしは笑いをこらえた。

「悪い」母はうなずいて、新しく知った俗語の意味を嚙み締めた。ティムは英語を中国語に直訳したので、母が友人たちの前で使ったところで大した成功は望めない。だが、言わぬが花というものだ。「じゃあ、あんたは計画に悪いところがないか、探したのね？　あれを建てるために、大勢の人が家を追い出されるのよ。それは悪くないの？」

「悪いけれど、法律的には問題ない」

「そんなの、おかしいでしょうが」

　ティムは肩をすくめた。「まあね。でも、しかたがない」

　母はわたしを見た。「あんたも悪いところを探しているの？」

「ジャクソン・ティンに関すること全般について悪いところ。フェニックス・タワーだけでなくほかの計画でも、なんでも」

「それを見つければ、この金持ち専用の悪い建物を造らせないことができるの？」

　ティムは首を横に振った。「それはどうだろうな、母さん」値踏みするかのように、わたしをじっと見る。「ぼくは」おもむろに言う。「弁護士で、協会は非営利団体だ。協会は合法的な調査しかできない」

「だから、なに？」わたしは訊いた。

「とぼけるなよ、リディア。法を犯したことがないとは言わせないぞ。度外視したり、すり抜けたり、言い逃れして――」

「〝違反〟の意味は十分承知しているわ。だから、兄さんはわたしの職業を忌み嫌っている」

　ティムは肩をすくめた。「多々ある理由のひとつではあるな。だが、もしジャクソン・ティンが胡散臭《シェイディー》いことをやっているなら……」

「シェイディーって？」母が訊く。

「ダイシーと同じよ」答えておいて、ティムに言った。「では、外聞の悪いわたしの職業に突如価値を見出した？」

「持っている道具を使わない手はない」

「なにそれ！　道具？　使う？　兄さんって人は――」はっと口をつぐんだ。頭上に豆電球がぱっと灯った。「雇って」

「え？」

「どのみち調査はするから、わたしのあぶり出したことを利用したいなら雇って。そうすれば、情報は秘匿特権で守られる」

ティムはわたしを見据えた。母は肉の塊が飛び交うと予想したのか、眉間に皺を寄せた。

「いやはや」ティムは視線を動かさずに言った。「たまげたことに、悪い考えではないな。よし、雇う。だが、報酬は期待するな」

「報酬がなければ契約は効力を持たない。あら、知らないと思っていた？　見くびらないで。報酬は金銭でなくてもかまわない。約因《コンシダレーション》があればいい。でも、兄さんは配慮《コンシダレーション》が得意ではないから、やっぱり現金にして」

「では、一ドル」

「ケチ」だが、依頼人はすでにふたりいる。よしとした。「取引成立。契約書はご飯のあとで」

母は顔を輝かせた。「重要な仕事のために子供たちが力を合わせる。こんなにうれしいことはないわね」箸を置いて、わたしとティムを笑顔で見比べた。「あたしも手伝ってあげるわよ」

15

「ティムったら、あとでわたしを責めたのよ！」その夜、ティムが帰って、母と片づけをすませたあと、わたしはビルと電話で話した。「母のいないところで、『なんてことをしたんだ、リディア。母さんはいまや探偵気取りだ。母さんになにかあったら、承知しないぞ』ってがみがみ言ったのよ。信じられない。自分をなんだと思っているのかしら」

「それよりも、ティムはお母さんをなんだと思っているんだろうね。お母さんは自分の面倒は自分で見られる」

「ええ、たいがいは。でも、相手はギャングよ。堂《トン》なのよ！ 会館を巡ってうごめいているのは、たぶん違うだろうジャクソン・ティンのほかは、みんなギャング。ティンは会館が欲しい、メルは所有している、リ・ミン・ジンは意見が分かれて――」

「待った。いいかい、お母さんはリ・ミン・ジンに近づかない分別がある。どのみち、手伝うと言ってもジャクソン・ティンに関する情報を探す程度だ。ギャングと接触する心配はない」

「そうかしら。それだけでは安心できない」

「これはどうだい？ リ・ミン・ジンはお母さんに近づかない分別がある。お母さんは根性があって一筋縄ではいかないし、ガオおじいさんもついている」

「なるほど。少し気が楽になったわ」

「ぼくはハンサムなだけではない。いや、まったくハンサムではない」

「誉め言葉を言わせようとしても成功しないわよ」

「きみはいつも成功する」

「その価値があるもの。あした、電話するわ。メルと会館へ行ったあとで」そして、つけ加えた。「あなたはハンサムよ」


あくる朝、ベイヤード・ストリートを歩いていくと、メアリーが会館の外で待っていた。

「メル・ウーは依頼人よ」わたしはメアリーが眉をひそめる前に言った。「来てほしいと頼まれたの」

「うん、彼女が電話してきたわ。かまわないわよ。付き添うだけでしょう?」

「メルがなにを望んでいるかによるわ」

「それしか望んでいないわよ」

「じゃあ、そういうことにしておく」

小競り合いはメル・ウーの到着で中断された。「おはよう」と、わたしたちの前に来る。「待たせてしまったかしら、キー刑事。リディア、早くに悪いわね」

「いえ、全然」図らずもメアリーと声が揃ったが、互いに仕事中なので「ジンクス、コーラ奢って」は言わなかった(同時に同じ言葉を発したとき言うおまじないの台詞)。

メアリーのノックに応えて会館のドアがただちに開いた。戸口にNYPDのアジア系制服警官が立ち、すぐうしろには腕を組んだビーフィーがいた。「ソン」メアリーは警官に訊いた。「なにかあった？」

「一時間前に来たばかりですが、静かなもんです。出かけたり戻ったり、あるいは部屋にいるかで」にやっとして声を落とした。「おれたちのことが好きじゃないみたいですよ」

「好きじゃないのよ。これから上階《うえ》を調べて、鑑識にまた来てもらう必要がない限りは立ち入り禁止を解除する。そうしたら帰っていいわよ。上階には誰がいる？」

「ワグマンです」

「あら、さぞかし歓迎されたでしょうね」メアリーはメルに尋ねた。「エレベーター？」

メルが見たのでわたしは首を横に振り、三人で階段を上った。きのう体を動かしたのに、わたしは六階まで最後尾だった。メルはもうチャンピオンレベルの体操選手でないにしても、鍛えられた体を保っている。メアリーはホッケー、サッカー、ソフトボールその他と諸々万能だ。

六階に着くと同時に、ビッグ・ブラザー・チョイのアパートメントの外にいたもうひとりの、こちらは白人の制服警官が折り畳み椅子から立った。

「おはよう、ワグマン」メアリーは言った。「異状なし？」

「ガンを飛ばすやつさえいませんよ。誰も上がってこなかった」

「夜番は？」

「ナルバエスも同じです。誰も上がってこなかったそうです」

「了解。これが終わったら、あなたもソンもたぶん帰れると思う」メアリーは玄関の立ち入り禁止テープを剝がして、ドアを開けた。

メルは一瞬躊躇したのち、気を取り直して足を踏み入れた。わたしもあとに続いた。窓枠やドアの周囲に指紋採取用の粉が飛び散り、座卓や床の血痕が乾いて干からび、遺体が運び出されているが、あとは前日とほぼ同じだ。

「全体を見てまわって」メアリーはメルに言った。「ゆっくりでいいのよ。伯父さんを訪ねてきたときは、いつもこんな感じだった？　なくなっているもの、置き場所が変わっているものはない？」

メルは血痕を避けて書斎を歩きまわり、いまは閉じて施錠してある格子細工の嵌まった窓の前に行った。窓の外を見てから、きのうは入らなかった右手側の部屋に入っていく。中央にダイニングテーブルが置かれ、壁にさらに多くの掛け軸が掛かっていた。その奥のキッチンは磨き上げられているもののどこかわびしく、使われていないことが明らかだった。メルはキッチンを見て微笑を浮かべた。「メン伯父は料理をしない人だった。レストランに出前を頼んだり、誰かに取りにいかせたり。外食をするときもあったわね。母の料理はたいてい洋風だったけれど、たまに広東料理を作るときは余分に作って冷凍しておき、わたしたちが遊びにいくときに持たせたわ」

ダイニングルームと書斎を通って戻った。メアリーが訊く。「貴重品を保管しておいた金庫か隠し場所はある？」

「さあ、どうかしら。わたしは見たことがないけれど、ないとは限らないわね。壁を叩いて空間があるかどうか、調べたんでしょう?」

メアリーはうなずいた。「伯父さんは銃を持っていた?」

メルははっとして顔を振り向けた。「伯父はリ・ミン・ジンのボスだったのよ。わたしたちには決して見せなかったけれど、持っていないはずがない」

「まだ見つかっていないわ」

「だったら、隠してあるか、なくなったのか、どっちかよ」

寝室に入って、メルはあたりをゆっくり見まわした。祭壇の前へ行った。

しばらくしてメアリーが訊いた。「どうかした?」

「なにかが足りない」メルは答えた。「というか、なんとなく違う」唇を噛む。「前はどうだったかしら。この祭壇を何度見たことか……折に触れて変化はあった。伯父はオレンジを入れる鉢を新しくしたり、下に敷く布を変えたりしていた。でも、供えてあるものはだいたい同じで……でもいまはなにかが違う。ああ、じれったい。どこが違うのかしら」メアリーに尋ねた。

「写真を撮ってもいい?」

「ええ、どうぞ」

メルは携帯電話で祭壇の写真を何枚か撮った。わたしも同じことをした。メルは言った。

「母のアルバムに祭壇の写真があると思うの。ナットも持っている。見てみるけれど思い違いかもしれないし、違いがあったとしても大したことではないかもしれない」

「でも」メアリーは言った。「試してみて」

もう一度各部屋を見てまわった。また来る機会がいつあるかわからないので、一応全部の部屋の写真を撮っておいた。これにて終了。

「役に立たなくて、ごめんなさい」メルは言った。

「気にしないで」と、メアリー。「ご苦労さま」玄関を出て、鍵をかける。「署に戻ったら立ち入り禁止を解除するわ」わたしたちとドアの前のワグマンに告げた。階段を下りながら、メルに言った。「好きなときに来ていいのよ。もう、あなたのものだから。なにかあったら、そして思い出したことがあったら必ず連絡して」

三階までは何事もなく下りた。いずれも女性の警官、私立探偵、建物の所有者が、堂の本拠を闊歩している図は冗談みたいだが、果たしてその落ちはどうなるものやら。

三階で、一室のドアが開いた。住人がドアの隙間からわたしたちの足音に聞き耳を立てていたらしい。グレーのスラックス、糊の利いた白シャツ、ネイビーブルーのVネックセーターのタン・ルーリエンが、戸口に立っていた。「ウー・マオリ」メルに呼びかけ、英語で続けた。「ちょっと寄ってお茶を飲んでいきなさい」

メルがためらっていると、わたしを見てつけ加える。「もちろん、チン・リン・ワンジュも」

露骨にメアリーを無視したが、本物の警官には特典だけではなく、不利な点もあるのだ。メアリーと目で伝え合った。「あとで全部話して」「もちろん」

16

ドアを入った先はビッグ・ブラザー・チョイの書斎と同じく、建物の背部、U字の中心に位置する広い部屋だった。最上階と違って陽が燦々と射し込むとはいかないが、暗くはない。窓際にコンピューターの載ったスチール製の事務デスク。その前に敷いた青地のカーペットにいる金色の龍がビニル床の味気なさをやわらげている。壁に竹と松を描いた水墨画、写真が二枚。一枚は光を反射する水面《みなも》を行き交うフェリー。もう一枚は点々と明かりが灯るセブンピークス。わたしはどちらも知っている。前者は香港湾を横切るスターフェリー、後者は香港の夜景だ。タンは香港出身だとメルが話していた。タンが最後にこれらの光景を見てから何年経っているのだろう。

タンはコーヒーテーブルを囲んだ肘掛椅子のほうへ顎をしゃくった。電気ポットのスイッチを入れ、湯が沸騰する寸前で切った。緑茶には理想的な温度だが、こうした手間をかける人はあまりいない。ひょうたん形の宜興《ぎこう》急須に湯を注いで、静かに揺すった。

コーヒーテーブルにつる草模様の小さな茶碗と、餡とピーナッツ、八角をさくさくした薄皮で包んだ老公餅《ラオコンピン》を盛った皿が、用意されていた。わたしはこれが大好きだが、チャイナタウンの一流ベーカリーでもあまり見かけない。急須を運んできたタンに、どこで手に入れたのか尋ねた。

タンはかすかな微笑を浮かべたあと、答えた。「自分で作ったのよ。味はまあまあだけど、料理は一応できる。ほとんど誰も知らないけど」中国語のリズムがかすかにある、メリハリの利いた英国風の英語でメルに言った。「チョイ・メンはあたしの料理が好きだった。よく夕飯を作ってあげたのよ」

「伯父のキッチンで？　まったく使っていないみたいでしたが」

「あそこではなく、家で好物を作って持っていったのよ。ほかの人には、来る途中でレストランに寄って買ってきたと思わせておいた。女らしさを見せたら、危険だから。わかるね」

タンは腰を下ろして、最初にメル、次にわたし、それから自分に茶を注いだ。

「ええ」メルは言った。「決して気をゆるめなかったんですね。伯父が味方についていても」

「あんたの伯父さんは、才能や献身をきちんと評価する人だった」タンは茶を注ぎ終わって椅子に座り直した。

メルは茶をひと口すすった。「おいしいお茶ですね」なによりも先に飲食物を誉めるという礼儀に従っている。

「どうも。〈天仁茗茶〉の龍井茶《ロンジン》よ」と、タンは興味深い答え方をした。中国人はたいがい誉め言葉、とりわけ飲食物へのそれに対して、自慢と取られるのを恐れて、大したことはないと謙遜するが、彼女は謙遜も自慢もせずに、淡々と事実を述べたのだ。

わたしは老公餅をひとつつまんだ。「とてもおいしいですね。〝まあまあ〟どころではありません。いままでで最高です」

「そう、よかった」タンは茶碗を口に運んだ。三人で静かにお茶を飲んで、タンの話を待った。

新しい家主の歓迎パーティーであるはずはないのだから。

タンが口を切った。「マオリ、会館がリ・ミン・ジンではなくあんたに遺されたのは意外だった。当たり前と言えば、当たり前だけどね」

「なぜ、意外だったんです？　当たり前とは？」

「堂《トン》はチョイ・メンの家族だった。だから、ここを買い取ったのは、リ・ミン・ジンにいつも我が家があることを望んでのことだった。それも、てっきり堂に遺贈すると思っていた。でも、もちろんあんただって家族だ。それも、血のつながった家族。莫大な価値のある所有物をあんたに相続させるのは当たり前だ。早とちりをした自分を恥じたわよ。それで、マオリ、会館を今後どうする？」

「どうって？」メルは繰り返した。「つまり、リ・ミン・ジンをここにいさせるかと訊いているんですか」

「別の用途を考えている？　それとも取り壊すのを承知で、ジャクソン・ティンに売却する？」

メルは眉を寄せて「まだ、とてもそこまでは」と、明言を避けた。「よく考えられますね。伯父が亡くなったうえに、ミスター・チャンまであんなことになって、わたしは会館のことまで頭がまわらない」

「それは理解できる。どっちも大きなショックだった。でも、あたしは先のことを考えなければならない」

「会館については、もう少し待ってください」

「悪いけど、あんたの計画が早くわかるのが最善なんだ」

「どうして？　誰にとって最善なんですか？」

「マオリ」タンは慎重に言った。「チャン・ヤオズが亡くなって、あたしはリ・ミン・ジンの臨時ボスになった」

わたしはタンの両手の甲に彫られたタトゥーを見つめた。右手は漢字の〝力〟、左手は龍だ。

「では、一時的なんですか？」メルが訊く。

「チャン・ヤオズの葬儀の段取りをつけるまではあたしが責任を持つ。そのあとすぐ、犯人が逮捕されなくても、堂の誰かが犯人らしいと全員が思っていても、新しいボス選びが始まる。あたしは生き残れない」

メルが目を見開き、わたしの目もそうなるのを感じた。タンは苦笑した。「堂のメンバーとしてって意味さ。いまどき暗殺なんかしない。あたしが男だったら、選ばれたかもしれない。でも、いくら手腕と経験があっても、性差には太刀打ちできない。あたしがこの地位にいるのが不満な連中は、これまで表立った反対はしてこなかった。これからは、そうはいかない。チャン・ヤオズが生きていれば、大した競争もなく彼がボスに選ばれて、あたしはこれまでと同じように補佐をしただろうね。だけど、チャンが死んで、あたしは自動的にボスの地位に押し上げられた。このままボスでいることができなければ――できっこないに決まっている――居場所がなくなる。堂に残ることは許されない」

昇進か、去るか――ティムの弁護士事務所と同じだ。

「いまボス争いをしているのは誰ですか」わたしは訊いた。

メルの前で話題にするつもりはなかったのだろう、タンは顔をしかめた。「アイアンマン・マとルー・フーリ」その口調はほのめかしていた――尻を蹴飛ばして追い出すか、ぶちのめしたいところだけど、面倒だから答えたのよ。おとなしくしていないと、今度は許さない。

メルはタンの様子に気づいたのだろう、話題を変えた。「きのうここへ来たのは、チャン・ヤオズがわたしに話したいことがあったからです。メン伯父からのメッセージがあると言っていました。書面にはしていないが、重要なことだそうです。いったいなんなのか見当もつかないけれど、会館についての考えに影響するかもしれない。どんなメッセージだか、心当たりはありませんか」

「チョイ・メンがあんたにメッセージを？　さあ、まったく」タンは遠くを見る目になった。「あたしは合併後に加わったチャンを引き立てて、ヤオズよりも、古株だった。でも、あんたの伯父さんはマトウの幹部だったチャンを引き立てて、出世させた」

「悔しくありませんでした？」メルは訊いた。

タンは笑った。「こっちは二十三歳で、しかも女。堂にいること自体が奇跡だった。やるべきことをやって、眺めていたわよ。けっこう面白かった」

「なにを眺めていたんです？　ほかの構成員たちの反応？」

タンは答えなかった。

「ルー・フーリは？」わたしは思い切って尋ねた。「不満だったんじゃないですか」

「ルー・フーリが満足していたことなんて、滅多にないね」タンは答えた。やはり彼はスクルージだった。「ボスになりたくてチャン・ヤオズを殺したのか、と訊いているなら、あたしにはわからない」

いまどき暗殺などしないのではなかったっけ？　だが、素っ気ない口調はこれ以上の追及を許さなかった。そこで、訊いた。「あなたの身も危ないとは考えないんですか」

タンは怖い顔をしてわたしを睨んだ。「チン・リン・ワンジュ、ちゃんと話を聞いてなかった？　それとも、真に受けなかった？　あたしの身が危ないわけがない。誰の脅威でもないんだから。リ・ミン・ジンは新たなボスを選び、あたしは堂を去る。それだけ」

「そんな簡単に、あなたを行かせるかしら。なにもかも知っているあなたを」

「なら、どうする？　監禁して、あたしに仕事を無理強いする？」タンはわたしの懸念を一蹴した。「バカバカしい。替わりの人間がいないわけじゃあるまいし。第一、無理に留めておいてやらせた仕事なんて信用できる？」誘拐監禁、強制労働にあたるが、その点は気にならないらしい。

メルが訊いた。「あなたはリ・ミン・ジンにとって、なくてはならない人でしょう？」

タンはメルをしげしげと見た。「誰も認めようとしないけど、堂の男たちには、あたしの知識は難しくて理解できない。隠す必要はないから、新しいボスにはリ・ミン・ジンの経営方針や事業戦略をじっくり説明するわよ。投資や事業、所有不動産、資産などなにもかも。ボスはある程度しか理解できなくても、全部わかったふりをするだろうね。種々の口座の署名を変更してパスワードのリストを渡し、書類の山を残してあたしはいなくなる」間を置いた。「人員を集めるときは型破りな方法を使うけど、お払い箱にするときの手順はけっこう月並みだわね」

型破りな方法。どんな方法だろう。興味はあるが、口を開いたら彼女の思う壺だ。

タンはちらっとこちらを見て、茶碗を置いた。「彼らはいずれ、必ず間違いをする」と、続けた。「確実に、非営利団体の資格を失う。誰も認可条件を理解していないのだから。リ・ミン・ジンは再び社交クラブの隠れ蓑をかぶって活動するようになる。もっとも、堂や三合会は二百年前からそうしてきた。あたしがいなくても続いていく」

メルが訊く。「あなたはどうするんですか?」

「香港に帰る」

「帰郷ですね」

タンはしばらく無言で壁の写真を眺めた。椅子の背にもたれて語った。「あたしは香港で生まれた。家は貧しくてね。ふつうの女の子たちは白のブラウスを着て紺のスカートを穿《は》き、いやらしい目で見る男たちや街をうろつく不良少年たちから身を守るために、グループで下校していたけど、あたしは違った。誰が力を持っているか、年端も行かないうちに悟っていた。ブラックシャドウズに入ったのは、十四歳のときだった。文字どおり、力ずくで。ボスのジョニー・ジーは、初めのうちは面白がった。喧嘩に負けて、入団テストに失敗すると思って。だけど、あたしは負けなかった。すると、今度はベッドに連れ込もうとした。不良の関心を引きたくてつきまとう少女にはいつもそうしていたのよ。あたしは突っぱねた。ジョニーのことは好きだったし、実際、組織内で居場所を確保したあとは恋人どうしになった。でも、あのときそうしていたら、対等なメンバーになるチャンスが危うくなったろうね。案の定ジョニーは手下のチョーに命じて、あたしを懲らしめようとした。格闘した末に、あたしが勝った。チョーを殺すこともできたけど、考え直してね。チョーを置いて、ブラックシャドウズがたむろしている喫茶店まで歩いて戻った。チョーの居場所を教えると、ジョニーは少年を確認に向かわせ、あたしは自分とチョーの血にまみれて突っ立っていた。戻ってきた少年が報告した。チョーは大怪我をして倒れていた。救急車を呼んでから自分は道の反対側に隠れ、病院へ搬送されるのを見ていたと。あたしは次になにが起こるのか、見当もつかなかった。ジョニーに殺されるかもしれない。あたしはじっと待った。全員があたしを見つめていた。そうしたら、ジョニーが笑い始めた。立ち上がってあたしの背中を叩き、ブラックシャドウズに迎え入れた。そのあとあたしに挑戦する者はいなかった。怪我が治って復帰したチョーでさえも。あたしはどんどん出世して、紅棍《レッドポール》――実行員になった。掟に従わないメンバーの制裁も役目のひとつで、あのころは楽しかったね」

メルはなにも言わない。反応を期待しているのか、お茶を飲んで待つ。スカースデール育ちとあって、こうした類《たぐい》の話は苦手なのだろう。

加えて、こうした類の知識にも疎くなる。「ブラックシャドウズはリ・ミン・ジンと提携しているギャング組織よ」と、わたしは言った。

タンは〝提携している〟がおかしかったのか、苦笑してうなずいた。「そうさ。香港だけではなく、ここニューヨークでも。ニューヨークに来たとき、〝提携〟も持ってきたからね。そのうち街で悪さをするような年ではなくなってね。それなりの年齢になると、商人からみかじめ料を搾り取ったり、観光客をかつあげしたりしても前みたいにスリルを感じなくなるし、一人前のところを見せるために縄張り争いで刃傷沙汰を起こしたりの野蛮な行為にも興味がなくなった。ニューヨークに親戚がいたから、新天地で再出発しようと思い立ってね。ブラックシャドウズのメンバーになっても学校は続けていたし、あたしは数字に強かった。ジョニー・ジーは早くから、金銭管理をあたしに一任した」

「では、紅棍から白紙扇《はくしせん》に?」つい知ったかぶりの口を利いた。

タンは生意気な子供に対するような目を向けた。「伝統的な名称を使うなら。いまどきのギャングや堂は滅多に使わない。ブラックシャドウズはそういうのを使うような堅苦しい組織ではなかった」

「リ・ミン・ジンは使っていますね」メルは言った。「そうでしょう?」

「あんたの伯父さんは伝統を重んじる人だったからね」

「ごめんなさい、ついよけいなことを」メルは詫びた。「続けてください」

タンはうなずいた。「ジョニー・ジーや手下がおとなになったとき、あたしのした投資や、土地や事業の買収のおかげでブラックシャドウズの資金は潤沢だった。その分け前を元手にして、過去を捨ててまっとうな生活を選んだメンバーもいた。あたしが去ったあと、何人かは順調な人生を送っていると聞いた。むろんあたしも分け前をもらって現金化し、アメリカに持ってきた」と、微笑む。「それまで香港を出たことがなかった。飛行機が高度を増して雲のなかに入っていくとき、湾でやっているドラゴンボート・レースが窓から見えた。それから、香港は見えなくなった。長い旅だった。降下のアナウンスを聞いて、第二の故郷を見たくて窓の外を覗いた。そのとき飛んでいたのはフラッシング・メドウズ・コロナ・パークの上だとあとで知った。紋章旗や凧、ドラゴンボートが見えたわ。思わず声を出して笑ったね。なんて、幸先がいいんだろうって。空港では従妹とその夫が約束どおりに待っていてくれた。そのすぐあとだった。リ・ミン・ジンで役に立ちたいと、チョイ・メンに直訴したのは」

「そうだったんですか」メルは言った。

タンは鋭い視線を長々とメルに据えた。「なんで、こんな話をしたと思う？　あたしはこうと決めたら必ずやり遂げるとわからせるためよ。ブラックシャドウズに入るとき、香港を去ってニューヨークに来るとき、リ・ミン・ジンに入るとき、全部ひとりで決めてやり遂げた。いまはニューヨークとリ・ミン・ジンから去る前に、やると決めたことがある。それをやり遂げるためには、会館の今後について知る必要がある」

「まだ、決められません。いろいろ考えて、比較検討したいんです」

「だったら、そうしなさい。決心したら、知らせて。なるべく早く。いいね、ウー・マオリ」

17

タンからそれ以上の情報は得られなかったが、その点はタンも同じだった。むろん、わたしは与えるものを持っていない。メルは決断を急ぐことを拒否したし、なにをどう考えているのか、考えたいのかを明らかにすることもなかった。また、タンも詳しい事情を話さず、わたしが空《から》の茶碗を置いても、茶を注ぎ足さなかった。こうして、茶会は終わった。

「ふうっ」会館からベイヤード・ストリートに出て、わたしはメルに言った。「これまでに会ったどんな凶悪なギャングよりも、お茶を飲んでいる彼女のほうが怖かった」

「ええ、わたしも」メルは会館を振り返った。「あれは脅しだったの？　わたしは昔からの知り合いなのよ」

「歌にあるように、旧友は忘れていくものなのかも。あれは脅しの前の段階だと思う。実行しないと次は脅す。そして、脅しの言葉どおりにやり遂げる。そうほのめかしたのよ。権利の平等性は措いておくとして、タンを新しいボスにしないのは、リ・ミン・ジンの大きな過ちだわ」

「同感よ」

「でも」わたしは続けた。「これも歌にある。〝ある人の床は別の人の天井（ポール・サイモンの歌）〟。どの堂《トン》にしろ、弱体化はチャイナタウンにプラスになる」

「ならない人もいるわよ」メルは考え込んで言った。「リ・ミン・ジンが会館の売却を拒んでフェニックス・タワー建設を阻止していることを喜んでいる人たちよ。わたしが会館の持ち主になったことを知らず、堂が持っていると思っている人たちは、せめてもうしばらく堂に勢力を保っていてもらいたいのではないかしら」

「それはどんな人たち？」

メルは道路を見渡した。大勢の買い物客が果物屋や文房具店を出たり入ったりし、三種類のアイスクリームを盛ったコーンを手にした観光客が〈チャイナタウン・アイスクリーム・ファクトリー〉から次々に出てくる。

「たとえば」わたしは自分の発した質問に自ら答えた。「ティムやチャイナタウン文化保存協会ね」

「あなたのお兄さんが堂の勢力保持に協力するということ？」

「あんな堅物が？　とんでもない」ゆうべ、わたしがリ・ミン・ジンの仕事をしていると誤解したティムが激怒したことは黙っていた。「でも葬儀のときに、目指す方向を同じくしたと言っていた。堂が勢力を保って、ジャクソン・ティンがあきらめたら喜びそう」

メルはうなずき、フェニックス・タワーの建設計画が進めば取り壊される何棟かの建物のほうを身振りで示した。「あそこの住人も」

「それに会館を失いたくない構成員も。あなたが相続したことを聞いていなかった、または遅くともきのうの午前中までそれを知らなかった構成員は、会館の今後はリ・ミン・ジンの決断次第だと思っていた。そうした人たちは会館を売らないボスを望むでしょうね」

「では」メルは視線をわたしに戻した。「ミスター・チャンは会館の売却を望んでいると思われ、売却に反対する何者かに殺されたということ？　堂の内部か外部の何者かによって、メン伯父のわたしへのメッセージとは無関係に」

「タン・ルーリエンが正しければ、チャンに敵うボス候補はいなかった。選挙だかなんだか知らないけれど、チャンは負けそうもないから、ボスにしたくなければ別の手段で排除するほかなかったでしょうね」

「まいるわね」メルは頭を振った。「チャンはわたしになにを話そうとしたのかしら」

「知っている人がほかにいそう？　あれだけの地位にいるタンも、チャンがメッセージを託されていたことさえ知らなかったのなら……でも、ルー・フーリなら？　訊いてみる価値があるかしら？　あるいはアイアンマン・マ」

「アイアンマン・マとはほとんど面識がないの。伯父にしろ、ミスター・チャンにしろ、重要なことを打ち明けるほど彼を信頼していたかどうか。でもミスター・ルーは、メン伯父がニューヨークに来る前から、堂にいるわ。あの時代の最後の生き残りよ」メルは微笑んだ。「タンの話、覚えている？　わたしの記憶もそう。いつも歯が痛そうな顔をしていた。とにかく、訊いてみましょう。ミスター・チャンが当選確実ではなく対立候補がいたとしたら、それは絶対にミスター・ルーよ」

「だったら、ルーが犯人かもしれない。そうね、彼と話をする必要があるわ」わたしは言った。「それに、犯人と決まったわけではない。なにか有益な情報が出てくれれば助かるし、だめでもともとよ」

「なにかある、とミスター・ルーを警戒させてしまうけれどね。でも、そうしたら彼がどんな反応を示すか、観察すればいい」

わたしはにやにやした。「揺さぶりをかけるのね。探偵みたいな考え方ね」

「誉め言葉と取っておくわ」

「そのつもりで言ったのよ。断っておくけど、考え方は探偵みたいでも、行動まで真似る必要はないわ。ルーが犯人かもしれないということで不安なら、わたしひとりで話を聞く」

「いいえ、わたしも行く。ミスター・ルーはメン伯父の身内にきっと義理を感じるわ。試す価値があると思うなら、ぜひやりましょうよ」

試す価値があったとしても、できなかった。会館に戻ったが、ミスター・ルーは不在だった。入口でビーフィーがそう告げているとき、立ち番の制服警官に電話連絡が入った。上階《うえ》の警官にもやはり入って、六階からいそいそと下りてくる。立ち入り禁止が解除されたのだ。ふたりがせいせいした顔でわたしたちの横を通り過ぎて道路を遠ざかっていくと、ビーフィーは目の前でバタンとドアを閉めた。

メルは仕事で気を紛らわせることができるのを喜んで、オフィスへ向かった。わたしはビルに電話をかけた。

「ギャングたちとのひとときは楽しかった?」と、開口一番ビルは言った。

「めまいがしているわ。そっちへ行ってあなたを拾うから、川まで散歩しない?」

「美女に拾われるのは望むところだ。階下《した》で会おう。ぼくはわくわくして見え、きみはエクソシストに見えるに違いない」

ビルは〈ショーティーズ〉の前で待っていた。ビルは煙草を踏み消し、わたしたちはレイト・ストリートを二ブロック歩いて、ハドソン川沿いの公園に入った。木陰のベンチに座ると、真昼の太陽が葉の半分落ちた木々の隙間から射し込んでまだらな影を落とした。「それで収穫はあった?」ビルに訊かれた。

「よくわからない」ビッグ・ブラザー・チョイのアパートメントの様子を伝え、祭壇がなんとなく以前と違う、というメルの漠然とした感想を話した。タン・ルーリエンについて知ったことその要望についても語った。

「ぼくの好きなタイプみたいだな」

「絶対に話が合ったわよ。タトゥーを見せ合ったり、腕相撲をしたり、いろいろできたでしょうね。彼女は煙草も吸いそう」わたしは埠頭の周囲を泳ぐアヒルや陽光を反射する水面《みなも》を眺めて言った。「タンのほんとうの狙いがわからない。メルがどんな決断をしようとかまわないけれど、それを知る必要があるんですって。でも、わたしはどうも腑に落ちない。もっともタンはきちんと計画を立てていくつも代案を用意するタイプだから、メルの決断をもとにして堂を去る準備をしたいのかもしれない」

「メルは決断をしたら、それをタンに話すかな」

「なんとも言えないけれど、教えない理由はないでしょう。タンに脅されたのがいまひとつ信じられないみたいだけれど、彼女の決断は遠からず公《おおやけ》になる。ルーがビッグ・ブラザー・チョイの最後のメッセージを解き明かしてくれることを期待するわ。でも、ルーにそれができてもできなくても、メルはなんらかの決断をしなくてはならない。それがジャクソン・ティンの意向に沿わなかったときの対抗手段は見つかった？」

「周辺調査をしてみた。興味深いことがわかったが、果たして役立つかな」

わたしはビルに向き直った。「続けて」

「知り合いの資材納入業者や下請け業者に訊いてみた。ティンの仕事をしたことがあってもなくても、全員がティンを知っていて、よく言う者はいなかった。速さと安さを常に求め、見映え重視で品質は二の次。ろくに考えずに決断し、考え直すよう忠告されても耳を貸さない。重要人物と思えば徹底的にゴマをする」

「ほかに短所は？」

「そうだな。請求書の一枚一枚に文句をつけるくせに、目の玉の飛び出しそうな会費のディナーパーティーには欠かさず出席する。ただ、誰もが渋々認めているが、いったん価格に折り合いがつけば、支払いはきちんとする。どうやら、それがあるのでみんなティンの仕事に入札を続けているらしい。足元を見られるが、金の流れを滞らせずにすむ」

「建設業ってそうやって成り立つものなの？」

「どんな仕事も同じじゃないか？　頂点に立つ者が、底辺にいる者を搾取する」

「まあね」わたしはむっつりして答えた。「どこを掘れば彼の後ろ暗い秘密が見つかるか、教えてくれた人はいた？」

「いや、残念ながら。秘密があることは、全員が確信していた。もっとも、見つけてもらいたがっているとは限らない」

「どういう意味？　どうして？」

「なかにはフェニックス・タワー計画に一枚噛んで甘い汁を吸いたい連中もいる」

「まったくもう。自分の懐を潤すのが第一ってわけね。ところで、ライナスとトレラにジャクソンの経済状態を調べてもらっているのよ。報告はまだだけど、取りかかったばかりだから」

そのとき、携帯電話が『ツー・アウト・オブ・スリー・アーント・バッド』を切々と歌いあげた。

「ライナスかい？　ずいぶんドラマチックな登場だ」

「この曲は依頼人用よ」〝応答〟をタップした。「はい、リディア・チンです」

「やあ、リド！　おれだよ、おれ、アイアンマン。いま、なにしてる？」

ビルに向かって眉を上げてみせ、わたしは言った。「あら、こんにちは、アイアンマン。とくにはなにも。あなたは？」

ビルも眉を上げてみせる。電話に耳を寄せてきたが、押し返した。

「おまえ、きのうすごくかっこよくてさ」アイアンマンは言った。「なんでいままで連絡しなかったんだろうって、後悔したよ。一杯奢るよ。どうだい？」

「お世辞を言わなくても、喜んでつき合うわよ。いつがいい？」

「お世辞じゃない」アイアンマンは抗議した。「思ったままを言ったんだ。これからどうだい？　無駄にした時間を取り戻すっていうか」

「これから？　いますぐ？　いいけど、お酒には早いわ。お茶にして」

「いいよ。〈ミアンサイ〉？」

「ええ、二十分後に」

「もっと早く来いよ」

「じゃあ、十九分」通話を切った。

「アイアンマン・マだって？」ビルは電話をしまったわたしに言った。「ギャングがきみの電話番号を知っているのか？」

「あなたの番号を知っているギャングは、大勢いるわよ」わたしは指摘した。「お茶をご馳走してくれるって。わたしがすごくかっこいいから」

「たしかにきみはかっこいい。だが、彼が誘った理由はほんとうにそれだろうか」

「冗談を言っているのよね？　わたしはここ十年間、ずっとかっこいい。でも、マは一度も連絡してこなかった。さて、行かなくちゃ。二十分後に、ロウアー・イーストサイドの気取った店で会う約束をしたわ」

「チャイナタウンでなく？」

「興味深いと思わない？」

わたしが立つと、ビルも立ち上がった。「一緒に行ってもいいだろう？」

「だめ」

「別に護衛しようってわけじゃない。断じて違う。だが、マがその喫茶店を選んだのは、きみといるところを見られたくないからじゃないか？　ちなみに、ぼくはそんなことは絶対思わない」

「そう願うわ」

「マは誰に見られたくないのかな、と気にならないか？」

「なるほど、さすがね」

「もう一度言おうか？」

「いいえ、けっこう。ほら、急いで」

18

わたしはビルと一緒に、ソーホーにある店へ急いだ。店の少し手前でビルは道の反対側へ渡った。〈ミアンサイ〉に入る直前、ビルが戸口の陰で見張りにつくところが目に入った。だらしなく壁にもたれてぼんやり目を遊ばせているさまは、まさにニューヨークのホームレス。ビルはこれがじつに上手だ。

わたしは〈ミアンサイ〉があまり好きではない。喫茶部は小売店舗の内部に設けられ、主力はバッグやベルト、ブレスレットなどのアクセサリーだ。お茶はモカパンプキンスパイスチャイラテといった、舌を噛みそうな類《たぐい》のものが多い。店内のカウンターに誰もいなかったので、裏のパティオに行ってみた。アイアンマンはまだ来ていなかった。ワンストライク。日向のテーブルについてケニア産オーガニック一番摘みＢＯＰ《ブロークンオレンジペコー》――紅茶メニューのなかで一番シンプルだった――を注文したちょうどそのとき、アイアンマンが店舗を抜けて颯爽とやってきた。ウェイトレスに話しかけてから、ベースに滑り込むかのように正面に着席した。

「ああ、やっぱり思ったとおりだ。いい女だなあ」アイアンマンはにやにやした。「ちくしょう。なんでこんなに長いあいだ、会わないでいたんだろう」

上品なスポーツコートを膨らませているホルスターに目を留めて、わたしは言った。「ひょっとしてわたしが私立探偵《P・I》で、あなたがギャングだからでは？」

「おいおい、リド、それはないだろう。おれは堂《トン》の構成員だ。堂はギャングとは違う」

〝リド〟ときた。兄たちなら許す。だが、傲岸でお世辞たらたらの犯罪者が？ 冗談じゃない。ツーストライク。心のなかで歯ぎしりして、にっこりした。「あら、そう？ では、どんなことをしているの？」

「おれたちは非営利団体だ。で、おれは青少年プログラムの責任者」

「あら、ブラックシャドウズとの調整係？ それとも、校庭でメンバーを募集する係？」

「違うってば！ バスケットボール！ 九人制バレーボール！ あほくさいピンポン！ 陸上競技やリトル・リーグのスポンサーになっているし、獅子舞にも金を出している。コーチを雇って子供や幼稚園児に武術を教えたりもする。ちっちゃな足で蹴りを繰り出しているところなんか、かわいいもんだ。こういうことをやっているんだよ、ベイビー」

「心温まる演説ね。誰に書かせたの？ それはそれとして、あなたは紅棍《レッドポール》――実行員でしょう」

アイアンマンはまるで誉められたかのように、にやにやして頭を振った。ウェイトレスがケニア産の紅茶と、厚手のマグに入ったスパイシーな香りの薄い色のお茶を運んできた。モカパンプキンスパイスチャイラテに違いない。砂糖衣のかかった小さなクッキーとデーツをそれぞれ盛った皿も置く。

「やっぱ」デーツを口に放り込んで、アイアンマンは言った。「ほんとうに探偵だったのか。

なんでまた、そんなものになった」

「あなたたちみたいな悪党と闘う警官を助けたかったのよ」わたしはポットの紅茶をカップに注いだ。

「高校のとき、おまえはキュートなメアリーといつもつるんでいたよな。いまじゃあいつは、おっかない刑事とくる」

「あなたがキュートと言っていたって、メアリーに伝えるわ」

「白人の大男は、おまえのパートナーか？　仕事上の？　それとも私的な？」

「わたしについてずいぶん詳しいみたいね、アイアンマン」

「興味があるからね。無駄にした時間を取り戻したくてさ」

「兄たちのことを訊かないの？」

「テッドはクイーンズ・カレッジの教授だろ」アイアンマンは指を折って列挙した。「エリオットは医者。ふたりとも子持ち。アンドリューはカメラマン。でもって、ゲイ。ティムは弁護士。ゲイではないが未婚で、高校時代と変わってないなら当然だろうよ。まあ、みんないいやつだ。おれはおまえの母さんが好きだ。元気そうじゃないか。今朝、キャナル・ストリートで魚を買っているのを見かけた」白い歯を見せてにんまりする彼に、心のなかで告げた。さりげなく脅迫したのね。スリーストライク。

「母を覚えていてくれて、うれしいわ、アイアンマン。わたしもあなたのお母さんが好きよ。相変わらず〈ブライト・スター・ベーカリー〉のカウンターで働いているのね。よほど仕事が好きなんでしょうね。そうでなければ、孝行息子の援助でとっくに引退しているもの。あなたが援助しなくても、あなたよりずっと感じのいいお姉さんか、お姉さんのご主人がするでしょうし。ああ、でもお姉さんには子供が三人いるのよね。家はモントクレアだっけ？」葬儀で彼の顔を思い出したあと、わたしもすぐに抜かりなく調べておいたのだ。「だから」わたしはテーブルに身を乗り出した。「お互い、暗に脅迫するのはやめない？　そのうちブチ切れても知らないわよ、ちなみに、わたしはよほどのことがない限り、こういう言葉は使わない」

わたしは体を起こして、紅茶を飲んだ。少なくとも、おいしくはある。

アイアンマンは険悪な顔をしたが、すぐに自制して笑った。「やるな！　P・I学校で習ったのか？」

わたしは肩をすくめた。「優等生だったわ」

「うん、おまえはいつも品行方正で先生のお気に入りだった」真実には程遠いが、わたしは言い返さなかった。アイアンマンは明らかに傷ついた面子を繕う必要に迫られていたから。

「そうか、わかった」彼は言った。「親兄弟の話はやめよう。どうでもいいしな。おまえのことを話そう。聞きたいことがある。興味があってさ。なんだって、きのうも今朝も会館に来た。あのいかした女──チョイの姪は子供のときから知っている。まさにお金持ちのお嬢さんって感じで、妹とふたりして目をまん丸にしてチャイナタウンを見物してたよ。じつはデートしようとしたことがあってさ、でもチョイに禁じられた。彼女はおまえの探偵稼業の依頼人か？」

わたしはにっこりした。「ああ、ようやくミーティングの本題に入ったわね」

「これはミーティングではなく、デートだ。デートのときはお互いの目を見つめて、なにか話すもんだろ」

「だったら、チャン・ヤオズが殺されたいま、リ・ミン・ジンのボス選びでの闘いぶりを、話して」

「たまげたな、ミスP・I！　どこでそんなことを聞き込んできた」

「チャイナタウンじゅうで噂になっているわよ、ミスター・青少年プログラム」

「噂に耳を貸しちゃいけない」

「堂のメンバーになっちゃいけないわ。お茶をごちそうさま」わたしは立ち上がった。

「待てよ」と、アイアンマンはわたしの手をつかんだ。「待てったら。座れ。始めたばかりじゃないか」

「なにを？」

「互いをよく知ることをさ」

「アイアンマン、あなたはハンサムで魅力的よ。でも、わたしはあなたを知りたくない」

「座れ」わたしの手をつかむ力はほとんど変わらず、声にも荒々しさはなかったが、いま目の前にいるのは、きのう会館やチョイ・メンの葬儀で見た男、リ・ミン・ジンの次のボス候補だった。

わたしは座った。「それで？」

アイアンマンはマグカップの中身をすすりながら、わたしを見つめた。再び、にんまりした。

「互いをよく知ろうじゃないか」

「どうやって？」

「いろいろ話して」

「どんなことを？」

「たとえば、きのうおまえが会館に来た理由」

「そうしたら、そっちはなにを話すの？」

「それについての興味深いこと」

「会館について？」

「そうだよ、別嬪《べっぴん》さん、会館についてだ」

わたしは紅茶を飲んだ。「メル・ウーはたしかにわたしの依頼人よ。ビッグ・ブラザー・チョイの遺言執行人に指定されていて、チョイの自宅の様子を確認したかったけれど、護衛をつけずにひとりで会館へ行くのは不安だったのよ」

「不安がる必要はなかったのに」

「はい、はい、そうでしょうよ。ところが、チャンの血まみれの遺体があったので、確認は中止せざるを得なかった。あなたが殺したの？」

「本気で訊いてるのか？」

「誰かが殺したのは事実よ」

「おれは殺してない」アイアンマンは笑って、指先でわたしの手の甲をそっと撫でた。「おれじゃない、絶対に」

わたしは手を引っ込めた。「あなたが殺したのでなければ、チャンはメルへのどんなメッセージを託されていたのか、話してくれてもいいんじゃない？」

「メッセージ？」

「チョイ・メンからのメッセージよ。彼はメルになにかを知ってほしかった」

「ふうん。なについて？」

「あいにく、チャンはメルにそれを話す前に殺されてしまった。あなたがわたしに話し、わたしがそれをメルに伝えるというのはどう？」

アイアンマンはおもむろに尊大な笑みを浮かべた。クッキーをひとつ取ってしげしげ眺めてから、口に放り込む。「どんなメッセージだか知らんが、なについてかは見当がつく、ダーリン」

「話して」

アイアンマンはわたしが共犯者であるかのように、顔を近づけてきた。

「色仕掛けは効かないわよ、アイアンマン。そっちが話す番よ」

アイアンマンは無邪気な目をして見つめた。「おまえは手強いな、リディア・チン」

「よく言われるわ。話す？　話さないなら、帰る」

彼はクッキーをもう一個取って見つめた。残りをテーブルごと膝の上にぶちまけてやろうかと思い始めたとき、ようやく言った。「どんなメッセージだか、知らない。だが、会館に埋まっているものに関係があると思う」

「会館に埋まっている？　どういう意味？」

　アイアンマンは肩をすくめた。「詳しいことは誰も知らない。やつらが言うには、莫大な値打ちのあるものが会館に埋まっている」

「やつらとは誰？」

「噂をするやつら。噂は何年も前からある。それに、タン・ルーリエンの帳簿は帳尻が合わないという噂もある」なにが面白いのか、楽しげに笑う。「タンは堂の白紙扇《はくしせん》だ。要するに――」

「最高財務責任者《CFO》。隠語や思わせぶりな言いまわしが自分たちだけの秘密だって、本気で思っているの？　彼女の地位は十分承知よ。帳尻が合わないと言っているのは、誰？」

「知りたいのか？　ああ、やっとおまえの興味を引くことができた！　じゃあ、教えてやる。ほぼ全員だ」

「嘘でしょ。だったら、彼女がとっくの昔に始末をつけている。あなたたち非営利団体のご立派な人格者たちが、いまではどんな対処のしかたをしていようとも」わたしはぬるくなった紅茶をカップに注ぎ足した。「もっとも、あなたのまだるっこしい遠まわしな言葉を正しく解釈したとすれば、彼女が横領をし、利益を現金化して会館のどこかに隠していると考えている人たちがいる。そういうことね？」

「現金じゃなくて、持ち運びしやすいものかもしれないぞ」アイアンマンはもっともな指摘をした。「たとえばダイヤモンドとかさ」

「なぜ、貸金庫を使わないの」

「白紙扇が貸金庫を使ったら目立つだろ」

「ほかの区かほかの州では？　あ、そうか」彼の目つきを見て悟った。「監視をつけているのね。あなたが？　それとも、あなたとチャン……ええと、なんて名前だっけ……そうそう、ルーが共同で？」

「チャンは違う。あいつはビッグ・ブラザー・チョイの腹心だったし、タンもそうだ――そうだった」

「でも、ルーとは手を組んでいるの？」

「ルーは耄碌《もうろく》した老いぼれだ。誰があんなやつと手を組むもんか」

「あなたはルーと手を組むつもりはない、そしてタンの動向を探っている。義兄弟の契りが聞いてあきれるわ」もっとも、タンは義姉妹になるけれど。

「ほかの権力を常にコントロールするのが、権力者の義務だ」

「それ、絶対誰かに書かせたでしょう」

アイアンマンは肩をすくめた。「誰だってなにかしら義務を負っているだろ。ビッグ・ブラザー・チョイが決して会館を売らないことは、全員が知っていた。だから、会館は安全な隠し場所だった。これまでは」

「いまは違うの？」

「当たり前だろ、白々しい。メルはチョイの遺言執行人というだけではない。チョイの野郎は彼女に会館を遺した。なにもかも変わっちまった」

「まあ、そうでしょうね」わたしはぬるい紅茶を飲んだ。「なぜ」半ば独り言のように言った。

「チョイは売りたくなかったのかしら」

アイアンマンは餌に食いついた。なにも言わずに目に期待を込め、生徒の答えを待つ教師のように見つめてくる。ピンときた。

「嘘でしょう?」わたしは言った。「チョイとタンが共謀していたということ? チョイが何億ドルもするニューヨークの不動産を手放さなかったのは、ふたりで貯金箱代わりにしたり、壁に宝物を埋め込んだりするためだったと言いたいの?」

「理由はそれだけじゃない。チョイは感傷的なじじいだったんだよ。あのおんぼろな建物を愛していた。もっとも、あそこにひと財産隠してあるなら、ティンの提示した高値を突っぱねるのも無理はない。少なくとも、望みどおりの額に吊り上げるまでは」

「あきれた。あなたは堂の一員でしょう。チョイは義兄だったのよ」

「まあね。兄弟姉妹はいつも仲よくして、助け合う。だろ? おまえのところは、いつもそうか?」

わたしはぐうの音も出なかった。「言いたいことはわかった。でも、チョイが自分の堂から盗んでいたと本気で考えているの?」

「リ・ミン・ジンはチョイのものじゃない」アイアンマンは声を荒らげた。知ってか知らずか、手を握り締めている。「チョイはリーダーだったが、権力があるからって好き勝手に利益配分を決めていいってもんじゃない。きちんと決まりどおりにやってもらわなくちゃ」

「利益配分?」鼻で嗤《わら》いたかったが、こらえた。「あらまあ、ではクリスマスのボーナスをもらえなかったの?」

アイアンマンの表情がやわらいだ。「まあ、そんなところだ」わたしの手を親しげに叩く。テーブルに手を出しっぱなしにした罰だ。引っ込めて膝に置いた。「もうひとつ、決まりどおりにやらなきゃならないことがある。おれたちとリ・ミン・ジン・香港との接触がそれだ。これは、双方のボスに限られている。おや、知らなかったのか、知ったかぶりの探偵さんよ」

「会館を持った目的のひとつは、ニューヨークへ来た堂のメンバーを滞在させるためではなかった? それは接触になるでしょう?」

「ああ、そうだよ。おれたちが向こうへ行く、やつらがこっちに来る、やあ、よく来たな、泊まっていきなよってなるのは自然な流れだ。だが、ビジネス——堂の日々のビジネスに関してはボス以外の者がするのは厳禁だ。だから、解せなくてさ。タン・ルーリエンがこの二ヶ月、香港のやり手どもと連絡を取っているのが」

なぜそれを知っているのか、と訊くまでもない。ただ、タンはこれほど子細に監視されていることを知っているのだろうか。

「相手は誰?」わたしは訊いた。

「名前を知ったところで、おまえにはなんの意味もないだろ」

「試してみて」

「ジョニー・ジー」

「タンが香港で入っていたギャングのグループ、ブラックシャドウズのボスだった人ね」

「お、やるじゃないか」と、大げさに目を剝く。「予習したのか？」

それを聞き流して、わたしは言った。「では、彼は堂に入って出世したのね。タンが昔のギャング仲間と連絡を取ってもおかしくないと思うけど」

「おかしいかどうかはともかく、やつは香港のリ・ミン・ジン、タンはニューヨークのリ・ミン・ジンに属している。だから、許されない」

「ビジネスとは関係なく、雑談でも？」

「どんな話をしてるのか、なんでおまえにわかる」

「わかるわけないでしょう」

「見当はつくか？」

「いいえ」

「おれにはつく。あいつらが連絡を取り合うようになったのは、つい最近だ。タンが初めて連絡したのが六ヶ月前。それ以前は、一度もない。だからさ、この接触はビッグ・ブラザー・チョイと香港側のボス双方の許可があってのことだ」

アイアンマンは訳知り顔で笑ってふんぞり返り、「なぜ？」と訊かれるのを待った。もちろん訊きたいが、「あ、そう」とさらっと流して悔しがらせたらさぞかし痛快だろう。だが、私立探偵の本能が、心に潜んでいた十代のわたしに勝った。「なぜ接触したの？」

「タンは金に詳しい。ジョニー・ジーも香港で似たような仕事をやってるんじゃないか」タンの話では、ジョニー・ジーはブラックシャドウズの資金管理を彼女に一任した。ジョニーが自分でできるなら、彼女に一任しただろうか？　違う。ジョニー・ジーはリ・ミン・ジン・香港の白紙扇ではない。だが、そのことは黙っていた。

「おそらく」アイアンマンは言った。「香港の連中はおれたちを切り捨てようとしている。タンとビッグ・ブラザー・チョイは堂の利益を少しずつ減らしていき、しまいにビッグ・ブラザー・チョイが会館を売って資産を香港の連中と分け、おれたちを契りから解放する計画だったんだろう。そしてビッグ・ブラザー・チョイが死んだが、大勢に影響はない。タンは香港側との取り決めを続行する。で、どうなるか」

「どうなるの？」

「おれはとくに文句はない。最近の堂に嫌気が差していてさ。新しい血、新しい組織、新しい考え方が必要だ」

「地域に貢献する非営利団体としてね」

「そのとおり。だが、ひとつ問題がある。タンはおれたちの金の持ち逃げを企んでいる」

19

わたしは椅子の上で座り直して、アイアンマンから手も体もできる限り遠ざけた。「興味深いけれど、なぜわたしに話すの？　お互いをよく知るためだけじゃないでしょう」

「それだけで十分だろ」

「いいえ、全然」

アイアンマンはスパイシーな香りの液体を飲み干した。「今朝はタン・ルーリエンのところにずいぶん長くいたな」

「タンとメル・ウーがお互いをよく知ろうとしていたのよ」

「麗しいこった。おまえとタンはどうだった。互いをよく知ることができたのか」

「わたしはただの壁の蠅よ。静かに見ていたわ」

「で、タンは蜘蛛か」意味深長に眉を上げる。この男はいったい、言葉を使わずに偉ぶる手段をいくつ知っているのだろう。

ともあれ、意味するところは理解した。「タンはレズビアンだと言いたいの？」

「おいおい、リド、見ればわかるだろ。もろレズじゃないか」また〝リド〟。これを続けるなら、今度は打席に立つ前にアウトを宣告してやる。「あの服、あの歩き方。それに、手の甲にタトゥーだぜ。セクシーな場所に入れないでさ」

「入れてないって、なんで断言できるの」

「は? 入れてるのか?」

「冷静に考えてみたら、アイアンマン。あなたはタンが目障りだし、大半の構成員もそれは同じ。タンがあなたの考える女らしい振る舞いをしたら、いくらビッグ・ブラザー・チョイの後ろ盾があっても、致命的でしょう」ギャングの前でほかのギャングのために弁解するとは、こっちこそ冷静にならなくては。あとで朱に交わって赤くなっていないか、よく調べよう。「男なら次のボスになることができたかもしれないけれど、ボス選びが終わったら堂《トン》に居場所がなくなる。タンはそう覚悟しているわよ」

「くだらねえ。あれがボスになるタマかよ。金勘定しているだけじゃないか。たとえ男だったとしても無理だね。ありがたいことに、たしかに彼女の居場所はなくなる。だが、おれたちの金は絶対に持っていかせない。会館に戻って、聞き出してこい」

「なんですって?」

「これから会館に戻って、金の隠し場所を聞き出せるか、やってみろ。いや、やってみるではなく、聞き出せ。つべこべ言わずに、おれたちの金を見つけろ」

「自分で見つけなさいよ」アイアンマンを見据えて言った。「それとも、メルがあなたたち全員を退去させて、ジャクソン・ティンに会館を売る前に見つける自信がないの?」

「あいつはティンには売らない」

わたしは肩をすくめた。「わたしの知っている限りでは、メルはまだなにも決めていない。それに、売っても売らなくても、あなたたちを追い出すことはできる」

「ティンには売らないし、おれたちを追い出しもしない。おれに売るからだ」

「なんですって?」

アイアンマンは笑った。「ほら、見ろ! おまえの知らないこともあるんだよ。おれは会館が欲しい。あそこに隠されているものも」

「どうして?」

「しっかりしろよ。頭がいいんだろ」アイアンマンはふんぞり返った。わたしは答えがわかっていたが、口を閉じていた。アイアンマンはわざとらしく深々とため息をついた。「リ・ミン・ジンには事業利益がたっぷり入ってくる。進行中のプロジェクト。投資。わかるだろ。だけど、組織は過去にしがみついている老いぼれであふれているんだよ」

〝投資〟〝プロジェクト〟〝組織〟——なにも言わないでおいた。

「おれたちには新しいビジョンが必要だ。目先だけのケチな商売をやめて、もっとでかい外の世界に出ていかなくちゃ」

「中国人の犯罪は、もうチャイナタウンだけのものではない。それがスローガン?」

「おまえって、すごく嫌味だな」

「よく言われるわ。で、ビッグ・ブラザー・チョイにはビジョンがなかったの?」

「ああ、現状に満足していた。若いころの武勇伝を聞いたことがあるが、それは過去の話だ」

「でも、あなたは若い」

「もし――あくまでも仮定の話だが。おれがボスになろうとしたら、老いぼれどもは必ず邪魔をする。同じく老いぼれのルーを支持する。もし、そうなったら――いいか、仮説だぞ――堂は半々に二分される。ビジョンを持った一派対老いぼれの一派だ。だが、ビジョン派のひとりが会館を所有していれば、天秤が傾く」

「信じられない！　本気なのね。ほんとうに、メルに会館を売ってもらいたいのね」

「そうだよ、別嬪《べっぴん》さん。そうなれば、彼女の伯父が望んだとおり、おれたちはあそこにいることができる。愛する伯父の望みが叶うんだから、万々歳じゃないか。ティンに売ったら、おまえの言ったとおり、おれたちを追い出さなくちゃならない。ニューヨークで住人を退去させるのがどれほど大変か、知ってるか？　しかも相手はおれたちだぞ。おれに会館を売れば、彼女の人生は安泰だって保証するよ」

「脅迫しているの？」

アイアンマンはにんまりした。「犯罪を飯のタネにしてるのに、なんでもかんでも脅迫だと思ってびびるんだな」

実際に脅迫しているではないか。「お金はどうやって工面するの？」

「おまえには関係ない、と言いたいところだが、関係があるんだよ。買い取りに必要な金をおまえが見つけるんだ」

「わたしが？」

「ああ、そうだよ。タンと話してこい。金を見つけろ」

わたしはあっけに取られてアイアンマンを見つめた。よほど、「麻薬でハイになっているの?」と訊こうと思った。そのとき、ひらめいた。「わたしを雇って」

アイアンマンは見つめ返してきた。それから笑った。「ああ、いいとも。おまえを雇う。依頼人になる。タンがリ・ミン・ジンから盗んだ金を見つけろ」

「タンが盗んだと思う金、でしょ。噂を根拠にして」

「誰もタンを信用していなかった」

「ビッグ・ブラザー・チョイは信用していたわ」

「ビッグ・ブラザー・チョイは」アイアンマン・マは指摘した。「死んだ」

20

新規の依頼人とは、兄とのときのような依頼料の交渉はしなかった。アイアンマンの許可があればリ・ミン・ジン会館《トン》での調査がやりやすいので、わたしを雇ったと思わせたにすぎない。守秘義務に縛られて堂に関する情報を明かすことのできない立場にはなりたくなかった。アイアンマンの疑念が正しかった、なんらかの興味深い情報をつかんだ、そうしたときは公表するなりメアリーに話すなり、よりよい方法を自由に選択したかったのだ。

アイアンマンは気前のよさを見せつける機会を逃さなかった。テーブルに二十ドル札を二枚置いて——この店は高いが、それにしてもこれ見よがしな高額のチップだ——わたしと一緒に〈ミアンサイ〉を出た。できればさっさと彼と別れてひとりで店を出たかったが、そうしたら次に起きたことを見逃していただろう。

どのみち、大半を見逃した。オートバイの爆音はニューヨークでは珍しくなく、誰もあまり意識しない。だが、銃声となると——市外の人がニューヨークを戦闘地域と形容しようとも——やはり気がつく。

店を出て五、六歩歩いたとき、オートバイが接近してきた。黒のヘルメットをかぶった運転手が、片腕をまっすぐ伸ばす。狙いはわたし？　アイアンマン？　どっちでもいい。アイアンインドウが粉々になって、ガラス片が周囲に降り注いだ。身を振りほどいた。ベルトにつけた銃を抜く。わたしはその手を歩道に叩きつけ、「正気なの？」と、怒鳴りつけた。「まわりに人がいるのよ」

マンに飛びかかって、歩道に押し倒した。銃弾がうなりをあげる。〈ミアンサイ〉のショウウ

アイアンマンはわたしの口を肘で殴って、身を振りほどいた。なにかが耳の横に転がってきた。

「バカ野郎」アイアンマンはわたしを押しのけ、銃を構えて立ち上がった。オートバイはすでにほかの車のあいだを猛スピードで走り抜け、影も形もない。彼はくるりと振り向いた。「いいか、今度こんな真似を――」

「どういたしまして」わたしも立ち上がった。「さっき肘で殴ったわね。たまたま当たったのでないなら、承知しないわよ。ところで、あなたとわたしのどっちを狙ったと思う？」

「おまえを？　誰がおまえなんか狙うものか」

わたしは歩道を見た。先ほど転がってきたのは、紙に包んだ石だった。ティッシュペーパーを出して拾おうとしたが、アイアンマンのほうが早かった。アイアンマンはひったくったそれの輪ゴムをはずして、紙を広げた。さっと目を走らせて毒づき、紙をポケットに突っ込んで石を歩道に投げ捨てる。銃をホルスターに戻して、荒い足取りで去っていった。

わたしは倒れたときに打った肩をさすりながら、道を渡ってくるビルを待った。

「大丈夫か？」ビルは言った。「死んでいないようだったから、アイアンマンとの話が終わるまで離れていた」

「心遣い、感謝するわ」

「バイクのナンバーは覚えた」

「ああ。よかった。きっと役に立つわよ」

周囲に人が集まってきた。〈ミアンサイ〉からお洒落な店員たちが出てきて、割れたショウウィンドウと散らばったガラス片を呆然と眺めている。わたしは携帯電話を出した。

「誰にかけるんだい？」

「決まってるでしょう」

呼出音が二度、それから耳元でメアリーの声。「急ぎの用？　勤務中で、さっき発砲事件――」

「クロスビー・ストリートで起きた。いま、そこよ」

一瞬、沈黙。「たまたま？　それとも――」

「アイアンマン・マと一緒だったの。彼を狙ったみたい」

「怪我人は？」

「わたしの肩にあざができたわ」

「いい気味。アイアンマンと一緒にいた罰が当たったのよ。頭がどうかしちゃったの？　犯人は？」

「いまごろは、バイクでアップタウンを走行中」

「ナンバーはわかる？」

「ビルが覚えている」わたしは電話をビルに渡した。「メアリーにナンバーを教えて」

ビルはナンバーを伝え、メアリーに怒鳴られる前に電話を返して寄越した。

「メモがあったのよ」わたしはメアリーに言った。

「メモ？」

「石を包んであった。読もうとしたけど、アイアンマンに取られてしまって」

「その石は持ってる？」

「もちろん」

「五分で来て」

「了解」

「アイアンマンと来るの？」

「いいえ。ビルと行く。アイアンマンはどこかへ行ってしまったわ。わたしが止めなければ、あいつは人混みのなかで犯人を狙って発砲していた」

「お手柄だったわね。アイアンマンを緊急手配する」メアリーは電話を切った。

メアリーの発言は、〈ミアンサイ〉からエリザベス・ストリートの署まで徒歩五分と承知してのことだ。ビルと人混みを掻き分けて向かった。現場へ急行する制服警官が次々に横を駆けていった。

五分署は一九〇〇年代初頭に石灰岩《ライムストーン》を用いて建設された警察署のひとつで、当時はチャイナタウンではなかったが、この一帯も、そのころ街の体裁を持つようになった。受付の巡査は、ＰＳ一二四の六年生だったときにライティングパートナーだったジョン・ニーだった。メアリーが待っていると告げたが、わたしたちを待たせておいて刑事部屋に連絡を入れる。上階《うえ》へ行っていいと伝える彼に目玉をくるりとまわして見せたら、にやりと笑い返してきた。

メアリーは刑事部屋で古ぼけたスチールデスクにつき、デスクの端に腰かけたクリス・チェンと話し込んでいた。クリスはわたしたちに気づいて、素早く立ち上がった。

「ふたりとも座って、包み隠さず話しなさい」メアリーは言った。「なんでまた、アイアンマン・マなんかと一緒にいたの？　タン・ルーリエンとの話が終わったら、電話する約束だったでしょう？　誰が真っ昼間の雑踏でアイアンマンに発砲したの？　それとも狙いはあなた？」

刑事部屋にはほかに刑事がふたりしかおらず、ひとりは書類のタイプ中、もうひとりは目撃者かなにかの聴取をしていたが、ふたりとも仕事を中断してこちらを向いた。クリス・チェンが肩をすくめると、再び仕事に戻る。ビルとわたしはメアリーのデスクの前の傷だらけの椅子に腰を下ろした。

「ほら」わたしは口を切った。「これが例の石」ポケットからティッシュペーパーにくるんだ石を出してデスクに置いた。「なにから話せばいい？」

「怪我はない？」メアリーはビルとわたしを交互に見た。

「さっき話したとおりよ。あと、アイアンマンに肘で口を殴られたけれど、わたしを振りほどこうとしてたまたま当たったみたい」

「さっき話したとおりよ。いい気味」

「オートバイは黒だった」ビルは言った。「たぶん、ドゥカティ。運転手は細身で長身。黒のヘルメット、黒のプレキシガラスのフェイスシールド、袖に赤い線が入った黒の革ジャン、黒のジーンズ」

「え?」

「だから、包み隠さず話しているのさ。狙撃手とオートバイについて。ナンバーはもう教えた」

「照会したわ」メアリーはこれ以上話すつもりがないかのように口をつぐんだが、旧知の仲だ。わたしは待った。メアリーは続けた。「そのナンバーは一ヶ月前に盗まれたハーレーのものだった。犯人はおそらく、ハーレーが持ち込まれた解体屋でナンバープレートを手に入れた。まあ、とにかくありがとう」

「でも、犯人の特徴は有力な手がかりになるでしょう」わたしはビルの名誉を守るために言った。

「まあね。それに、あまり期待できないけれど、もしかしたら石から指紋を採取できるかもしれない。なんで、アイアンマンと一緒だったの?」

「向こうが電話をかけてきてお茶に誘ってきたのよ」

「どうして?」

ビルが口を挟んだ。「いい女だから」

「黙ってて」と、メアリー。

わたしは言った。「あなたはキュートだって、アイアンマンが言ってたわよ。でも、おっかないんだって。わたしがリ・ミン・ジン会館にいるのを見て、内部情報を知ろうとしたのよ」

「どんな情報？」

「わたしの知っていることすべて。なにも知らない、とほんとうのことを言ったわ。そうしたら、あげくの果てにわたしを雇った」

「なんですって？」

「アイアンマンと一部のリ・ミン・ジンの構成員は、タン・ルーリエンがビッグ・ブラザー・チョイと共謀して堂の資金を横領し、現金かダイヤモンドにして会館に隠しているのではないかと疑っている」

ここまで急いで来たのでそのことをビルに話す時間がなかった。そこでビルはメアリーとクリスとともに目を見開いた。

だが、メアリーは思ったほど驚かずに「あら、あら」とクリスと顔を見合わせた。

「噂があったんだ」クリスは言った。「何年も前から。莫大な価値のあるものが会館に埋められているって。そこでジャクソン・ティンが会館を欲しがるようになると、おれたちは興味を持って成り行きを見守っていた」

「その言葉は聞き飽きてきたわ。アイアンマンがやたらと〝興味〟を繰り返したから。彼は興味があると主張して、わたしを会館に行かせてなにが埋められているか知ろうとしている」

「なんで、あなたなの？」

「いい女だから。彼はタンがレズビアンだと思っているのよ」

メアリーは一瞬言葉を失った。「あなたが色仕掛けでタンの口を割らせる？　本気？」

「アイアンマンはね」

クリス・チェンが笑い声をあげた。「おれは間違いなく引っかかる」

メアリーに睨まれて、クリスはにやにやして首をすくめた。「さっき、タンとメル・ウーの三人でなにを話したの？」

「タンは、メルが会館を今後どうするのか知りたがったわ」タンの部屋での茶会について、ビルに話したのと同じ内容を語った。メアリーとクリスは聞き終えて顔を見合わせた。

「では、こういうこと？　あそこになにかが隠されていて」メアリーは言った。「チョイが亡くなったために、タンは突如それに近づきにくくなった。つまり、それはチョイのアパートメントにある」

「その可能性はたしかにあるけど」わたしは言った。「ボス候補であるにしろないにしろ、タンは最近会館内で自由に動きまわることができなくなったみたい。だから、会館のどこにあってもおかしくないわよ。構成員たちは一刻も早く彼女を追い出したいし、信用もしていない。しばらく前から二十四時間彼女を監視していると、アイアンマンはほのめかしていた。タンはきっと気づいている。さっきの発砲にも関わっているかもしれない」

「だって、二十四時間監視されているのよ」メアリーは疑問を呈した。

「リ・ミン・ジンの幹部のために喜んでひと肌脱ぐ不良は、チャイナタウンにはいくらでもいるわ」

「だが、なぜ？」ビルはもっともな質問をした。「誰を排除しようが、タンがボスになる可能性はゼロだ」

「アイアンマンを排除すれば、会館から隠し財産を持ち出しやすくなるというのは？」

「うーん、だがメルがティンに売った場合、契約を締結して会館を明け渡すまでには時間を要する」ビルは言った。「売らないで、堂の構成員全員を退去させるのはもっと時間がかかる。いずれの場合でも、タンは会館が空《から》っぽになるまでじっと待ち、それからなかに入って欲しいものを持ち出せばいい」

わたしは言った。「アイアンマンは会館を手に入れたがっているわ」

「そうなの？」

「彼の考えでは、香港側がリ・ミン・ジン・ニューヨークを近々解散させる。そこで会館をメルから買い取って、将来を見据えた新しい――彼の言葉を借りれば――組織を作りたい。もちろん、ルー一派――〝老いぼれども〟を追い出したあとで」

「おとなしく出てはいかないでしょうね。メルはアイアンマンに売るかしら」

「それはなさそう。でも、アイアンマンは指摘したわ。売却しないで堂を追い出すのは難しいし、自分に売れば堂は出ていかずにすみ、ビッグ・ブラザー・チョイの意思にも沿う」

「でもそれはもう、以前の堂ではなくなっているのよね」

「名前が同じだけ」

「構成員の数も半減しているだろうし。アイアンマンはどうやって買収資金を作るつもり？」

「会館に隠されている宝を使うんだって」

「ほんとうに?」

「さっき話したように、わたしは会館へ行って、彼のためにそれを見つけることになっている。アイアンマンはわたしを雇ったつもりなのよ」

メアリーは大きなため息を吐いた。「そんなことは絶対にしないで。もしまた会館へ行ったら、痛い目に遭わせるわよ」

「きみがリディアを痛い目に遭わせたら、ぼくがきみを痛い目に遭わせる」ビルは宣言した。

「きみがメアリーを痛い目に遭わせたら、ぼくがきみを痛い目に遭わせる」クリスはにやにやして両手を大きく広げた。「だからさ、リディア、ぼくらが三つ巴になって闘わないですむよう、会館には決して近づかないでくれ」

21

「命からがら逃げ出したってところね」五分署からエリザベス・ストリートに出るなり、わたしはビルに言った。

「脱出成功を祝ってランチをご馳走する」

腕時計を見ると、もう三時。どうりで空腹のはずだ。「じゃあ、〈ノムワー〉で点心」

「いいね」

果物屋の屋台や土産物店のあいだを縫ってドイヤーズ・ストリートに向かいながら、メルに電話をかけた。「アイアンマンが会館を買いたがっていることを知っていたの？」

「ええ、前に電話してきたから」

「では、実際に買い取りを持ちかけたのね。なんで教えてくれなかったの？」

「いい値をつけて現金で全額払うと持ちかけてきたけれど、具体的な数字を出さなかったので、本気にしなかったの。具体的な数字を出さない買手は、たいがい興味本位だから。もちろん、断ったわ。この種の話は、たいていそれでおしまいになる」

「メル、これは通常の不動産取引とは違うことを頭に入れておいて。アイアンマンは堂《トン》の幹部よ。彼の言う〝現金〟は不法に得た利益のことだし、〝会館が欲しい〟はなにがなんでも手に入れるという意味よ」

メルはしばらく沈黙してから言った。「わかったわ。とにかく、買い取りには応じない」

「アイアンマンはあなたが応じると思っている。会館が堂の手に戻れば、退去する必要がなくなるもの。伯父さんが望んでいたとおりになるわ」

「メン伯父の亡霊を失望させたくはないけれど、堂から利益を得るのは、大家であることと同じくらい道義に反するわ。アイアンマンにはあいにくだったわね」

「そう、わかった。それから、何者かがアイアンマンに発砲したわ」

「発砲した？　それで、命中したの？　しなかったの？」

弁護士はどこまでいっても弁護士だ。「しなかった。メモで石をくるんで投げつけてきたのよ。命中させるのではなく、アイアンマンの注意を引くのが目的だったみたい」

「なんて書いてあったの？」

「わからない。堂の後継者選びに関係があると思うけれど、会館の件も混じっている気がする。だから、用心して」

「誰かがわたしに発砲するということ？」その声に恐怖はなく、ただあきれていた。

「考えたくないけれど、あなたを脅して決断させようとするかもしれない」

「だったら、命中しないように注意して周辺を狙うわよ。そして、理由を書いたメモを投げてくる。まったくふざけた連中ね。うんざりしてきたわ」

「真剣に考えて、メル。平気で人を殺す連中なのよ」

「そうね。でも、もうたくさん」

「とにかく、用心して」わたしは念を押した。

「ええ、気をつけるわ。心配してくれてありがとう」

電話を切ると、ビルが訊いた。「どうだった?」

「怖がるというよりも、憤慨していたわ」

「見上げたものだ」

「心配だわ。あれでは会館へ行って騒擾《そうじょう》取締令を読み上げそう」

「実際にやるかな?」

「少し経って冷静になれば、考え直すでしょうけれど……」

〈ノムワー〉に入ってブース席に落ち着き、店主のウィルソン・タンに手を振って挨拶した。

彼もやはり同じ小学校だった。PS一二四の同窓会みたいな日だ。

「いいことを思いついたわ」ビルに言った。

「ぜひ聞かせてくれ」

「タン・ルーリエンに興味が出てきたの」

ビルは大げさに目を剝いた。「きみは同性愛者だったのか! どうしていままで気づかなかったんだろう」

「ぼんやりしているからよ。タンにはどうも妙なところがある」

「熱い茶を浴びる覚悟で言うが」タイミングを合わせたように、ウェイターがジャスミン・グリーンティーをテーブルに置いた。わたしはこれが大好きで、ウィルソンはそれを知っているのだ。「リ・ミン・ジン会館で起きていることは、ぼくらの案件ではない」

「ええ、わかってる。そのとおりね」わたしはポットの蓋を取って、お茶の色を見た。あと一分。「ランチのあとで、またジャクソン・ティンの粗探しをしてもいいわね。でも、妙だと思うでしょう?」

「なにを? タンのこと? ぼくは彼女と言葉を交わしたこともないんだよ。だが、きみの鋭い勘を全面的に信用する」

わたしは携帯電話で番号を調べていたので、うわの空でそれを聞いていた。「マーク・チュワンを覚えている? 香港の」

「命の恩人を忘れるものか。きみを盛んに口説いたが、命を救ってくれたから許してやった。連絡を取り合っていたのか?」

「数ヶ月に一回くらい」

「相変わらず口説くのかい? 永久に許されると思っているなら、大間違いだ」

わたしは意味ありげに口を閉じて、ビルのカップにお茶を注いだ。

ビルが訊く。「マークはいまも警察に?」

「辞めたわ。あのあとしばらくいたけれど――わたしたちのことがあっても、警部補に昇進できたのよ――結局辞めて、長洲島に越したの。カンフーを教え、ラーメン屋を経営している。奥さんと一緒に。結婚したのよ」

最後の言葉を聞いたとたんにビルがにんまりしたので、吹き出すところだった。マークの番号をタップして、いい気になってはいけないとビルに釘を刺そうとした矢先、マークが出た。

「リディア・チン！　なんとまあ！　地球の裏側はどんな具合？」

マーク・チュワンは香港生まれだが、ほとんどノースカロライナで育ったので、母音を伸ばす癖があるものの、訛りはない。誰かを起こさないようにしているのか、声を潜めている。

「万事順調よ」わたしは言った。「そちらは？　ソンドラは元気？　子供たちは？」

〝子供たち〟でビルの笑みはさらに大きくなった。

マークは言った。「みんな元気だ」別室に行ったのだろう、ふつうの声になった。「ソンドラは絶好調、ダニは学校でサッカーの、ピートは家でいたずらの練習中。学校や店のこと、きみが食べ損なっている絶品の料理など、話のタネは尽きないが、近況を知りたくて電話したんじゃないだろう？」

「どうしてわかるの？」

「こっちは午前四時だ」

「まずかった？　悪いとは思ったけれど、あなたは宵っぱりだから」

「いまはそうでもない。子供がいるからね。でも、興味津々だ。よほど大事な用なんだろう。話してくれ」

マークにこちらの状況と知りたいことを伝えた。

「タン・ルーリエン……」聞き終わると、彼は言った。「覚えがないな。そもそも、ブラックシャドウズに女性がいたとはね」

「あなたが警察に入るずっと前だもの。彼女がニューヨークに移ったのは、三十五年くらい前。でも、彼女を覚えていそうな人を知らないかと思って」

「ファイルを調べてあげたいが、もうアクセス許可がないからなあ。ブラックシャドウズに入っていたなら、必ずファイルがある。昔の知り合いは、警察を辞めるか、香港を去ったかで警察内にほとんど残っていない。だが、できるだけのことはする。なにかわかったら、すぐ連絡するよ」

「すごく積極的ね。ありがとう、マーク」

「どういたしまして。ビルによろしく。ミスター・ガオにも」

以前、仕事でビルと香港へ行ったとき、ガオおじいさんを介してマークと知り合った。マークがわたしたちの側についたので、香港で調査をすることができ、また先ほどビルが指摘したとおり、彼の命の恩人でもある。

「ええ、伝えるわ。みんなによろしく。おやすみなさい」

ビルと相談して、豆苗《とうみょう》入りエビ餃子、チキン焼売、空心菜炒めに決めた。ジャクソン・ティンやリ・ミン・ジン会館、アイアンマン・マを狙撃した犯人、犯人が投げつけたメモなどについて考えを出し合ったが、これといった収穫はなかった。

お代わりをしたお茶のポットが空《から》になったころ、『ビル・ベイリーよ、家へ帰っておくれ』のメロディが鳴った。

「母だわ」ビルに断って電話に出た。「もしもし、お母さん、どうしたの?」

「リン・ワンジュ、兄さんの家で夕食をしに出かける《ゴーイングアウト》から、知らせておこうと思って」

さて、どの兄だろう。ティムが母を夕食に招くことはあり得ない。母に料理する喜びを与えるために、必ず食べにくる。アンドリューの家はトライベッカなので、ゴーイング〝オーバー〟、エリオットはアッパー・イーストサイドだから〝アップ〟。〝アウト〟なら、クイーンズすなわちテッドだ。

「平日の夜に? つまり、その、よかったわね。でも、どうして?」

「ちょっと行きたくなったのよ。遅くなるから、たぶん泊まってくるわ。あした、電話するわね」

電話が切れた。

「どうしたんだい? ぽかんとして」ビルは言った。

「なにがなんだかわからない。母が、テッドの家で泊まってくるって。祭日でもないし、誰かの誕生日でもない……」

テッドにかけた。

「やあ、リド」

これは許せる〝リド〟なので、鳥肌は立たなかった。「こんにちは。いまお母さんから兄さんのところへ行くと電話があった。泊まってくるそうだけど」

「うん。冷凍しておいた焼き餃子を持ってヴァンで来るって」

この場合の〝ヴァン〟とは非認可営業のマイクロバスのことで、マンハッタンのチャイナタウンとニューヨーク市の各チャイナタウンを結ぶいくつもの路線がある。サンセット・パーク、エルムハースト、ホームクレスト、ベンソンハースト、リトルネック、それにテッドの住んでいるマンハッタン外行政区の祖父的存在であるフラッシング。母はたとえひと駅でもひとりでは地下鉄に乗らないが、いわゆる白タクのマイクロバスでクイーンズへ行くのは厭わず、中国語で運転手にあれこれ指図をし、文句をつけて道中を過ごす。母と、乗客のご婦人がた全員がこれをする。一、二度、母と乗ったことがあるが、運転手が気の毒でならなかった。

「兄さんが呼んだの？」テッドに訊いた。

「ぼくが？　いいや。でも、もちろん母さんが来てくれるのはうれしいさ。子供たちが大喜びする」

「お母さんは絶対になにか企んでいる」

テッドは笑い声をあげた。「ああ、そうかもしれないな。わかったら教えてやるよ」

ビルは、気前はいいがこれ見よがしではない額のチップを含めた現金をテーブルに置き、わたしたちはドイヤーズ・ストリートの明るい陽射しのなかへ出た。すぐにまた電話が鳴った。今度は『バッドボーイズ』。「あら、ライナスよ」電話を出した。「ハイ、ライナス。なにかあった？」

声高らかに歌い出す。「なにもない、なにもない、なにもない、あなたがいないならぁぁぁ！　ところが、あるんだな。聞きたい？」

「なんで、わざわざ訊くの？」

「銃撃戦とか、潜入捜査の最中だといけないだろ」

「なるほど。心遣いありがとう。でも、大丈夫。話して」

「ええと」今回もエコーが聞こえる。機器の散らばったデスクに電話スタンドを置き、スピーカーフォンにしているのだろう。「例のジャクソン・ティンだけど、ぼくとトレラが考える限りでは、なにもかも合法だ。でも、気になる点がふたつある」

「ちょっと待って。ビルにも聞かせたいから、こっちもスピーカーにする」わたしはビルの腕を取って建物の出入口の隅に引っ込んだ。電話をスピーカーモードにして掲げる。「いいわよ、ライナス」

「やあ、ビル。聞こえる？」

「ああ」

「トレラもいるんだ。四人でパーティーができるね」

「ウーフは？」ビルが訊く。

「おい、ウーフ。聞こえるか？」

大型犬の吠え声が、出入口の空間にこだました。

「参加するってさ。で、肝心の件だけど」ライナスが言う。「ジャクソンの父親も不動産事業をしていたけど、ジャクソンが引き継ぐとその規模は桁違いに大きくなった。出資者を集め、借金をして新しいプロジェクトに乗り出すようになったんだ。それに、土地や建物を上手に買う。割安な物件を嗅ぎつけるのがうまく、二束三文《フォー・ア・ソング》で手に入れる。聞きたい？」

「なにを？」

「歌」

「遠慮しておくわ」

「そうか。で、彼の初めてのプロジェクトは父親の手がけていたものよりはるかに大きく、出資者にとっては一種の賭けだった。でも、思い切って賭けた出資者がいたおかげで成功して、その後は初期の出資者たちに――〈スター・グループ〉と呼ばれている――ティンに便乗して儲けたい人たちも加わって、ティンは資金繰りに苦労しなくなった。ここまではいい？」

「テクノロジーではなく不動産の話だもの。問題なし」

「オーケー。ところがフェニックス・タワー・プロジェクトには、なぜだか〈スター・グループ〉の名が出てこない」

「売却を拒んでいる物件があるからじゃないか」ビルが言った。「このプロジェクトはこれまでより大きな賭けだ。先行きの不透明な計画に投資して資金を縛られたくないんだろう」

「そういう物件があるの？」ライナスは訊いた。

「リ・ミン・ジンの本部よ」わたしは言った。

ライナスが口笛を吹く。「堂が？　うわあ、わくわくしてきた」

「だめよ、ライナス」わたしは釘を刺した。「関わらないで」

「開発計画のど真ん中にある建物を堂が持っているの？」トレラが言った。「ティンはまだ買収できていないのよね？」

「そういう建物があるなんて、知らなかった。きみは物知りだね」と、ライナスは感心した声で言う。「ぼくはラッキーだな、物知りのパートナーを持って」

「それはこっちも同じだ」ビルが言った。

「そのくらいにしておいて」わたしはふたりをさえぎった。「誉めてくれるとトレラもわたしもうれしいけれど、ラッキーだったことは今後の結果が証明してくれるから、とにかく仕事に専念して」

「ウーフ、議事録に書いておくんだよ」ライナスは言った。「〈スター・グループ〉は堂との関わりを避けたのかな？」

「ウーフに訊いているの？」わたしは言った。「ごめん、つい。〈スター・グループ〉という最初の出資者たちがどんな人たちか、わかる？」

「かなり面倒な調査になるだろうな。いくつもの幽霊会社を保有している幽霊会社のグループなんだ」

「不動産取引ではよくあるわよ」トレラが言った。「税金対策なの」

「正体を突き止める調査は合法的？」

「そうだなあ……」と、ライナス。「ある程度までは、たぶん」

「だったら、合法的な範囲のぎりぎりまで調べて、そこでやめて。いい？　やめるのよ。それで――正体はともかくとして、フェニックス・タワー・プロジェクトでは、いまのところ名前が出ていないのね？」

「うん。フェニックス・タワー・プロジェクトは最初のころ、資金集めに苦労していた。そこへ突然出資者が現れ、それをきっかけにしてほかの出資者も戻ってきていまは順調にいっている。でも、〈スター・グループ〉の名は一度も出ていない」

「突然現れた出資者って？」

「〈アドバンス・キャピタル有限会社〉」

「有限会社なの？」

「うん。新設されたばかりの会社で、香港銀行を通して取引をしている。ほかのプロジェクトに出資している様子がないので、これに投資するために設立したみたいだね」

「それもよくある」と、トレラ。「投資家はほかのプロジェクトから切り離すために、新しい組織を作るのよ。新規の投資対象のリスクが大きいときは、とくにそう」トレラはわたしが尋ねる前に言った。「いとこのジーノが教えてくれたのよ。投資銀行に勤めているの」トレラはイタリア系で、わたしの知っているどの中国人にも負けないくらい、親戚縁者が多い。親戚にはライナスに言わせれば胡散臭い人物もいるが、家族を選ぶことはできない。

「では、香港の投資家なの？」

「銀行は香港だよ」ライナスは言った。「でも、投資家もそうだとは限らない。たとえばさ、トランプやその関連企業を覚えてる？　彼らはドイツ銀行を使っていた。投資家の所在は特定できないけれど、この銀行が一番いい取引条件を提示した。ていうか、投資リスクが大きかったので、ここしかなかったのかもしれない。アメリカにパートナーがいる香港の投資家ってことも考えられるけど、なんとも言えないな。突き止められるとは思うけど、合法的な範囲内でとなると、どうしても限界が――」

「ライナス」

「おっと」

わたしは言った。「では、その正体は不明で、〈スター・グループ〉のほうは幽霊会社をいくつも保有している、幽霊会社のグループということね。となると、トレラの〝不動産基本講座〟によれば、正体不明の投資家と〈スター・グループ〉は同一の可能性があるんじゃない?」

「Aをあげるわ、リディア」トレラが言った。「たしかにその可能性はあるけど、どうして今回だけ正体を隠しているんだろう」

トレラの疑問はもっともだ。

「とにかく調べるよ。合法的に」ライナスは慌ててつけ加えた。「あともうひとつ、気になることがある」ライナスは待った。

「ドラマチックな間を置いているの?」

「うん。続けようか?」

「生きていたければ」

「ティンの事業全部を扱っている弁護士事務所はどこだと思う? フェニックス・タワー・プ

ロジェクトも含めて」

悪い予感がした。「まさか——」

「そう、そのまさか。ティムおじさんの事務所、〈ハリマン‐マギル〉」

22

「ティムはこのことを知らないのかな?」ライナスに礼を言って電話を切ったわたしに、ビルは言った。「〈ハリマン‐マギル〉は大規模だから、事務所内で情報を共有していない場合もあるだろう」

「ええ、きっと知らないわ。ティンが事務所の顧客と知っていれば、保存協会のために彼の汚点を探すよう頼んだりしない。でも、話しておきたいわ。警告しなくちゃ」

「家族思いだね。一緒に行こうか」

「冗談でしょう?」〈ハリマン‐マギル〉に電話をかけた。自動音声案内と秘書ふたり――前はひとりだった――を経たのちに兄が出た。

「ティム・チンです」

「リディア・チンです」

「いまはまずい。仕事中だ」

「わたしもよ」

「だったらなぜ――あっ!　ジャクソン・ティンについてなにか見つけたのか?」

「きっと、聞いておいてよかったと思うわよ」

「話してくれ」

「電話では話せない」

「バカバカしい。探偵ごっこはやめろ。さっさと話せ」

「これからそっちへ行くわ」

「だめだ。来るな」

「三十分で行く」

「だめだ。どうしても電話で話せないなら、ぼくがそっちへ行く。一緒に夕飯を食べよう」

「お母さんはいないわよ。テッドのところへ泊まりがけで行ったから。わたしは兄さんのために料理をする気はまったくなし。だから、わたしが行く。まともな服を着ているから、安心して」

反対する理由を延々と並べることは想像に難くないので、さっさと電話を切った。いまごろは壁に向かって文句を言っているに違いない。「地下鉄の駅まで一緒に歩いて」わたしはビルに言った。「あとで電話するわ。どこかで夕飯を食べましょうよ」

ビルは大きな笑みを浮かべた。「お母さんが外泊することを考えると、断るわけにはいかないな」

〈ハリマン - マギル弁護士事務所〉のオフィスは兄と同じくらい堅苦しかった。ミッドタウンのスチールとガラスを多用した味もそっけもない高層ビルの二フロアを占めていて、その低いほうの階まで、まったく音のしないエレベーターで昇った。エレベーターホールの暗色の木製パネルに縦一フィートのブロンズ製アルファベットで事務所名が記されていた。受付は図書館のように厳粛でしんとしていた。重厚な木製のコーヒーテーブルにはどれも鉢植えのフィロデンドロンが置かれているだけで、時間つぶしに読む雑誌の類《たぐい》は見当たらなかった。代わりに創業者の肖像画を眺め、立派な弁護士事務所を後ろ盾にすることのできるありがたみをしみじみ感じてもらおうという意図なのだろう。そこで従った。

五〇年代のスーツを着てネクタイを締めているハリマンとマギルは、ふたりとも威風堂々とした白人で、率直で強いまなざしがどこまでも追ってくるようだった。ハリマンはパイプを手にし、マギルは分厚い本からちょうど目を上げたところを描いている。ほかの弁護士の肖像画もすべて金箔を施した凝った額縁で囲まれ、真鍮の銘板に氏名が記されていた。現在のシニアパートナーのなかに都合三人の孫——ハリマン家一名、マギル家二名——がいた。事務所の歴史の重さが実感され、どの弁護士もよくぞ押しつぶされないものだと感心した。

紳士たちの肖像画を鑑賞する時間は、あまりなかった。わたしの名刺を見た受付係が内線電話で私立探偵が会いにきたと告げたおよそ一分後、ティムが重厚なドアを開けて入ってきた。

「あきれたやつだな」声を潜めて咎める。「私立探偵の名刺を渡す必要はないだろ」人目に立つのを恐れるかのように、そそくさと入り組んだ通路を進んでわたしをオフィスへ連れていった。

「探偵が弁護士に会いにくるのは、珍しくないでしょう?　わたしの顧客の半分は弁護士よ」

「ここではそういう類の案件は扱っていない」わたしをオフィスに通すと、ドアを固く閉じた。

前に二度来たことのあるオフィスとは別の部屋で、まだ整理が終わっていなかった。前の部屋よりも少し広く、眺望は隣のビルディングにさえぎられているものの、二ヶ所に窓があった。スマートな木製デスクの上に用箋、ペン、ワイヤレスキーボード、フラットパネルのPCモニターが置かれ、書籍が本棚をぎっしり埋めているが、壁はまだ裸だった。いずれそこを飾る法律学位証書、賞や記念の額、写真などは段ボール箱のなかに重なっている。

「パートナーになるといい部屋をもらえるのね」

「特権や責任も与えられる」依頼人と企業の合併買収《M&A》について話し合うかのように、デスクチェアに腰を下ろす。

「たとえば?」

「利益配当。決定に際してのこれまでとは違うレベルの発言権。出席を求められる会議の増加。事務所の運営における新たな責任、新人教育。ところで、用件はなんだ?」

「ジャクソン・ティン」

「そのくらいわかっている」

深々とため息を吐きたいのをぐっとこらえた。

「ジャクソン・ティンの経済状態の調査をライナスに頼んだのよ」

「なんだと?　あのできそこないに?」

「ライナスはいいとこだし、彼の事業を応援したってかまわないでしょう」

「あいつはハッカーだ。高校を退学になったじゃないか」

「いまは成長して、バカな真似もしなくなったわ。それに、腕利きよ」

「大して成長していないさ。それに違法なことばかりしているに決まっている」

「今回は違う。釘を刺しておいたもの」

「ふん、それでおとなしく言うことを聞くんだ」

ティムの嫌味は悪い意味でアイアンマンを思い出させた。

「とにかく、ライナスの見つけたことを知っておいて」

「法を破って見つけたのなら、知りたくない」

「これは」わたしは言った。「法に十分配慮をした周辺調査をして見つけたのよ。ジャクソン・ティンの不動産取引を扱っているのは、〈ハリマン - マギル〉よ」

ティムはぽかんと口を開け、いったん閉じてゆっくり言った。「まさか、そんな」

「ね、まずいでしょ?」

「たしかなのか? ぼんくらなライナスがいい加減なことを言ったんじゃないか? 待て、口を閉じてろ」わたしは言いたいことを呑み込んで、キーボードを操作するティムを眺めた。ティムはモニターを見つめ、がっくりと椅子にもたれた。「なんてこった。ハリマンの顧客だ。レオ・ハリマンの。たしかに、まずい」

「困ったわね」

「おまえはクビだ」

「え？」

「ジャクソン・ティンの調査は中止だ」

「ティム」わたしは身を乗り出した。「フェニックス・タワーが建ったら、あの界隈は破壊されるわ」

「わかってる」

「保存協会は――」

「わかってるってば！」とデスクを叩く。「建設を阻止したいのは、もちろんだ。あれが建設されたら、目も当てられない。おまえに言われなくてもわかってる。だが、このことを知った以上、建設阻止に関わることはできない。おまえもだ」

「わたしも？」

「当たり前だろう？　この荷物を整理する前に、ぼくは追い出される」ティムは両手を大きく広げて、出世階段を上る途上のオフィスを示した。「ここではチームの一員であることが重視される。ティンがシニアパートナーの顧客なら、ぼくの顧客でもある」

「わたしの顧客ではないわ」

「それはぼくも同じだ！　とにかく、おまえはクビだ」

「兄さんは不動産部門ではないでしょう」

「それは関係ない」

「ティンはいくつもプロジェクトを抱えている。これが阻止されても、ほかがある。事務所が、ティンの仕事を失うことはないわ」

「そういう問題ではない！」ティムは怒鳴ったが、すぐに声を低くした。「結果ではなく、過程が問題なんだ。ぼくはジュニアパートナーになったばかりだ。これまでとは違った責務を与えられ、ほかのパートナーたちはぼくがどう対処するか観察している。顧客に反旗を翻《ひるがえ》したら、解雇される」大きなため息を吐いてうつむき、両手を見つめた。「なあ、メル・ウーはこのことを知っているのか？　彼女に話したのか？」

「話してないけど、知っているかもしれない。極秘事項でもなんでもないもの。どうして？」

「いや、別に。なんとなく気になってさ」ぽっちゃりした頬にじわじわ赤みが差す。

これは驚いた。〝いや、別に〟だって。ふだんなら思い切りからかうところだが、ティムがあまりに動揺しているので聖人並みの慈悲心を発揮して、口を閉じていた。

ティムが顔を上げる。「帰ってくれ。ひとりになって少し考えたい」と、立ち上がった。

わたしも立ち上がった。「案内してくれなくていいわ。出口はわかるから」

「いや、そうはいかない」と、デスクを離れる。「出口まで送っていく。ここのしきたりだ」

23

「もう、信じられない」ウエストヴィレッジの家庭的なレストラン〈ピッコロ・アンゴロ〉でリングイーネ・ボロネーゼを頬張って、わたしはビルにぼやいた。「ティムはあんな気取った事務所の職を守るために、近隣の人たちを裏切る《セル・アップ・ザ・リバー》気なのよ」

「ダウンだよ」

「え?」

「〝裏切る〟はセル・ダウン・ザ・リバー。警察につかまったときは、セント・アップ・ザ・リバー、つまり刑務所にぶち込まれる」

「ハドソン川みたいに両方向に流れる場合は?」

「さて、困った」ビルはわたしのグラスに赤ワインを注ぎ足した。

「はい、そのくらいで」わたしは言った。「もったいないわ。どのみち、あなたの家に行くんだから」

「一日の苦労を癒してあげようと思ってね」ビルは自分のグラスにワインを足した。

「ワインを一本空けても無理。瓶をティムの頭に叩きつけない限りは。アイアンマンの頭でもいい」リングイーネをフォークに巻きつけた。「それにメル・ウー! 夢にも思わなかった。

あのティムが長身の人権派中国系弁護士に恋をしたのよ！」

「いいじゃないか。彼女は美人で賢明、冷静沈着で品もあるし――」

わたしはパスタを口に運ぶ手を止めた。「もちろん、いいわよ！　ティムは小学校三年のときにソフィア・ワンをデートに誘って断られて以来、頭の空《から》っぽなブロンドとしかデートしていないんですもの」

「メル・ウーと気が合うんだろう。弁護士どうしだから」

「そうね」わたしはパスタを食べ、続けてもうひと口食べた。思わずため息が出た。「ティムがかわいそう。メルのこともあるけれど、一番大切にしているチャイナタウンと〈ハリマン－マギル〉の板挟みになってしまった」

「ぼくとお母さんの板挟みになっているきみと同じようなものだ」

「うぬぼれているのね」

「お母さんに直接話そうか？」

「わたしに相談しないで。わたしはテニスコートの真ん中のネットにすぎないんだから」わたしはビルを睨んだ。「母にもよけいなことを言わないで」

ビルは肩をすくめてワインを飲んだ。わたしとビルのあいだにはルールがある。ビルが不満なことは承知しているが、いまはこれがわたしにできる精いっぱいなのだ。ビルもわかっているので、話題を変えた。

「ティムに解雇されたことはあまり気にしなくていいんじゃないか。依頼人はあと三人もいる」

　わたしはビルの目を見て言った。「メル、ナット、それにアイアンマンね。同一案件だけど、求めていることはそれぞれ違う」

「同じ建物を巡る、三つの異なる案件とも言える」

「案件がひとつか三つかってそんなに大事？」

「さあ、どうだろう。見方の違いだろうな」

　わたしはワインをすすった。「メルは知っているのかしら」

「ティムの恋心を？」

「そう言えば、それはどうなのかしらね。いいえ、わたしが言ったのは宝のこと。メルやナットは知っているのかしら」

「埋まっている場所を？」

「そもそも、そういうものがあることを。いえ、そもそもそういうものがあるという噂があることを」

　ビルはワイングラスを置いた。「訊いてごらん」

「メルに電話するの？　ロマンチックなディナーの最中に？」

「いま訊いてすっきりしたほうが、あとあとまで頭から離れないよりいいからね」冗談半分の意味ありげな流し目をしてみせる。

　まったくもう、と軽くひと睨みして電話を出した。

「あら、リディア。どうかした?」

「どうしているかと思って」

「とくに問題なし。心配してくれたの? ありがたいけれど、ほんとうに大丈夫。でも、わたしも電話するつもりだった。あしたの午前中にミスター・ルーと会う時間を決めたくて」

「何時でもけっこうよ。あなたの都合のいい時間にして。あなたがショックから立ち直ったのはもちろんうれしいけれど、じつは電話をした理由は別にあるの。訊きたいことがあって」

「いいわよ、訊《シュート》いて」

昼間の事件を考えると適切な表現ではなかったが、メルはそこまで気がまわらなかったのだろう。「リ・ミン・ジン会館のどこかに莫大な価値のあるものが埋まっているという話を何度か聞いたの。それについて、なにか知っている?」

「埋まっている? 海賊の宝みたいに、実際に埋まっているの?」

「まあ、海賊の財宝のようなものではないだろうけれど」

「初めて聞いたわ。どんなもの? 誰が埋めたの? 伯父?」

「はっきりしないのよ。噂はずいぶん前からあったみたい。では、知らないのね?」

「ええ。それって……ミスター・チャンが話そうとしたのはそのことかしら」

「わたしもそう思った。ミスター・ルーが光を投げかけてくれるといいけれど」

メルは笑った。「それはミスター・ルーには難しそう。暗い顔で話すのがせいぜいよ。八時半でいい? 〈フェイ・ダ〉で会ってコーヒーを飲んでから行かない?」

「賛成。では、あした」

わたしが電話をしまわずに別の番号をタップすると、ビルは眉を寄せた。

「おいおい。仕事をしろと言った覚えはないよ」

「これだけ。もしもし、ナット?」わたしはナットに話しかけた。メルにしたのと同じ質問をしたところ、同じような答えが返ってきた。

「宝が埋まっている? からかっているの?」

「いいえ。噂とはいえ、何年も語り継がれているのよ」

「どんな宝?」

「現金かもしれないし、ダイヤモンドかもしれない。噂を聞いたことはなかった?」

「ええ、一度も。事実だと思う?」

「わからない。あなたはどう?」

しばしの沈黙。「思わない。くだらない。いまどき、壁になにかを埋めて隠す人なんかいる? きっと、一部の構成員がメン伯父の会館への愛着を曲解したのよ。伯父は望めば豪華なペントハウスに引っ越すことも、ジャクソンの買収に応じることもできたけれど、しなかった。ああいう頭の空っぽな連中は感傷とは無縁で、自分自身が欲深だからなんでもお金に結びつけて考え、ほかの人たちも自分と同じだと思うのよ」

噂はジャクソン・ティンが買収を持ちかけるはるか以前からあった。だが、その事実は指摘しなかった。「そうね。ただ、こうして噂を知った以上、変更したいことはないか確認したかったの」

「メルを説得してジャクソンに会館を売らせる件で？　宝が埋まっているかもしれないから？　冗談でしょう？　ジャクソンが会館を取り壊してアラジンのランプを見つけたら、それはそれでけっこう。わたしにかまわないでくれさえすればいい！」

わたしが電話をポケットに入れるのを待って、ビルは言った。「終わった？」

「ええ。もう大丈夫」

「そういうことは決してないと思うけど、まあいいや」ビルは身振りで会計を頼んだ。「タン・ルーリエンが埋められた宝に一枚噛んでいる可能性は、ふたりに話さなかったね」

「ええ。宝のことを知っているか確認したかっただけで、よけいな話はしたくなかった」

「ふたりとも依頼人なのに？」

「アイアンマンも依頼人だけど、あいつにはなにひとつ教えない。それに」ウェイターにクレジットカードを渡した。「兄にも」

「ティムには解雇された」

「約因の一ドルを返していないから、契約はまだ有効よ」

「法的な議論の余地があるな。だが、だからぼくに夕飯をご馳走して散財しているのか？」

「わたしの案件だもの。そして、あなたはパートナー。夕飯をご馳走するくらいしかできないけれど」

「そうかな」ビルは言った。「ほかにもできることがあると思うよ」

24

あくる朝、わたしは夜明けとともにすっきりさわやかな気分で目を覚ました。隣でビルが寝返りを打って深々と息を吐いた。

「起きないで」わたしは言った。「そのまま寝ていて。あとで電話する」

ビルは片目を開けた。「一緒に行こうか?」

「そんなに気持ちよさそうにくつろいでいるのに? それに、あなたが一緒だとミスター・ルーは警戒するかもしれない。メルとわたしだけのほうが聞き出しやすいわ」

「取るに足らない若い女が社交的な訪問をしたふりをしようってわけか」

「ご明察。じゃあね」

急いで家に帰ってシャワーを浴び、黒のパンツ、パールグレーのセーター、黒のウールジャケットを選んできちんとした格好をした。最初は赤いブラウス——黒との組み合わせは力強く、それに赤は中国では縁起がいい——を考えたが、力強さと〝取るに足らない女〟は両立しない。細いゴールドチェーンにつけた〝ビ〟をセーターの外に出し、ローヒールのアンクルブーツを履いて、いつものバックパックの代わりにショルダーバッグを肩にかけ、待ち合わせ場所の〈フェイ・ダ〉へ向かった。

メルは先に来たばかりではなく、わたしが思うにチャイナタウン一のベーカリーであるここでは至難の業である、テーブル席の確保にも成功していた。おまけに窓に面した席だ。

「おはよう。先に朝食を買ってくるわね」カウンターで胡麻団子とミルクティーを買って戻り、メルの向かいに腰を下ろした。ネイビーブルーのパンツスーツに淡いブルーのブラウスを合わせた彼女は、タロイモの餡入りバニラスポンジケーキを食べていた。

「わたしはここのペストリーが大好きなの」メルは言った。「母はメン伯父さんへの手土産を買いに、よくここへ連れてきてくれたのよ。変だなと思ったわ。伯父さんはすぐ近所に住んでいていつも買えるのだから、スカースデールのお菓子屋のクッキーを持っていけばよさそうなものでしょう。そうしたら、母はこう答えた。伯父さんは中国のお菓子が好きだし、手ぶらで人の家に行くものじゃありません。わたしはいまだに誰かを訪問するときは、必ずお菓子を持っていく」横の椅子に置いてあった〈フェイ・ダ〉の箱を持ち上げてみせる。「ミスター・ルーへの手土産よ」

わたしは笑ってミルクティーを飲んだ。「うちはオレンジか文旦、タンジェリンなの。柑橘類を持たずしてよその家を訪問するな、が家訓」

メルも笑ってコーヒーを飲んだ。「家族のことを聞かせて。あなたのことをなにも知らない」

「それでいて、多くのことを共有しているわね。遺体やギャング、タトゥーを入れた女……」

「だからこそよ」

「そうね」わたしは胡麻がセーターにこぼれないよう、皿の上に身を乗り出して団子をひと口かじった。「生まれたのはここチャイナタウンよ。五人きょうだいの末っ子で、たったひとりの女の子」チン家についてかいつまんで語った。移民だった両親、縫製工場で働いた母、父のレストランと他界。兄たちとその家族。探偵としてのキャリア、パートナーのビル。

「ビルはすばらしい人みたいね」

「ええ。あんな人は滅多にいない」メルは言った。

「誓うわ。絶対に言わない。お母さんは、わたしがそう言ったことは内緒にして」

「ビルと？　箒を振りまわして追い払わなくなるまで、結婚して子供を産めと急かさないの？」

「テッドの子がふたり、エリオットにもふたりと、何年かかったことか。それに」――ミルクティーを飲んで――「テッドの子がふたり、エリオットにもふたりと、都合四人の孫がいるし、アンドリューの結婚の計画も立てなくてはならない。アンドリューは今度の春、ボーイフレンドと結婚するのよ」

「お母さんはそれを受け入れているの？　偏見を持っていないのね」

「トニーのことをとても気に入っているわ。トニーというのが、そのボーイフレンド。なんといっても、彼は料理ができるもの」

メルは笑った。「でも、あなたもティムもまだ独身だから、お母さんは心配の種が尽きないでしょうね」

これは驚きだ。メルは探りを入れている。

「そうねえ――母はいまわたしたちのどっちを心配しているのかしら」わたしは思わせぶりに言った。「ビルとつき合っているわたしか、誰ともつき合っていないティムか……」

「お兄さんのほうじゃない？」メルはさりげなく言った。「先の楽しみがないんですもの」

「母はティムをかわいい無邪気なお嬢さんと引き合わせたくてしかたないのよ。もちろん、中国人の。でも、あまりにかわいくて無邪気な人はティムの好みに合わないみたいで、うまくいった試しがない」

「そうなの？——」メルはなにやら考え込んだ。「さて」と、晴れ晴れした顔で言う。「そろそろ行きましょうか？」


そこで、リ・ミン・ジン会館へ赴いた。ビーフィーが入口の持ち場についていた。中国語でミスター・ルーとの面会を求めると、彼は携帯電話をかけた。電話を切って、やはり中国語で「すぐ来る」と言い、脇へ避けてわたしたちを通す。

わたしは低い声でいまの会話をメルに通訳した。ビーフィーの言葉に嘘はなく、二階の一室のドアが開いて、ミスター・ルーが階段を下りてきた。とくに興味はないとばかりに、あえてゆっくりと足を運んでいる印象を受ける。彼は次のボス候補だ。大家になったばかりのメルの言いなりだと見られてはならないという自尊心と、外部の人間がなにを言ってこようと難なく対処できることを証明するためにさっさと追い出そうと逸る思いのあいだで揺れ動いているのではないだろうか。

「ウー・マオリ」ミスター・ルーは言った。「チン・リン・ワンジュ」英語で続ける。「よく来てくれた」その言葉とは裏腹に眉はひそめられている。これが機嫌のいいときの顔であるなら、別だが。「きのう、わたしを捜していたそうだね。失礼した。所用で出かけていた」

どんな用事だったのかは、訊かないほうが無難だろう。

「きょうは時間を作ってくださって、ありがとうございます」メルは菓子の箱を差し出した。

ミスター・ルーは軽く頭を下げて受け取り、こちらへと身振りした。階段ではなく建物の奥へ向かい、エレベーターの陰になったドアを開ける。厚手の布を張った椅子とコーヒーテーブルのセットが薄暗い室内の二ヶ所に置かれていた。ミスター・ルーがスイッチを入れると蛍光灯が白々と灯った。ルーはわたしたちに椅子を示し、壁際の流し台カウンターの前に行った。電気ポット、茶葉やティーバッグなどの入った容器を始め、定番の細々したもの——牛乳パック、食堂に置いてあるような砂糖入れ、スプーン数本、人工甘味料の小袋——などが並んでいる。

ルーはポットのプラグを差し込み、食器棚から不揃いなマグカップを三個取り出した。飲み物はどうか、なにを飲みたいかと尋ねることもなく、〈ニュー・カム・マン（中華系スーパー）〉の緑茶ティーバッグを開けた。〈フェイ・ダ〉の種々のペストリーを箱に入ったままテーブルに置く。上階《うえ》の同じ位置にあるタン・ルーリエンの部屋でのもてなしとは段違いだ。部屋自体も、最上階のビッグ・ブラザー・チョイの優雅な部屋とは比べ物にならない。

ここはきっと訪問者を連れてきて、賓客ではないことを暗黙の裡に、しかし明確に知らしめるための部屋に違いない。その対極を自覚させるのが——やはり暗黙の裡に、明確に——〈ハリマン－マギル〉の受付待合室だ。

わたしもメルも黙って待った。ルーは緑茶であっても構わずに熱湯をマグカップに注いで渡した。わたしのカップには、シティバンク銀行キャナル・ストリート支店のロゴが入っていた。ルーは腰を下ろしてからようやく尋ねた。「それでどんな用件かね、ウー・マオリ」こちらを見て、慇懃無礼な口調でつけ加えた。「用があるのはあんたかな、チン・リン・ワンジュ」言い換えれば、私立探偵がいったいなんの用だ。

「わたしが彼女に同行を頼みました」メルは言った。「ひとりで来たくなかったので」

「くだらない。ここは安全だ」

「はい、そうですね」メルは心細げに微笑んだ。ふだんの彼女からは想像もつかない表情だ。鏡の前で練習したに違いない。「でも、チン・リン・ワンジュは友人の妹ですし、同行してくれて感謝しています」ミスター・ガオの孫的存在とは言わずに、友人の妹と表現したのは賢明だ。

メルが会ったことのあるのは兄たちのうち、ティムひとりだ。ティムは友人に昇格したことを知ったら、喜ぶだろう。もし、わたしが話す気になれば。

「それで安心できるなら、かまわないとも」ルーは言った。「さて、なぜわたしに会いたかったのかね」言い換えれば、さっさと本題に入れ。

「まずは、チャン・ヤオズが亡くなったことに、お悔やみを申し上げます。長年親しくしていたのでしょう」

「うん、そのとおりだ」悲しみがルーの表情をやわらげた。「ヤオズがリ・ミン・ジンに加わったとき、わたしはすでに堂《トン》にいた。あんたの伯父さんが香港からやってきたときも」数秒後、再び険しい面持ちになった。実際に悲しいのかもしれない。だが、やわらいだ表情はメルの心細げなそれと同様に、作り物めいていた。「思いやりに感謝する。こんな残酷な仕打ちをした侵入者を必ずつかまえて、罰を受けさせねばならん」

「警察がつかまえる、という意味ですよね」

こわばった笑み。「もちろんだ」

「では」メルが訊く。「侵入者の犯行と考えているんですか? 外部から侵入した者がいると」

「窓が開いていたし、掛金が壊れていた。入口の用心棒は見知らぬ人物を通さないし、裏口は鍵がなければ外から開けることはできない。おまけに、通じているのは地下室だ。チョイ・メンの部屋に行くためには、一階のホールを通らねばならない。用心棒は不審な人物を見なかった。チャン・ヤオズが殺された時刻に会館にいた全員が、リ・ミン・ジンの構成員だ」言い換えれば、義兄弟の契りを交わしたリ・ミン・ジンの構成員が犯人であるはずがない。「むろん、あんたたちふたりを除けば」ルーはにやりと笑った。足元で氷の割れた音がした錯覚に襲われた。「それに、一緒にいた大男も」

「はい」わたしはうなずいた。「ビル・スミスという名ですが、とうにご存じでしょう」

「うむ」わたしを見た。「あの男はあんたのパートナーだな」

「ですが、ミスター・ルー」舌戦を回避するためか、メルが口を挟んだ。「堂の会館に侵入する怖いもの知らずがいるでしょうか。正気とは思えません」

「ふつうはそうだ。だが、チョイ・メンが亡くなり、新しいボスが選ばれるまでの短いあいだ、組織が弱体化していると誤解する輩もいるだろう。いまさら言ってもしかたがないが——あんたの伯父さんに敬意を表してのことではあったが、アパートメントの玄関に見張りを置かなかったのは大きな間違いだった」

「ミスター・チャンがいましたよ」

「あのときは、たまたまいたのだよ。あそこはチョイ・メンの生存中ずっと、完全に個人の住居として使われていた。その状態を続けたかった」

メルはおそらくわたしと同様、チャイナタウンのコソ泥よりもリ・ミン・ジンの構成員のほうが、アパートメントが無人だったことを知っていた可能性が高いと考えている。だが、口には出さなかった。「では」メルは言った。「わたしたちが話題にしている人物が誰にせよ《フームエバー》、正確に言えば《パーセイ》この人物はミスター・チャンを狙ったのではなく、伯父の部屋に泥棒に入った。そうおっしゃりたいのですか」

〝誰にせよ〟と〝正確に言えば〟を一文に入れてギャングとの会話に使った。ティム、ここに理想の女性がいるわよ！

「そうした不届き者は度し難い。なんとも言えないね」

自分こそ不届き者のくせに、と茶を飲むルーを見て思った。ルーはメルに言った。

「しかし、事件についてのわたしの考えを聞きたくて来たのではないのだろう?」そっちであれば遺憾だが気が楽だ、と言いたげだ。

「はい、そのとおりです、ミスター・ルー。ミスター・チャン逝去のお悔やみを申し上げたかったのはもちろんですが、ぜひ教えていただきたいことがあります。ミスター・チャンは伯父のメッセージをわたしに伝えるはずでした。メン伯父はわたしに知ってもらいたいことがあったが、書面にはしなかった。ところが、それを伝える前にミスター・チャンは亡くなってしまった。どんなメッセージだったのか、ご存じありませんか」邪気のない目でルーを見つめた。かたやルーは警戒気味に見つめ返した。「チョイ・メンのメッセージ？　さあ、見当もつかないな。なにに関することか、わかっているのかね」

「いいえ、まったく。伯父はそれらしいことを話していませんでしたか？　またはミスター・チャンが」

「いいや、ウー・マオリ。あいにくだね」

「そうですか。残念です」

「ああ、わたしも力になれなくて残念だ」

「ご存じないのだから、しかたありません。気になさらないでください」メルはマグカップを両手で包んだ。「もうひとつ、伺いたいことがあります」

「なんだね？」

メルはちらっとわたしを見てルーに視線を戻した。「ここに莫大な価値のあるものが埋まっているという噂を聞きました」

ルーは瞬《まばた》きひとつしなかった。「わたしも聞いたことがある」

「噂は事実でしょうか」

「いいや」

メルは口をつぐんで、静かに待った。わたしは内心で微笑んだ。これは弁護士や探偵がよく使う手で、わたしはビルに教えてもらった。黙って待っていられると、たいていの人は言葉が足りなかったと解釈して、話したくなるのだ。

実際、ルーは話した。「チョイ・メンの最大の悲劇は妻と我が子の死だった。家族のいないことをいつも悔やんでいた」

「わたしたちがいました。わたしの両親、わたし、妹が」

「彼はあんたの母親の結婚を昔風に考えていた。女は結婚したら、婚家の人間になると。だから、あんたたちの生活に深く立ち入らなかった。姪っ子を愛してはいても——あんたと妹はよく遊びにきて階段で鬼ごっこをしていたね——家族ではなかった。だが、彼は堂のボスだ。リ・ミン・ジンが家族になった。ボスとして君臨した長年のあいだ、チョイ・メンは自分のことをビッグ・ブラザー、すなわち兄と自負していた。この〝宝〟はリ・ミン・ジンから盗んだ金だという噂が絶えないが」メルをじっと見た。「あんたの伯父が堂の金を盗んだなど、とんでもない濡れ衣だ。失敬千万だ」

沈黙のなかでお茶を飲んだ。わたしはミスター・ルーにもうひとつ質問があったが、まだ自分の番ではない気がした。一、二分して、メルが言った。「わかりました。いまの言葉を聞いてほっとしました。でも、タン・ルーリエンが盗んだとしたら?」

「チョイ・メンはタン・ルーリエンを娘のように愛していた」ルーは言った。「タンが香港から来て三ヶ月も経たないのに、清明節に亡妻の墓を掃除するときに連れていったくらいだ」

「信頼の証ですね」

「チョイ・メンはタン・ルーリエンを娘のように愛していた」ルーは繰り返した。「タンがリ・ミン・ジンの金を盗んでいると知ったら、殺害を命じただろう」

メルは目を見開いたが、すぐに立ち直った。「気づかなかったとしたら?」

「ウー・マオリ」ルーは厳しい口調で言った。「チョイ・メンが気づかないはずがない」少し間を置いた。「タン・ルーリエンもこの堂を大事にしている。香港から来たあと、堂は彼女の家族になった。タンはずっと独身だし、男に比べて女のほうが家族を欲しがるのではないかね」一緒にお茶を飲んでいるふたりの独身女に、冷ややかな同情を込めて微笑んだ。「あんたの伯父さんと同じく、タンが堂の金を盗むことはあり得ない」

メルはうなずいたものの、返事はしなかった。

わたしの番が来た。「アイアンマンは、タンを疑っています」

「愚かな男だ」ルーはすげなく言った。「マがボスにふさわしくない理由のひとつは、そうした考え方だ」

わたしはにっこりして、メルのように邪気がなく見えることを願った。「もちろん、堂の内部事情についてどうこう言うつもりはありません。でも、経験豊富な人か」――ルーに向かってうなずいて――「未熟な若者か、どちらかを選ぼうとすること自体がおかしくありませんか。それはともかくとして、堂のある時点の歴史についてとても興味があります。教えていただけませんか」

お世辞を真に受けないまでも、悪い気はしなかったらしい。

「わたしにわかることなら」と、ルーはぼそりと言った。

「二つの堂が合併、正確にはリ・ミン・ジンがマトウを吸収したことについてです。わたしはチャイナタウンで育ちましたが、こうした例はほかに聞いたことがありません。どんな事情があったのでしょう」

ルーは椅子の背にもたれて両手の指先を合わせた。「合併はリ・ミン・ジンに実利があった。縄張りが増え、対立抗争が減った」渋面に慈悲のような表情が浮かんだ。わたしをしげしげ見つめる。「賢いあんたは、それくらいとうに承知だ。ほんとうに訊きたいのは、別のことだな。ロン・ローが進んで権力を手放したのが、不思議なんだろう」

「はい」わたしはうなずいた。「とても稀なことですから」

「チョイ・メンとロン・ローは共通の悲しみを抱えていた」ルーは語った。「ロン・ローもやはりたったひとりの子、三歳の娘を亡くしたのだ。チョイ・メンは息子の死後、妻の世話に全力を注ぎ、妻亡きあとはリ・ミン・ジンの強化に励んだ。かたやロン・ローは悲しみを乗り越えることができなかった。チョイ・メンの合併申し入れを感謝したほどだ。話し合いが行われた当時、リ・ミン・ジンは勢いがあり、マトウは弱体化していた。わたしが交渉の場にいたら、ローに勢力争いの危険性を説いて平和に引退することを勧めたことだろう」

「チョイ・メンはそうしたのでしょうか」

ルーは揺るぎない視線を据えた。「わたしなら、そうした」

切り上げる潮時だと感じた。メルもショルダーバッグを手に取った。

「待ちなさい」ルーは言った。「訊きたいことがある」

「はい」メルはにっこりした。「どうぞ、なんなりと」

「今後、会館をどうするつもりだ」

メルはかぶりを振った。「まだ決めていません、ミスター・ルー。慎重に考えなければいけないことが多くて。伯父のメッセージがわかれば、助けになるのですが」そこで間を置く。「どうするのが一番いいと思いますか？　売却した場合は、利益を堂と折半すると仮定して」

その仮定は時期尚早に思えたが、質問した理由は理解できた。

「わたしとしては」ルーは躊躇なく答えた。「売却してもらいたい」メルを直視する。「リ・ミン・ジンを……再編したいのだ。世界は変わった。新たな機会に満ちている。新しい考え方が必要なのに、みな現状に甘んじている。会館があることで安心し、旧態依然としたやり方を漫然と続けている。これについては、あんたの伯父さんと何度も話し合ったが、わたしの考えに賛成しているようだった。ジャクソン・ティンの提案はまたとない機会だとわたしは喜んだが、チョイ・メンが拒んだのでがっかりしたものだ。リ・ミン・ジンは新規まき直しが必要だ」

それに、売却で得ることができると皮算用している新規の収入も。アイアンマンはおそらく正しく、彼が会館を所有していなければ、正規の新ボスになる可能性は著しく減るだろう。抜け目のないルーは、それを承知していた。

わたしも抜け目なく、あえて指摘はしなかった。

「感謝します、ミスター・ルー」メルは言った。「率直に答えてくださって」

「あんたが幼いころと変わらずに」ルーはうっすら微笑んだ。「率直に訊いたからだ」

25

ミスター・ルーはわたしたちの先に立って正面玄関へ向かった。そこへ着く前に、わたしはメルの視線をとらえて、上階《うえ》を目で示した。

メルは足を止めてルーに言った。「時間を割いてくださってありがとうございました。帰る前に伯父の部屋に寄っていきます。妹の息子に絵筆かなにか、伯父の形見になるものを少し持っていってやりたいので」にっこりした。「リディア、つき合ってくれる?」

「もちろんよ。ありがとうございました、ミスター・ルー」

ルーは眉間の皺を常より深くして言った。「では、わたしも行こう」

「いえ、いえ、ご心配なく」メルは言った。「先ほどおっしゃったでしょう。ここは安全だと」

メルとわたしは踵《きびす》を返して階段へ急いだ。

「冴えていたわね」わたしは言った。「絵筆とはね」

「もう一度室内を見たいのね? わたしも思いつくべきだった」

「プロの探偵は、わたしのほうだもの」

その後は無言で階段を上った。ドアを開け放った娯楽室で煙草を吸い、雑談をし、カードゲームをしている男たちが、険しい目でこちらの視線を跳ね返してきた。

「気にしないで」わたしは言った。「大家は嫌われるものなのよ」

「わたしがここの持ち主になったことを知っている人はあまりいないと思うわよ」

「たしかに。性悪のならず者だから、あんな目をしたのね」次の階の踊り場で、わたしは訊いた。「ルーは売却を勧めたわね。宝の噂を本気にしていないのかしら。それとも、売却が遅くなるのを防ぐため、あなたが宝に興味を持たないようにしているのだと思う？」

「あら」メルは言った。「それは考えもしなかったわ。その可能性はあるけれど、ルーらしい論理だったわね。メン伯父やタン・ルーリエンが堂《トン》のお金を盗むことがあり得ない理由も、会館の売却に関しても」

　最上階に着くとメルは鍵を出して、ドアを開けた。なかに入って、少しのあいだ足を止めた。ほとんど変化はなかった。座卓や床の血痕は乾いて茶色に変色していた。メルはそれを見て頭を振った。

「帰りたい？」わたしは訊いた。

「いいえ」メルは歩を進めた。「とくに見たいものはある？」

「もう一度祭壇を見てみない？　違っている点がはっきりするか、試しましょうよ。あとは伯父さんのデスク、絵を描く際に使っていたテーブル。警察が調べたあとだから、重要な発見はないでしょうけれど」

「では、最初に祭壇ね。そうすればすぐには違いがわからなくても、あとで書類を調べているときに思い当たるかもしれない」

結局、書類は調べなかった。

紅色の壁の寝室に入って、祭壇の前に立った。金と赤の絹布、その上に仏像、位牌、蠟燭、萎びてしまったオレンジ、線香。メルは視線をゆっくり左右に動かした。

と、その目が大きく見開かれた。

「ああ」と、メルは声を漏らした。「なんて間抜けだったのかしら。リディア！　なにかがなくなっているのではなかった。増えているのよ」と、祭壇の上の辰砂《しんしゃ》の箱を指さした。

マッチ箱くらいの大きさのそれは、龍と蝙蝠、亀の精緻な浮彫が施されていた。祭壇の中央ではなく右のほう、木製の小さな位牌の正面に置かれている。「前にはなかったわ」

「位牌？　それとも箱？」

「箱よ。位牌のほうはわからない」黒地に金色で中国語が記された位牌を、しげしげ見て笑った。「わたしには全部同じに見えるわ」

「困った人ね。教えてあげる。ほかのは」――漢字を彫った何枚もの木製の札を示して――「伯父さんの両親に祖父母、それからこれは奥さんの位牌。箱のところにあるその小さいのは、赤ん坊のもの」

「メン伯父の息子？　あの赤ん坊？　先祖を祀る祭壇に置くものなの？」

「いいえ、しきたりでは置かない。亡くなって一年後に赤ん坊の名前が墓石に刻まれるまで、お墓に置いておくものなのよ。こんなに凝っていなくて、いまチョイ・メンのお墓にあるような素朴な木の板をね。どうしてここにあるのかしら」

メルは首を横に振った。

「メル?」わたしは少し待って言った。「箱の中身を調べましょう」

「ええ、そうね」

メルは手を伸ばさなかった。

「わたしが見ましょうか?」

「いいえ、わたしが開ける。なぜだか、迷信深くなってしまって。誰かに見られている気がするの」メルは箱を手に取って少し見つめてから、蓋を取った。赤の絹布を敷いた上に、銀色の鍵が載っていた。

メルと顔を見合わせた。

「なんの鍵?」わたしは訊いた。

「わからない」メルが答える。

「そんなことないだろ」うしろで声がした。「よく考えろ」

はっとして振り向くと、白のTシャツがはち切れそうなアイアンマンが、寝室の戸口でにやにやしていた。

メルの〝誰かに見られている〟は正しかった。

「ここでなにをしているの?」驚愕と怒りで声が上ずった。

「ルーのじじいときょう会う約束をしたと、小耳に挟んでさ。ちょうどいいと思ったわけだ。やあ」つかつかと入ってきてメルに手を差し出す。「アイアンマンだ。葬式で会っただろ」

メルも驚愕して顔色を変えていたが、完璧に抑制した声で、問題児を叱る苛立った教師さながらに言った。「覚えているわよ。ただ、ここに招いた覚えはないわ」アイアンマンが引っ込めるまで、手を睨みつけた。

「すまん。頼み忘れた。仲間に入れてくれよ、な？　よし、決まった。それはどこの鍵だ？」

メルは険しい顔で言った。「知らないわ」

「そんなことないだろ」アイアンマンは繰り返した。「チョイ・メンがおまえに遺したんだろう。どこの鍵か知らないわけがない」

「見当もつかないし、どこの鍵であろうがあなたには関係ない」

「そいつは違う。大いに関係があるんだよ。いいか、これがあれば――おれとしちゃあ、会館のどこかのドアの鍵だと思う――必ずチョイ・メンが隠した宝にたどり着く。チョイ・メンと性悪のタンが隠した宝に。たぶん宝探しみたいなことをするんだ。あほくさいが、とにかくやってみなくちゃ始まらない。おれたちの宝、堂の金だ。それを、あいつらが隠した。おれはそれが欲しい。おまえはそのありかを知っている。とぼけるのもいい加減にしろ」

「アイアンマン」わたしは言った。「失せなさい」

「本気じゃないよな」

「本気よ」

「伯父は」メルの目が鋭い光を帯びた。「リ・ミン・ジンから盗んだりしない。わたしの母や妹から盗まないのと同じよ。堂は伯父の家族だった。構成員のほとんど全員、下っ端の箸にも棒にもかからない連中でもその意味を理解している。でも、あなたは違う。あなたは構成員の皮をかぶった、二流ボディビルダーよ。あなたをボスに選んだら堂は大きな間違いを犯したことになる。さあ、そこをどいて」

アイアンマンはあっけに取られて傍《かたわ》らを通り過ぎるメルを眺めていたが、彼女が書斎の真ん中まで行かないうちに我に返って二歩で追いつき、腕をつかんだ。

「放しなさい！」メルが怒鳴る。

それに従うようなアイアンマンではないが、わたしに背中を向けていた。ジーンズの腰にまわし蹴りを入れた。

太い悲鳴があがると同時に、メルが腕を振りほどく。怒らせて注意を引くために、もう一度蹴った。まだこちらを向かない。突進してわき腹を二度殴って、ようやくこちらを向かせた。向かなければ、いつまでも殴り続けるつもりだった。

アイアンマンはくるっと向きを変えて腰を落とし、風刺画そっくりのすさまじい形相で身構えた。そうした顔をこしらえれば威嚇できると本気で考えるほど、頭のねじがゆるんでいるのだ。その事実のほうが恐ろしかった。姿勢を低くして格好をつけているが、こぶしを握る力、足の間隔、重心のどれもが間違っている。

わたしはこぶしを突き出してフェイントをかけた。

アイアンマンが雄叫びをあげ、掌底打ちを繰り出す。相手との距離があるときは、愚かな戦法だ。その腕を横に払って、笑いながらステップを踏んで後退した。再び前に出て、アイアンマンが蹴ると同時に左に体を傾け、足をつかんで引っ張った。バランスを崩したアイアンマンが、たたらを踏む。

「いまよ！」メルと走り出すと同時に、アイアンマンは絵筆の棚に激突した。

階段を駆け下りた。アイアンマンが階段の手すり越しに「逃がすな！」と中国語で怒鳴ったときには、早くも二階に達していた。

26

ビーフィーが入口横のスツールを蹴って立ち、走り下りてきたわたしたちの前に腕を組んで立ちふさがった。

「どいて！」メルが命じる。

ビーフィーが英語を解するか知らないが、メルの口調は岩をも砕いたことだろう。ビーフィーは目を丸くしたが、一瞬のことだった。

わたしは振り返って上を仰ぎ、英語で叫んだ。「閉じ込めておくことはできないわよ」

「おまえらなんかいらねえよ」アイアンマンも英語で応じ、手すりにつかまって左足をかばいながら下りてきた。構成員たちはたとえ怪我をしていても、エレベーターを避けるのだろう。

「箱が欲しい。いや、箱はいらない。鍵を寄越せ」

「いったい、なんの騒ぎ？」大声の詰問は三階の踊り場にいるタン・ルーリエンが発したものだった。頭を上下に動かして階段の途中にいるアイアンマンと、一階のビーフィーとわたしを見比べる。いまや仏頂面をした五、六人の男が、狭い玄関口に詰めかけていた。タンは階段を下り始めた。「なにをしている？」

「こいつらがチョイ・メンの部屋でなにかを盗んだ」アイアンマンが声を張り上げる。「止めようとしたら、襲いかかってきたんだ」

　否定しようとしたとき、メルの様子が目に留まった。緊張し、身動きひとつしないで激しい怒りを発散してタンを見つめている。わたしは即座に行動することが多いが、待つこともできなくはない。こちらへ向かってくるタンを、メルと待った。いつの間にか増えていた野次馬が、おずおずと道を空ける。

「なぜ、そんなことをした？」タンは声を荒らげた。

　メルは言った。「伯父の私物はわたしのものです」

「そいつは箱を盗んだ！」一階に着いたアイアンマンが怒鳴る。Tシャツを着た男を押しのけて、足を引きずってやってくる。「それはリ・ミン・ジンの箱だ」

「箱？」タンは言った。

　メルはタンの視線を受け止めた。ショルダーバッグに手を入れ、辰砂《しんしゃ》の箱を取り出す。

　アイアンマンがつかみかかった。タンは視線をメルから動かさずに腕を勢いよく真横に出して、アイアンマンの胸に命中させた。

「くそばば――」アイアンマンは言いかけたが、タンが睨んでいた。

「正式なボスが決まるまでは、あたしがボスだよ」タンは厳しく冷たい声で言った。「いまここで挑戦したいのかい？」

　挑戦すればいいと思った。アイアンマンは身長で十インチ、体重で四十ポンド、年齢で二十歳近く有利だが、間違いなく完膚なきまでに叩きのめされる。

敵いそうもない、だが引き下がっては男が廃《すた》る、と迷っているのが見て取れた。結局、ぽつりと言った。「それはおれたちの箱だ」

タンはメルに目を転じた。箱に手を伸ばそうともしない。「なにが入っている？」

メルは蓋を取った。

タンは鍵を長々と見つめた。それから顔を上げて訊いた。「どこの鍵？」

「わかりません」

「嘘つけ」アイアンマンが罵る。「あんただって知ってるんだろ、タン・ルーリエン」野次馬やそのうしろで少し距離を置いて立っているミスター・ルーにも聞こえるよう、声を大にする。「おれたちの金、リ・ミン・ジンの金がこの建物のどこかに隠されている。この鍵はチョイ・メンが姪に遺した。姪はこれがどこの鍵か知っている。金はそこにある！」

「全部、いい加減な憶測だわ」わたしは言った。「お金が隠されていることも、それが隠し場所の鍵であることも。メルがどこの鍵かを知っていることも」

「老いぼれチャンは、チョイ・メンの姪へのメッセージを預かっていた。それがそうだったんだよ。鍵と金のことだった」

「わたしはそのメッセージを受け取っていない」メルは淡々と言った。「その前にミスター・チャンが殺されたから」

「さて、どうだかな。遺体を発見したのはあんただ。チャンが秘密を話したあとに、殺したんだろう」

「あなただって、殺すことができた」わたしは言った。野次馬がざわついてきたのが、気になった。「ここにいるみんなもできた。それも、わたしやメルよりも容易に」

「殺す理由がおれたちにあるか？」

「じゃあ、わたしにはあった？」メルは言った。「莫大な金が手に入る秘密を彼が明かしたから？　さあ、この人たちをどかして。帰るわ」と、玄関へ向かいかけた。

「待ちなさい」タンの厳しい口調は野次馬を沈黙させ、メルを振り向かせた。「帰ってもいいけど、箱は置いていきなさい」

「この箱は」メルは少し間を置いた。「わたしのものです」

「ああ、わかっている。それに、会館のどこにも宝など隠されていない。だけどそれを証明するには、すべてのドア、クローゼット、戸棚を開けてみるほかない。壁にも穴を開けることになるだろうね」アイアンマンを睨んで、声を荒らげる。「チョイ・メンとあたしが共謀して堂の金を盗み、会館に隠しているという噂くらい、とっくに知ってるよ。堂に半生を捧げたってのに、その報いがこれだ。無礼にもほどがある。まあ、驚きやしないけどね。だけど、チョイ・メンの名を汚すことは許さない。チャン・ヤオズの葬式はあしただ。ここはまだ死者の家だよ。葬式が終わったら、会館のドアを残らず開けてみるがいい。なにか埋め込まれていると思えば、壁に穴を穿つがいい。その結果、会館が瓦礫の山になろうと知ったことか。どのみちそれを望んでいるんだろう」

タンは広東語でそれを繰り返し、英語を解さないギャングも交じっている野次馬全員に行きわたしの渡らせた。

メルはタンが口をつぐむのを待って、おもむろに言った。「瓦礫の山になろうと、わたしのものです」

タンが手を突き出した。

わたしは逃走するシナリオを二、三、頭のなかで描いたが、どれもメルとともに痛めつけられ、箱を奪われて放り出されるシーンで終わった。だが、メルは依頼人だ。そして、わたしは彼女と同様に、このならず者たちが腹に据えかねている。メルが主義に従って立ち向かいたいのなら、一緒に痛めつけられてもかまわない。

体操選手としての訓練を受けていれば、階段の手すりに飛び乗って、ならず者をシザーキックでなぎ倒せるだろうか。つらつら考えていると、メルが箱を渡した。「返してくださいね」

「ああ、必ず」

メルは返事をしないで入口へ向かった。タンに言われてビーフィーがドアを開ける。最後にアイアンマンを睨んで、わたしは外に出た。

27

「なんともない？」背後でリ・ミン・ジン会館のドアが音高く閉まると、わたしはメルに尋ねた。陽光の降り注ぐベイヤード・ストリートは買い物客や観光客で賑わい、すぐそこの堂《トン》の本拠での内部抗争や、メルとわたしの危機一髪の脱出は別世界の出来事のようだった。

「わたしが？」メルはきょとんとした。「あの不気味な男と闘ったのは、あなたじゃない。あなたはなんともないの？」

「やわな男だもの」

「ウエイトリフティングをするのよ」

「じゃあ、筋肉もりもりのやわな男。母だったらきっとこう言う。蠟ばかりで芯のない蠟燭」

「ごめんなさい」メルはジャケットを整えながら言った。「用心のためにボディガードを頼んだけれど、実際に闘うことになるとは思ってもみなかった」

「うちの事務所はサービス満点なの。でも、ビルがいなくてよかったわ」

「どうして？　彼がいてくれたらよかったと思っていたところなのに。ビルがいれば、アイアンマンは怖気づいて行動を起こさなかったのではないかしら。悪気はないけれど、あなたを見ているとはらはらするの」

「お世辞と受け取っておくわ。わたしも、あなたにはらはらさせられる。ビルはすぐにかっとするし、白馬の騎士になりたがる。アイアンマンのお尻を蹴飛ばすのと、首の骨を折るのとでは大違いだわ」

「ははーん。そして、あなたは白馬の騎士が救うお姫さま」

「ビルはその段階を卒業しようとしているところ」

メルは微笑んだ。会館のほうへ向き直ったとき、その笑みは消えていた。「はっきり言うわ。あの連中はクズよ」

「だから？」

「これから事務所に戻って、明け渡しの手続きを始めるわ。会館を売却してもしなくても、堂を追い出す」

「彼らに同情はしない。でも、ほんとうにそれでいいの？」

メルは深々と息を吸った。「いつかはしなければならないことだもの。会館を持っていようかと思い始めているの。そうしたら、堂は出ていかなければならない。時間を与えるつもりだったけど、あんな連中どうなってもいいわ」わたしに目を戻して言った。「堂が会館にずっといられることをメン伯父がほんとうに望んでいたのなら、なぜ堂に遺贈しなかったの？　非営利団体なのよ。伯父はわたしを難しい立場に追い込むことを承知していた。それなのにわたしに遺したのは、理由があったに違いない。そして、ミスター・チャンがそれを教えてくれるはずだった」

わたしは言った。「もしかしたら、堂を犠牲にしてでもチャイナタウンを守りたかったのでは？　より大きな善を求めた」

「さあ、どうかしら。伯父の書類などに全部目を通したら、なにかわかるかもしれない」メルはもう一度振り返って、いまいましげに会館を眺めた。「なるたけ早くやってみるわ。でも、こっちが先。ならず者たちに思い知らせてやる」

「了解。退去手続きを始める前に、五分署に寄る時間はある？」

「ええ。でもどうして？」

「メアリー――キー刑事――にさっきの出来事を知らせておいたほうがいいと思うの。二日後に会館のあちこちを壊して宝探しをした結果、内部抗争が起きるかもしれない」

「わたしの会館なのよ。差し止め命令を申請して破壊を禁止しようかしら」

「連中が従う？」

「無理でしょうね。違反すれば、あとで立ち退かせやすくなる程度。それに……」

「なに？」

「ひとつには、会館を今後も所有するなら全面的な改修が必要になる。そこらじゅう穴だらけになっても、大差ないわね。堂から盗まれたお金か宝石が見つかったとしても、そんなものは欲しくない。争奪戦をさせておくわ」

「もしそういうものがあって、伯父さんがそれを知っていたなら、あなたに持っていてほしかったのよ」

「堂から盗まれたのであれば、伯父は絶対にそのことを知らなかった。誓ってもいいわ。さあ、行きましょう。五分署ってどこなの?」

「エリザベス・ストリート」

歩きながら電話をしてメアリーの在席を確認したので、彼女は受付で待っていた。

「あら」わたしはメルに言った。「あなた、重要人物扱いされているわよ。わたしを下で待っていたことなんて、一度もないのに」

「あなたは堂のごたごたに巻き込まれた善良な市民じゃないもの。こんにちは、ミズ・ウー」

「メルでけっこうよ」

「では、わたしもメアリーで」

「わたしもそうする」と言ったわたしを、メアリーは無視した。「上に来て」と、階段を上って刑事部屋に入る。「コーヒーは?」

「分署のコーヒーって、噂どおりにまずいの?」メルが訊く。

「そうだよ」クリス・チェンが話の輪に加わった。

「じゃあ、遠慮するわ」

「それで」メアリーは射すくめるような目でわたしを見た。「また会館に行ったのね」

「わたしのせいよ」メルが言った。「わたしが頼んだの。あそこへはひとりで行くのは怖くて」

事実でないだけではなく、メルはどこかへひとりで行くのを怖がるタイプではない。メアリーは納得していなかった。だが、わたしが決して依頼人を売らないことを知っている。少なくとも、当人の前では。

「まあ、いいわ」と、判断を保留してメアリーは言った。「なにがあったの？」

メルが顚末を語り、わたしも細かな点をつけ加えた。

「教えておくべきだと思ったのよ」メルの話が終わると、わたしは言った。「銃撃戦が始まる場合に備えて」

「箱を奪うために？」クリスが訊いた。

「もっと複雑。アイアンマンはリ・ミン・ジンが会館に留まることを望み、ボスの座についたら、伝統の威光が必要だと考えている。壁に穴を開けるのを止めさせて神聖な会館を守れば、イメージアップになると思っているのかもしれない」

「彼は宝を見つけたいんだろう？」クリスは言った。

「わたしに見つけさせたいのよ。自分とその一派のために。ほかの構成員、とくにルーには見つけさせたくない。いっぽうルーは、二十一世紀にふさわしい進化した堂になるのを妨げている原因のひとつが会館だという意見。宝は隠されていないと主張しているけど、いまひとつ信用できない。会館が破壊されたら喜ぶでしょうね。そしてタンは、自分やチョイ・メンが金を盗むと考えるだけでも無礼だと、かんかんよ。あそこでは、激しい感情が渦巻いている。それに、何者かがアイアンマンに発砲したことを忘れるわけにいかない。狙撃犯の正体にいくらかでも近づくことはできた？」

メアリーは首を横に振った。「石から指紋を採取できたけど、一致する指紋は登録されていなかった。役に立つ目撃者もいない」

わたし自身が重要な目撃者だから、異議はなかった。「タンは、いまどき暗殺をして後継者を決めたりしないと言ったけれど、心からは信じられない。事態が白熱したときに、偶然事故が起きて死人が出たら、あっという間に会館のなかで銃撃戦が起きるわよ」

「殺し合っているのが構成員だけだと確信できるなら、続けさせていいかも」メアリーは言った。「わかった」と、ため息を吐く。「一般人に被害が及ぶのを防ぐために、会館の外に警官を配備するわ。コブと組織犯罪対策課にも知らせなくちゃ。ふたりとも今後は絶対にリ・ミン・ジンにも会館にも近づかないで。あまり好かれていないみたいだから」

「それはどうかしら」わたしは言った。「アイアンマンが言っていたわよ。あなたはキュート、メルはいかしてる、わたしはいい女」

「全部当たっている」クリスはにやにやした。「だけど、近づくな」


外に出て、メルは別れ際に言った。「あしたのミスター・チャンの葬儀は、参列する義理があると思うの」

「リ・ミン・ジンに近づくなと警告されたばかりよ」

「同意した覚えはないわ」

「わたしも。ビルと一緒に行きましょうか？」

「いいの？　わたしはありがたいけど」

「もちろんよ。では、十時にワー・ウィンサン葬儀場で」

メルはにっこりして、リ・ミン・ジンの退去手続きを始めるべく、アップタウンへ向かった。ビルにかけようと電話を出したとたん、『マーシャル・ロウ』が鳴り響いた。

「マーク！」と、電話に出た。「まだ午前四時になってないわよ」

「午前四時まで待って、仕返しをすると思っていた？」香港にいるマーク・チュワンが言った。

「考えなかった？」

「考えたとも。だけど、闘いに勝つための一番いい方法は最初から闘わないことだ、と生徒たちに教えている。つまり、常識的な時間に電話をすれば勝ちということになる」

「隙のない論理ね。なにか情報があるの？」

「うん。役に立つかわからないが、興味深くはある。かつてギャング対策班に所属していた友人と話をしてね。彼は引退して小さな漁村でのんびり暮らしているが、タン・ルーリエンのことを覚えていた。忘れることのできない人物だと話していた」

「それ、わかるわ」

「女を正規のメンバーにしているギャングのグループは少ないうえに、あれほどの権力を持ったのは彼女ひとりだ。ブラックシャドウズの資金を管理し、必要とあれば実力行使も厭わず、リーダーだったジョニー・ジーというワルと肉体関係を持っていた。いわば三つの偉業《トライフェクタ》だ。そして、ある日忽然と姿を消した」

「忽然と？」

「そう。跡形もなく。金銭の管理について詳細な指示をジーに残していたが、そのジーさえも彼女が去ることを事前に知らず、誰にも行方がつかめなかった。友人はまず、ギャングが隠蔽《いんぺい》できないほどの重要人物をタンが殺したと推測して、未解決の殺人事件を探した。だが、収穫はなかった。第二の推測は、危険な人物の逆鱗に触れて港に沈められた。しかし、詳細な指示を残したことを考えると可能性は低い。第三は、ギャングの金を長年にわたって着服し、持ち逃げした。だが、金を盗んでおいて残りの金の管理について指示を残すのは辻褄が合わない。とにかく、真相をつかむことはできなかった。のちに彼女がニューヨークに現れたときは、リ・ミン・ジンの一員になっていたんだ」

「香港のリ・ミン・ジンから送り込まれたとは考えられない？　ニューヨークでも、ブラックシャドウズのときと同じように堂の経済を立て直したと聞いたわ」

「それなら、突然秘かに出発する必要はない。ブラックシャドウズが彼女の居所を突き止めたときは、ビッグ・ブラザー・チョイの側近として、リ・ミン・ジン・ニューヨークの資金や事業を管理していた。そこで、リ・ミン・ジン・香港のボスはブラックシャドウズに手を引かせた」

「それがなければ、ブラックシャドウズはタンを追った？」

「なんとも言えない。忽然と消えるなんてなかなかできるものじゃない。ギャングがそれをするためにはるばるニューヨークまで行ったとなると、なんか臭うな。ブラックシャドウズの金を盗んだのかな。そして、ばれた。でも、巧妙に立ちまわって、ばれずにすんだのかもしれない。とにかく堂に入ってしまえば、そこらのギャングには手が出せない。自殺行為だからね。連中は指示に逆らわなかった」

「うん、うん、なるほどね。タンはここでも同じことを疑われているのよ。リ・ミン・ジンのお金を盗んだと」

「誰が疑っているんだい？」

「リ・ミン・ジンの半数」わたしは状況を説明した。

「こいつはたまげた」聞き終わって、マイクは言った。「虎は縞模様を変えないとかいう昔のことわざがなかったっけ？　堂と関わるときは用心しろと忠告したいが、きみが相手なら用心するのは堂のほうだ。さて、麺の仕込みをしなくちゃ。いつこっちに来る？」

「見当もつかないけど、行くときは真っ先に知らせるわ」

「約束だぞ。なにか必要だったら、いつでも連絡をくれ」

「午前四時でも？」

「きみなら許す。ただし、四時に電話をしてきたら、きみの負けだよ。スミスによろしく」

「伝えるわ。ありがとう、マーク」

「どういたしまして」

28

電話を切って少し考えてから、ビルにかけた。

「やあ」ビルが出た。「ちょうど電話をしようとしていた。どうした？」

「アイアンマン・マと三ラウンド闘い終わったところ」

「文字どおりに？　それとも比喩的な意味で？」

「文字どおり。お腹が空いて死にそう」

ビルは笑った。格闘をすると、わたしがいつも空腹になることを彼は知っている。きっと放課後、夕飯の前に道場に通っていた子供時代の影響だ。蹴りやパンチを繰り出したあとに食物をとることを、体が覚えたのだ。

「きみが店を決めてくれ。すぐに向かう。食事をすませたら、ある男の話を聞きにいこう」

空腹を抱えて遠くまで行きたくなかったので、〈コンジー・ヴィレッジ〉で会うことにした。中国人でない人はお粥を好まないこともあるが、ビルはさいわいなんでも食べる。わたしは豚肉と皮蛋《ピータン》の粥、ビルは鶏肉とマッシュルームの粥、そして葱油餅《ツォンヨウピン》を頼んで〝この世はすべてよし〟となった。

「それで、〝スリラー・イン・マニラ（一九七五年にマニラで行われたモハメド・アリ対ジョー・フレージャー戦の通称）〟の会場はどこだったんだい？　なんでリングサイドのチケットをくれなかった」ビルはわたしのカップにお茶を注いで言った。

「チョイ・メンの部屋。あなたがいたらアイアンマンをこてんぱんにやっつけて、あげくにわたしたち全員が殺される。だから、チケットをあげなかった」

「じゃあ、こてんぱんにやっつけなかったのか？　手加減したのか？」

「状況にふさわしいレベルで応戦したのよ。青あざができるくらいお尻を蹴飛ばしたわ」

「あざを見せてもらった？」

「足を引きずっていたもの」

「ふうん。もっと有力な証拠が欲しいが、それでよしとしよう」

「なんなら、アイアンマンに直接頼んで見せてもらったら？」

注文した料理が来た。食事をしながら午前中の出来事を語り、マークの電話についても話した。

　話し終わらないうちに、皿が空《から》になった。

「じっくり考えてみなければいけない、興味深いことがたくさんあるね」ビルは話を聞き終えて言った。

「メル・ウーがティムに興味を示していることも含めて」

「それが一番の謎だ。これぱかりは協力も妨害もできないな」

「わたしならできるかも。でも、どっちをしたいのか自分でもわからない」わたしはお茶を飲み干した。「タンのことはどう考える？　突然、香港から出奔したことを。彼女らしくないから、すごく気になるのよ。あの人はとても慎重で、思慮深い。ほんとうにギャングの金を横領していたと思う？」

「だとすると、ここでの非難が真実味を帯びてくる。でも、別の理由をもうひとつ思いついた」

「どんな？」

「彼女は情報屋かもしれない」

「なんですって？」

「もしくは、情報屋だった。香港当局にブラックシャドウズの活動内容を密告していたが、管理者か彼女自身が身元の割れる危険を察知した。そこで国外に脱出したか、させられた」

「なるほどね」わたしは言った。「マークに頼んで、彼の友人がその件についてなにか知っているか、訊いてもらうわ。でも、もし彼女が情報屋だったとしたら……」

「いまもそうなのか」

「これまでずっと？　リ・ミン・ジンに潜入してスパイをしていた？」

「命がけのゲームだ」

「だけど、考えてみて。構成員の半数は彼女を信用していない。彼女が女だからだとわたしは思い、アイアンマンはタンが堂《トン》の金を横領しているからだと主張する。でも、不信感の原因は、タンに違和感があるためだとしたら？　どことなく変だと感じているからだとしたら？　実際に欺いていて、ただそれがみんなの考えているのとは違う形なのだとしたら？」

「じゃあ、ビッグ・ブラザー・チョイは？　タンを娘のように愛していた。それほど親密だったのに、気づかなかったということがあるだろうか」

「家族って、ときにびっくりするほど思いがけないことをするものよ。わたしの言うことだから間違いなし。でも……」

「でも、タン・ルーリエンが過去になにをしようと、あるいはいまなにをしていようと、ぼくらが対応すべきことの範疇に入っていない」

「そうね。わたしたちの仕事は、メルが会館にいるときのボディガードとジャクソン・ティンの汚点探し。メルのほうは、きょうはこれ以上なにもないと思う」

「ジャクソン・ティンの件で」ビルは言った。「街の反対側まで行ってマイク・ディメイオと話す元気はある？」

「もちろんよ。マイク・ディメイオって誰？」わたしはウェイターにクレジットカードを渡した。「あ、待って。思い出した。あの建築現場の事件で会った、レンガ工じゃなかった？　連絡を取り合っていたの？」

「さすがの記憶力だ。うん、ときどき一緒にビールを飲む。いまは父親と石造建築の下請け会社を経営していて、ジャクソン・ティンについて話すのはかまわないが、電話ではまずいそうだ」

ウェイターが戻ってきた。「ふうん」わたしは言った。「期待できるわね」

西へ歩いて、〈ディメイオ・アンド・サン〉がレンガ積みを請け負っているフルトン・ストリートの修復工事現場へ行った。ゲートのところでビルが名乗ると警備員は無線で連絡を入れ、すぐにマイク・ディメイオがやってきた。「リディア！　やあ！　なんて、きれいなんだ。こいつとは大違いだ。こいつは会うたびに前より劣化している」

「きみほど速くはない」ビルは言った。

「そりゃあ、おれはぶっ壊れるまでまだまだ余裕があるからだ。化石並みのおまえとは違う。おい、ルイス、このふたりにコーヒーを奢ってもらう。用があったら、呼んでくれ」

「ああ、了解」と警備員が答え、わたしたちはコーヒーを飲みにいった。

「ここだ」マイクは、ニューヨークの工事現場の近くでは必ず見かけるフードトラックの列の一台の前で止まった。「スミスはタフガイだから砂糖抜きのブラックだな。リディアはなにがいい？」

紅茶をひとつとコーヒーをふたつ——マイクは薄いコーヒーに砂糖三個——買って、ルイスに言ったこととは逆に、マイクが払った。道を渡って、ふたつ並んだ御影石のプランターをベンチ代わりにした。マイクとわたしが横に並んで、煙草を吸いたいビルと向かい合う。

「それで」マイクはカップのタブをめくって飲み口を開けた。「ジャクソン・ティンだって？」

「彼の仕事をしたことがあるの？」

「ない。うちは高品質な仕事をする。込み入ったレンガ積み、絹のようになめらかなコンクリートブロック。ブラウンストーン建築の補修。覚えているだろ、スミス。あんたは手も足も出なかった」

「おいおい、ぼくはスペードのエースだったぞ」

「レンガ工のジョークのつもりなら、全然笑えない。とにかく、うちの仕事は手間と費用がかかる。〈ティンズ〉の紅茶とは大違いだ」マイクはわたしの紙コップに向かって、にやっとした。

「でも、評判を聞いたことはあるのね」

「この業界の人間はみんな、聞いたことがある。だけど、それだけを話すために呼んだんじゃない」コーヒーをすする。「なにを知りたい？」

「依頼人は彼の汚点が必要なの」

「必要？」

わたしは肩をすくめた。

「やつは知っているのか？」

「ティンが？　探られていることを？　わからない」

「ふうん。まあ、警戒したほうがいい」マイクはコーヒーを飲んで、続けた。「二、三年前だったかな、知ってるやつがティンの仕事をした。ガラスの取り付け作業だ。窓は受け持ってなかったが、そっちの調整も任された。窓工事の入札があったが、ティンは最低額でも高いと思った。最低額を入れた業者がティンと会った」マイクはわたしとビルを交互に見た。「スミス、あんたはたぶん知っているよな。リディアはどうだかわからないけど、東海岸の鉄鋼、アルミ、ガラスの取引は犯罪組織が完全に支配している」

「犯罪組織というと」わたしは言った。「マフィア?」

「だめだなあ」マイク・ディメイオは笑った。「マフィアなんてものは存在しないんだよ」

「ごめん、忘れていたわ」

「窓の取り付け業者は、こんな得な取引はないとティンに売り込んだ。ティンは海外製品のほうが良質で安いと主張した。いや、うちのほうが絶対にいいと、業者は反論。そんな具合に延延とやったあげく、ティンは業者を追い出した。そして、台湾の数社に仕様書を送って入札を募った。おれの知人は、台湾の業者との調整を任された。その二日後、工事現場に何者かが火炎瓶を投げ込んだ。機械や資材が損傷し、掘削した箇所が崩れた。鉄筋工ふたりが怪我をして入院。数週間分の工事が吹っ飛んだうえに、機械の交換や壊れた箇所の修理に莫大な費用がかかった。保険で全部カバーできたが、保険料がすごく高くなってね。それに、遅れを取り戻すための残業代をしこたま払う羽目になった」

「だったら、窓の取り付け業者のほうを警戒する必要がありそう」わたしは言った。

「話はまだ終わってない。一週間後、窓の取り付け業者の遺体がオフィスで見つかった。後頭部を一発撃たれていた」

「存在しないはずのマフィアの犯行にほかならないようだが」ビルが言う。

「うん、まあね。ただし、そいつの両手には数字の4がナイフで刻まれていた。中国では縁起の悪い数だろ?」マイクはわたしを見て言った。

「そうよ。発音が〝死〟と同じだから」

29

マイク・ディメイオは、それ以上はあまり知らなかった。

「業者が殺されたあとはどうなった？」ビルが訊く。「全面戦争になりそうなものだが」

マイクは首を横に振った。コーヒーを飲み干し、カップを握りつぶす。「窓が台湾から到着すると、ティンは取り付け作業を組合の業者に発注しろと、元請に指示した。組合が仕切っている現場ではなかったんだけどね。ティンの現場は全部そうだ。それでいつもピケを張られたり、嫌がらせをされたりする。元請としちゃあ、組合の業者に入札を頼んでないし、高くつく。そうしたらティンが費用の補塡をすることになって、元請は取り付け作業を組合の業者に発注した。窓の取り付け業者の組合も製造業者組合と同様、犯罪組織が支配している。こうして和平条約が成立した」

「犯人はつかまったの？」

「いいや」マイクは御影石のプランターから飛び降りた。「さてと、仕事に戻らなくちゃ。だけど、マジな話、ティンと関わっているなら、用心に用心を重ねろよ。いつもではないにしても、平均よりはるかに高い確率でティンの思いどおりになるし、周囲で不幸な事故がよく起きる」

マイクにお礼を言って工事現場まで一緒に戻ったあと、ビルと東へ向かった。

「どう考えればいいのかしら」チャイナタウンの近くまで来て、わたしはビルに言った。「どう思う？　ジャクソン・ティンがマフィアもどきの殺し屋を差し向けたのかしら」

「まあ、脅迫者ではある」

「彼が脅しているのは秘密の暴露によってであって、殺しではないわ。それに」はたと思い当たった。「脅迫が事実なのか、わたしたちは知らない」

ビルはわたしを見た。「うん。ナタリー・ウーは出まかせを言ったのかな。会館の売却を望む理由がほかにあるんだろうか」

「少なくとも、わたしに話した以上の事情があるのはたしかよ。わたしと一緒に来てジャクソン・ティンに会う？」

「脅迫は事実かと訊くために？」

「たぶん、訊かない。ナタリーが大騒ぎするだろうし、依頼人を失いたくないもの」

「どうして？　この件に関する依頼人はすでに四人いる。きみのライセンスに利益相反を規制する条項がなくてよかった」

「わたしたちのライセンスでしょう。一緒に調べているんじゃなかったの？　利益相反はないわ。四人は利害をともにしているもの。四人ともそれに気づいていないだけよ」

〈ティン・ベンチャーズ〉に電話をした。

私立探偵をしていると面白い経験をする。たとえば、頑として話をしない人がいる。その場合はあれこれ策を弄して、取り入らなければならない。反対に、夢中になる人もいる。たぶん四〇年代の映画の登場人物になってサム・スペードと知恵比べをしている気になるのだろう。ジャクソン・ティンと話をしたことはないが、勘は後者を指していた。いつも正しいわけではないが、今回は当たった。ティムにかけたときと同じく、いくつもの声を介した結果、ティンは午後のスケジュールに空きがあり、二十分以内に来れば面会できると告げられた。見え透いている。こちらが電話をしたちょうどそのとき、スケジュールに空きがあるなどあり得ない。探偵と話をすることに興味があるから、空きを作ったのだ。

タートル・ベイにある、自社建築ではないが管理はしているビルディング内の〈ティン・ベンチャーズ〉を訪問したのは、二十五分後だった。このビルディングは三十階建てで、〈ティン・ベンチャーズ〉は建物を一周するテラスのついた十六階の全部を占めていた。地下鉄が遅れたと言い訳するつもりだったが――ニューヨーカーの誰もが使う便利な言い訳――遅刻を咎められることはなかった。受付係はわたしたちをティンのアシスタントに引き渡し、いよいよお目通りとなった。

ガラス練板のデスクのうしろで立ち上がったティンは、グレーのスーツ――おそらくアルマーニ――の上着のボタンをはずして着ていた。ハンサムな童顔に親しげな微笑を浮かべていたが目は笑っておらず、公園でカードゲームを楽しんでいる女性たちの目と同じこと――会えてうれしいわ。これは他愛ないゲーム、単なるお遊びよ。でも、絶対に負かす――を語っていた。

ティンは手を差し出した。その背後で太陽がイースト川を燦々と照らしている。「ジャクソン・ティンだ。リディア・チンだね？　よろしく」

わたしは握手を交わしながら、ビルを紹介した。

「パートナーだって？　相談役を引き連れてお出ましか。よほど重要な用件なんだろうね」と、社交辞令を言う。「なにか飲み物でも？　コーヒー？　紅茶？　ミネラルウォーター？」

マイク・ディメイオの見せかけではない親切の恩恵に浴したばかりだったので、ビルもわたしも断った。暗赤色のレザーソファをわたしたちに示し、ティン自身はガラス製のコーヒーテーブルを挟んで同色の肱掛椅子に腰を下ろす。壁に賞状や証書、建築物の写真、そして何枚ものティンの写真が掛かっていた。ヘルメットをかぶって建築現場で、重要な人々とパーティーで、そしてお祝いの席で、下調べによると妻であるアジア系の美女と並んで。同じ女性がデスクの上の写真で、幼子ふたりと微笑んでいた。

ティンは足首を膝に載せてゆったりと足を組み、両腕を肘掛の上で長々と伸ばした。「それで、どんな用件かな。もしかして、ぼくを調べているとか？」どんな答えであろうが意に介さないとばかりに、にんまりした。

「いえ、そういうわけでは」実際は、調べているのだが。「ただ、最近なにかするたびにあなたの名が出てくるので、気になって」

ティンは微笑を消さずに首を傾げた。「どういうことかよくわからないな。前に会った？」

ティンはビルとわたしを交互に見た。どっちに説明したものか、迷っているのだ。同性だが、白人のビル、同じ中国人だが、女のわたし。結局、視線はわたしに戻って留まった。本能には反するが、慎重に政治的正当性を考慮した結果だろう。

ビルはちらっとわたしを見て、口を挟んだ。相手の不意を衝くのは、探偵技術の初歩の初歩だ。

「リディアの言葉が足りなかったみたいだが」と、偉そうに言う。「要するに、こちらの動いている案件で、あなたがしょっちゅう登場するんですよ。ベイヤード・ストリートとモット・ストリートの角にあるリ・ミン・ジン会館に多大な興味を持っていることなど」

ティンの笑顔がこわばった。わたしを一瞥してからビルに話しかける。「案件というと?」

ティンにもっと首の運動をさせたくて、わたしが答えた。「メル・ウーの依頼です。彼女の利益と、必要な場合は彼女の身を守ることを頼まれて。彼女のことはご存じですよね。同じ学校に行ったんでしょう?」

「ああ、知っているとも。それに、伯父が彼女に会館を遺したことも。誰でも飛びつきそうな売却額を提示して、承諾の返事を待っているところだ。それになにか問題でも?」

「おそらく、それ自体《バーセイ》にはないかと」――ほらね、わたしも弁護士並みに話すことができる――「でも会館での殺人事件、少し離れた場所での殺人未遂、乱闘や脅迫、埋められた宝などいろいろあって、ひとつひとつ追っていくと、あなたが会館を欲しがっているという事実に帰着するように見えますけど」

ティンは少し間を置いた。「だとしても、ぼく自身には帰着しない。それとも、その全部を裏で糸を引いているとでも? ほとんどが、いま初めて聞いたことなのに」あきれたように首を振った。「殺人事件の被害者は、チャンという男だろう？　その事件は知っている。強盗が居直ったと聞いたが」

「もしかしたら」

ティンは待ったが、わたしが続けないので再び言った。「それで、殺人未遂というのは？」

「チャンはチョイ・メンの後継者でした。きのう何者かが、チャン亡きあとの後継者候補のひとり、アイアンマン・マに発砲した」

ティンはうなずいた。まるで、学校へ行く途中でユニコーンを見たと報告する子供に対するみたいに。「彼がどんな人物かは知っている。まさか、ぼくを疑っているのか？」

「別にそういうわけでは。ただ、前にも殺人事件が起きているので。窓の取り付け業者が殺されて、両手に数字の４が刻まれていた件」

ティンは頰を紅潮させた。「なんだと！　ぼくはいっさい関係ない！　捜査が行われたが、警察はなにも発見できなかった。発見すべきことがなかったからだ。あの業者はケチな強請屋だった。この仕事をしているとああいうやつに始終出くわす。どこかの中国人を怒らせたんだろうよ。出前をさせてチップをやらなかったのかもしれないな」いったん口をつぐんで、怒りを抑えた。「その話をしたくて、来たのか？　あきれたものだ。そんな低次元の差別意識を持っているとはね」ビルを指して、唇を歪めて笑う。「彼ならともかく、まさかきみが」

「でも、興味を引かれるのは当然でしょう。それに、あなたが会館を欲しがっているために、リ・ミン・ジンは非常に不安定な状態になっている」

「いい加減にしてくれ。こっちは開発事業をやっているんだ。用地をまとめる必要がある。そのせいで人間の醜さが露呈しても、責任は持てない」

「つまり、あなたの仕事には殺人や埋められた宝、脅迫がつきものだと?」

「怒らせようとしているのか? わめいて否定するか、告白するとでも? 冗談じゃないよ。いいか、巨額の金が絡むと信じられない行動を取る人間もいる。他人がそれをどうすることはできない。ちょっと待った。〝埋められた宝〟と二度も言ったな。なんのことだ」

わたしはビルと目を見交わした。ビルが訊いた。「噂を知らないんですか?」

「噂?」

「会館に莫大な価値のある宝が埋まっているという噂がある」

ティンはしばし目を丸くしていた。それから笑い出した。「文字どおり、埋められている宝という意味だったのか。いやあ、びっくりした。初耳だ。誰が埋めたんだ? いつ? どうして?」

わたしは言った。「どれもはっきりしたことはわかりません。具体的な場所も」

「言い換えれば、はっきりしたことはなにも知らないが、宝が埋まっていると信じている。ふーん」いったん間を置く。「あ、そうか。だから、メルは会館の売却に応じないのか。宝を見つけてから売るつもりだ」

「さあ、どうかしら」わたしは言った。「そうかもしれない。あるいは伯父さんの意思を尊重したい。あるいは住人から家を奪いたくない。あるいはチャイナタウンの歴史的特性を守りたい」

「ふん、うんざりだ。そういうたわ言は、長年のあいだに耳にたこができるほど聞いた」苛立ちを露わにしてため息を吐く。「メルはスカースデールで育って、いま住んでいるのはアッパー・イーストサイド。〈アイリーン・フィッシャー〉の服を好み、バレエのレッスンのあとは女友だちとブランチ。でも、地域の不動産価格が下がり、市の税務基準額が上がるのもおかまいなしに、無断居住者や薬物乱用者、福祉の支給金を詐取する輩を守るから後光が差している。彼女はチャイナタウンのことなんか、これっぽっちも考えていない。いいかい、彼女がぼくに会館を売り渡したら、堂を追い出す。これがチャイナタウンのためでなくして、なんなんだ。ところが、彼女のひとりよがりな友人たちは、開発を邪魔する彼女を守護天使みたいに祀りあげている。クソバカどもが！　おっと、失礼」

「あらまあ」わたしは言った。「よほど彼女のことが嫌いみたいね」ティンはわたしを怒らせることに成功した。

「ああ、昔からずっと」ティンは言った。「高校のときも、聖人ぶったいけ好かない女だったよ」

「妹のナタリーと違って」

「そのとおり」ティンは言って、立ち上がった。「妹のナタリーとは違った。さて、楽しかったが会議がある。帰ってくれ」

つかつかと戸口へ行って、ドアを開けた。

30

「感じの悪い人だったわね」下降するエレベーターのなかで、わたしはビルに言った。

「依頼人リストには入れないんだね」

「なにも依頼されていないもの。彼の質問リストに入っていなかった言葉に気がついた?」

「〝脅迫〟」

「当たり。殺人未遂や宝には興味を示したけれど、〝脅迫〟は無視した。そしてわたしがナタリーの名を出したとたん、追い出した」

「ナタリーの話したことはほんとうだったみたいだな」

「だからといって、隠し事をしていないとは限らないわ」

「それも当たり。さて、これからどうする?」

ロビーに着いて、エレベーターのドアが開いた。わたしたちと入れ替わりに、長身の男が乗り込んだ。前に二度、見かけたことがある。最初はビッグ・ブラザー・チョイの葬式、二度目は彼がコロンバス・パークのベンチでリ・ミン・ジン会館を見つめているときだ。

「あ、いけない」わたしはビルに声をかけた。「ファイルを忘れてきちゃった。取ってくるから、待ってて」エレベーターのドアが閉まる寸前に、飛び乗った。二十三階のボタンを押し、長身の男やほかの乗客三人には目もくれずに携帯電話のディスプレイをひたすらスクロールした。十五階に来たとき、携帯電話を目の前に掲げて、ほうれん草が歯についてはいないかと、自撮りモードにして調べているふりを装った。むろん、自撮りモードにはしていない。長身の男が降りるとき、斜め前から見た顔の撮影に成功した――十六階で。

ビルの待っているロビーに戻った。

「ファイルを取ってこなかったじゃないか」

「ここにちゃんと持っているわよ。目に見えないだけ」

「あれは知っている男?」

「背の高い人? アジア系だから、あとを追ったと思っているの? あきれた。そんな低次元の差別意識を持っていたのね」

「どの男とは言わなかった。そんな低次元の――」

「はい、おしまい。知らない人よ。でも、十六階で降りたわ。ちょっと待って、メアリーに電話する」

電話をして男の写真を送ったが、メアリーはあまり情報を持ち合わせていなかった。

「わたしたちもその男に気づいていた。組織犯罪対策課は彼を知らない。ビジネスマンが弔意を表しにきただけかもしれない」

「チャイナタウンのビジネスマンではないわね。もしそうなら、あなたかわたし、クリスが見かけているはずだもの。それに、葬儀の出席者全員を組織犯罪対策課と照合し合うわけではない。いかにもギャングらしい風貌だから、アンテナに引っかかったんでしょう?」

「そうよ」メアリーは認めた。「チャイナタウンへの割り込みを企む堂《トン》の構成員ではないかと疑った。実際にそうなのか、あるいはマンハッタンの外の区から来たビジネスマンなのか。今後の動きを静観中よ。動けば、だけど」

「動き出したみたいよ。さっき、ジャクソン・ティンのオフィスがある階へ行ったわ」

「ほんとうに? なんで知っているの?」

「たまたま、近くで依頼人に頼まれた仕事をしていて見かけたの。そろそろ切らなくちゃ。じゃあ、また」

わたしが電話をしまうのを待って、ビルは訊いた。「メアリーに怒鳴られなかった?」

「沸点に達する前に電話を切ったもの。あの男は警察に知られていなかった」

ビルディングを出た。ビルに訊かれたこと――「さて、これからどうする?」――について思案していると、携帯電話が『ビル・ベイリーよ、家へ帰っておくれ』をリズミカルに歌った。少し意外に思いながら、電話に出た。「お母さん」と、中国語で話しかけた。「クイーンズはどう?」

「楽しく過ごしているわよ」母は答えた。「あんたも来ればいいのに」

「お母さんが楽しんでくれて、うれしいわ。わたしもテッドたちに会いたいけれど、いまは仕事中だから」

「開発業者のティンのことを調べているんでしょ。あたしも調べたわよ。だから、こっちに来なさい」

「え？　どういうこと？」

「ティンについてちょっとしたことを知っている人を見つけたのよ。いまは退職しているけれど、前は病院で看護師をしていた人。今朝、兄さんたちが出かけたあと、買い物に行ってからシニアセンターに麻雀をしにいってね。娘がジャクソン・ティンと交際しているから、相手のことを知りたいって頼んだら、みんな熱心に協力してくれたのよ。まあ、ほとんどは役に立たない噂話だけどさ。そうしたら麻雀仲間のファン・メイが、友だちのドローレス・レイエスという元看護師がジャクソン・ティンについて面白い話を知っていると教えてくれてね。ファン・メイは最近物忘れがひどくて、話の内容は覚えていなかった。でも、麻雀の腕はまだ大したものよ。それでレイエスさんに電話をしたけど、結局わからなかったのよ。あたしには話したくないみたいで、それにフィリピンの出身だからね。英語があまり上手じゃなくて、ちんぷんかんぷんだった」

目玉をくるりとまわしたところを母に見られずにすんだのは、さいわいだった。アメリカの病院に勤めていたのであれば、母語がなんにせよ、流暢な英語を話すはずだ。母は自分の英語力を過大評価している。

「これが住所」と、母は早口で数字をいくつか並べた。

「お母さん、面白い話ってなに？」

「リン・ワンジュ、しっかりしなさい。それがわかっていれば、あんたを行かせる必要はないでしょ。自分で直接聞いておいで。レイエスさんはいま家で夕飯を準備している。ご主人が帰宅するのは七時だから、急いで行けば話を聞けるわよ」

「わたしが来るって、知っているの？」

「もちろん、知らないわよ。話を聞いたあと、兄さんの家に寄りなさい。じゃあね」

わたしは携帯電話を下ろし、忘れないうちに数字を打ち込んだ。

「どうした？」と、ビルが訊く。

「母が情報を持っている人を見つけたの。フラッシングへ行くと知ったとき、怪しいと思ったら案の定だった」

「どんな情報？」

「見当もつかない。娘がジャクソン・ティンと交際しているので彼のことを知りたいと、麻雀仲間に頼んだんですって。おせっかい焼きの母に、みんないそいそと協力したみたい。母の言葉を使うと〝ジャクソン・ティンについて面白い話を知っている人〟に会ってくるよう、言われたわ」

ビルは満面に笑みを浮かべた。「お母さんはほんとうに協力しているんだ」

「やめてよ。笑い事ではすまされないわ」

「いいじゃないか。依頼人が何人もいるんだから、もうひとりパートナーを増やしたら？」

わたしは睨んだ。「ええ、いいかも。いまいるひとりは、正気を失ったみたいだから」

「真面目な話、お母さんが頑張ってくれたんだから、会いにいくべきじゃないか？」

「まさか、本気じゃないでしょうね。まったくの無駄足になる可能性のほうが大きいのよ」

「ぼくはお母さんの勘を信用する」

「あなたは母のもとで育っていない」

「きみは住所をメモした」

「数字を並べられると、自動的に反応するの」

「地下鉄に向かって歩いている気がするが」

「どこかに向かわないわけにいかないもの。わかった、降参。行きましょう。そのあと兄さんの家に寄れるもの。わたしたちを夕食に呼んでくれたのよ」

「ぼくも?」

「母がどうしても事務所の一員になりたいのなら、運営方法に慣れてもらうわ」

31

フラッシングまでは、幾度か乗り換えが必要でも地下鉄が早く着く。わたしは駅からフラッシング・メインストリートに出る瞬間がとても好きで、ごたごたの続いたこの午後もそれは変わらなかった。道に沿って連なる大小さまざまな看板はほとんどが中国語か英語で、サンスクリットか韓国語がちらほら。点滅するネオンサイン、照明を当てたプラスチック板、彩色した鉄板、赤や黒のマジックマーカーで文字を手書きしたボール紙などが建物の正面、路地の頭上、ショウウィンドウなど至るところに掲げられ、吊るされ、貼られている。レストランやベーカリーから漂ってくる香りが屋台の食べ物のにおいと鼻孔のなかで場所を取り合った。鳴り響くクラクションや車の騒音、種々の言語で交わされる会話が、ラガーディア空港に離着陸する飛行機の轟音でときおりかき消される。歩道は買い物客や商人、賑やかな高校生、乳母車を押す母親たちで混雑し、まっすぐ進むのはまず不可能だ。わたしは足を止めて、夕陽に染まった周囲の光景をしばし楽しんだ。

それから携帯電話を出してドローレス・レイエスの住所をGPSに入力し、ビルと雑踏を縫ってメインストリートを進んだ。昼食はすませていたが、露店から漂ってくる大根餅を揚げるにおいに負けた。それぞれが一個買ってオイスターソースをかけ、歩きながら食べた。

フラッシング図書館を過ぎると、周囲は次第に静かになっていった。右折左折を繰り返したあと、一九三〇年代のレンガ造り六階建ての建物が何棟も中央の公園を囲んでいる前に出た。メインストリートから半マイルしか離れていない別世界、フラッシングの静謐な住宅街だ。錬鉄製のアーチのついた小径が建物まで続いていた。レイエスの住居は手前から三番目の建物だった。ブザーを押した。

どなた?とスピーカーから流れてきた声に、名乗った。「お尋ねしたいことがあって伺いました」わたしは言った。「以前、ファン・メイさんに話されたことについてです。お時間は取らせません」返事がないので、つけ加えた。「セールスではありません。いまあることを調べていて、少し時間を割いていただけると大変助かります。お願いします」

ほとんどの人は、機会を与えられれば進んで力を貸してくれるものだ。とくに看護師はそうするよう、訓練されている。ドローレス・レイエスは少し沈黙したあと承諾し、共同玄関のドアを解錠してくれた。エレベーターで三階まで行くと、褐色の肌の女性が訝しげな微笑を浮かべて、ドアを開けて待っていた。

「ありがとうございます、ミセス・レイエス。わたしはリディア・チン、こちらはパートナーのビル・スミスです。なるたけ早く終わらせますから」

「ファン・メイはあんたの友人なの?」

「いいえ、母の顔見知りです。母があなたに電話をしたと思いますが」

「ああ、あの中国人の——どんな用件なのかよくわからなかったのよ。英語があまり……」

「ええ、想像がつきます。説明させてください」

レイエスの英語はわずかな訛りがあるものの、やはり流暢だった。わたしをしげしげ見て言った。「あんたがジャクソン・ティンと交際しているという娘さんね。お母さんの話で、それだけはわかったのよ。でも」――レイエスは間を置いた――「ジャクソン・ティンはすることなすことが噂になるけれど、結婚生活が破綻したと聞いた覚えはないわ」

「ええ」わたしは笑った。「破綻していないし、わたしと交際もしていません。母の出まかせです」

レイエスは眉を寄せた。「なんでまた、お母さんは出まかせを言ったの？」

「ビルとわたしは私立探偵です、ミセス・レイエス」わたしは名刺を渡した。「いま調べている件がジャクソン・ティンと関係があって、母は……そのう……力を貸す気になって」

レイエスは、飲み込み顔で微笑んだ。「なるほど。娘を助けたい母心だったのね。でも、あんたは頼んでいない。そうでしょう？」

「ええ、もちろん。あなたに電話することも頼んでいません。ご迷惑をおかけしてすみませんでした。でも、ジャクソン・ティンについてなにかご存じなら、ぜひ聞かせてください」

レイエスがためらっていると、ビルが口を挟んだ。「ミセス・レイエス、ここへは仕事でお邪魔しましたが、ぼくは子供のころマニラに住んでいたので、料理のにおいを嗅いで当時が懐かしくなりました。このにおいはポークアドボだ。一ドル賭けてもいい」

レイエスは笑い声をあげた。「あんたの勝ちよ。まあ、いいでしょう。入りなさい」そう言って居間に案内してくれた。鉢植えの植物がいくつも置かれ、華やかな色合いのクッションがずんぐりした形のソファや椅子の上で彩りを添え、明るく陽気な雰囲気を醸し出していた。肉の煮えるいいにおいが漂っている。「座っていて」レイエスはそう言って、台所に入っていった。

「あなたの子供時代は幸せではなかったはずよ」ソファに座って、わたしはビルを小声で咎めた。「マニラに住んでいたときも」

「うん。でも、食べ物は最高だった」

レイエスは紫色のクッキーを載せた皿を持って戻ってきた。ビルが目を輝かせる。

「ウベ（ヤムイモの一種）ですね？」

「そうよ。ウベを知っているの？」

「大好物です」

レイエスに紙ナプキンを渡されて、クッキーをひとつ取った。ひと口かじると、さくさくしていて甘いナッツのような風味があった。レイエスはにこにこしてビルとわたしを眺めていた。

「うーん」ビルは言った。「母の手製よりずっと美味い」

ビルの話してくれた過去を考えると倫理的に問題のある発言だが、クッキーをおいしいと思う気持ちに嘘がないことは、実際に食べたわたしにはよくわかった。

「初めて食べました」わたしは言った。「とてもおいしいですね」

レイエスは満面に笑みを浮かべた。ソファに向かい合った椅子のひとつに腰を下ろす。スカートを撫でつけて言った。「わかってちょうだい。誰もトラブルに巻き込みたくないのよ」

「もちろんです。それはこちらも同じです」わたしは答えた。それが真実かどうかは〝誰〟、もしくは〝巻き込みたくない〟の定義による。「わたしたちは、いくつかの疑問をはっきりさせたいだけです。あなたがご存じのことはまったく関係がないのかもしれない。でも、あなたに会うよう母に言われたし、これから一緒に夕飯をとります」母をだしにするのは少々気が引けたが、母が原因を作ったのだ。「お望みなら話の内容は母に伏せておきますが、あなたが話してくれたと報告したら母は喜びます」

レイエスはわたしの意図を理解して苦笑したが、語り始めた。「あたしはフラッシング・ホスピタルに勤めていたのよ。担当は新生児病棟。六年前に退職したけど、当時の同僚とはいまも親しくしているわ。そのひとりがファン・メイなの。あんたのお母さんはきっと、中国人シニアセンターで知り合ったのね」

「麻雀仲間です」わたしは言った。「ファンさんの麻雀の腕は大したものだそうですよ」

レイエスは話を続ける前に少し間を置いた。「──あれはすごく奇妙な出来事でね。それでファン・メイに話したのよ。もちろん、主人にも。ふたりには、胸にしまっておけと言われたわ。違法かどうかあたしにはわからなかったし、悲しんでいる人もいない。だから、その後は二度とその話をしなかった。さっきも言ったけれど、誰もトラブルに巻き込みたくなかったのよ。それに……アメリカでは異例だけど、故郷では見聞きしたことがあったから」

ビルはふたつ目のクッキーを食べながら言った。「ああ、これを食べるとマニラに戻った気がする。ミセス・レイエス、ぼくたちもトラブルは避けたい。ジャクソン・ティンについてご存じのことが、それに役立つかもしれません」

レイエスは再び間を置いたあと、堰を切ったように話し始めた。「ジャクソン・ティンはフラッシング・ホスピタルで生まれたのよ。予定日より少し早くて体重が少なく、黄疸が出ていた。危険な状態ではなかったけれど、数日間は保育器に入れておく必要があった。母親は出産して二日目に退院し、赤ん坊が入院しているあいだは日に何度も来て授乳をしたわ。ときには父親も来たけれど、母親の友人のほうがもっと頻繁に付き添ってきた。ふたりとも赤ん坊が生まれたのをとても喜んでいて、代わる代わる抱っこしては話しかけていたわ。友人はよく子守唄を歌ってあげていたけれど、母親は一曲も知らなかったみたい。赤ん坊は体重が増えて、五日後に退院できた。その一ヶ月後に健診があったの。あたしは予約が入っているのを見て、元気にしているか知りたくて診察室に寄った。赤ん坊は健康そのものだったけれど、連れてきたのは母親ではなく、友人だった。それで心配になって、お母さんは元気なのと尋ねた。そうしたら、自分が母親だとその友人は答えたわ。重ねて訊こうとしたとき、医者が訝しげな顔をし、友人のほうは怯えた目をしているのに気づいた。それで、あら、ごめんなさい、勘違いしたみたいね、赤ちゃんが元気でよかったわと言いつくろったわ。あとで記録を調べたら、出産で来院したときに母親が書いた、マリア・ティンという氏名と住所は、赤ん坊を健診に連れてきた女性のそれと同じだった。でも、同一人物ではなかった」

レイエスはひと息入れた。ビルもわたしも黙って待った。

「さっき話したように、故郷ではこうしたことを見聞きするのよ。貧しい子だくさんの家庭や、子供のいない姉妹がいる母親……ジャクソン・ティンの実の母は、不法滞在者ではないかと思った。または、赤ん坊の父親から逃げていたのか。売春婦も赤ん坊を手放すときがある。ジャクソン・ティンの母親と友人がどのような状況に置かれていたのか、あたしにはわからない。ふたりとも赤ん坊の誕生を喜んでいたし、養育状態も申し分なかった。ファン・メイも主人も、よけいな波風を立てるなと言ったわ。正式な養子縁組でなくても、みんなが幸せならいいじゃないか。おまえがなにか言えば、みんなが不幸になるだけだ、と」

「正式な養子縁組だったとは考えられませんか？」

「調べたけれど、記録はなかったわ。なんか責任を感じてね。あたしの子供たちのひとりだもの」レイエスは微笑んだ。「ずっと彼の成長を追っていたのも、同じ理由よ。あの子は丈夫で健康だった。両親はとてもかわいがって――ちょっと甘やかしていたわ。私立学校へ行かせ、大学教育を受けさせた。ジャクソンが三歳くらいになるまでは、生みの母が彼の両親を交えて四人で一緒にいるところをときどき見かけたわ。そのあともたまに見かけたけれど、いつもひとりだった。最後に見たのは、何年も前よ」

「ミセス・レイエス、その女性についてなにか覚えていませんか？　外見や名前など、どんなことでも」

「悪いけど、全然覚えていないのよ。ずいぶん前のことだもの」ドローレスは皺ひとつないスカートを撫でつけた。「こんなことを話してよかったのかしら。両親は亡くなったけれど、ジャクソンは父親の築いた財産のおかげもあって、とても裕福なのよ。実の父ではないと世間に知れたら……」

「心配無用です」ビルはわたしより確信を持って、きっぱり言った。「これだけ年月が経ったうえに、ジャクソン・ティンは社会的な地位を固めているから、表沙汰になったところで不利益は被りません。それに」ビルは思案しながらつけ加えた。「母親が生みの親でなかったとしても、父親のほうは実の親かもしれない。代理出産という場合もありますからね」

「それに、決して他言しません」わたしは請け合った。「調査の穴を埋める役に立ちそうですが、これを知る必要のある人がいるとは思えません」

「あなたのお母さんも？」レイエスはいたずらっぽく目を輝かせて言った。

「母はとくに。母には、あなたがジャクソンの背後関係について興味深い情報を教えてくれたと話します。きっと、得意満面になります。どうもありがとうございました、ミセス・レイエス。これ以上、お料理の邪魔はしません」わたしが立つと、ビルも倣った。

「ちょっと待ってね」レイエスは台所へ行き、少しして戻ってくると四角いプラスチック容器をビルに渡した。「ウベよ。子供のころを思い出してちょうだい」にっこりして、わたしたちを送り出した。

32

テッドの家での夕食は、いつものとおり賑やかで楽しく、母はビルが参加しても少しむくれただけだった。母は台所で料理をしながら盛んにしゃべり、その合間にテッドの子供たちを「行儀よくしなさい」と叱った。子供たちは笑い転げ、食べ、母をからかい、そしてビルとわたしの注意を引こうと競い合う。テッドと妻のリンアンは、母の手料理を堪能しながらも、ビルやわたしとの会話に余念がない。笑い声の絶えないひとときだった。

テッドが冗談半分に「母さんがおまえの仕事を手伝ったんだって？」と訊いたとき、わたしは当たり障りのない返事をした。ミセス・レイエスの興味深い話が調査の空白を埋めてくれるかもしれないわ。母は大喜びだった。どんな情報だったのか知りたがって幾度も訊いてきたが、わいわいがやがやと騒がしいのをさいわい、聞こえなかったふりをしたり、話題を変えたり、孫に注意を向けさせたりして切り抜けた。

帰りがけに、一緒にチャイナタウンへ帰ろうと母を誘った。案の定、子供たちは母にしがみついて、「帰っちゃだめ！　ここにいて」と口々に頼んだ。母は孫たちの懇願に負けて、もうひと晩泊まることにした。帰り支度をして玄関で挨拶を交わしていると、携帯電話からＲＵＮ　ＤＭＣの『ユー・トーク・トゥー・マッチ』が流れた。ティムだ。留守電に切り替わるのを待とうかと迷ったが、家庭的な温かい気持ちになっていた。ティムを一家団欒に加えて、善行ポイントを稼ぐことにした。

「もしもし、兄さん」と、電話に出た。「テッドの家で夕飯を食べていたのよ。お母さんも一緒。お母さんかテッドと話す?」

「いいや」ティムはわめいた。「おまえに話がある! いったい、なにをやらかした?」

温かい気持ちを吹き飛ばす、聞き慣れた怒声だった。

「え? ――どうしたの?」

「どうしたの、じゃないよ、リディア。さっき、何者かがぼくを撃とうとした!」

33

「無事なの？」わたしはティムに訊いた。

「当たり前だ」と、ティムはにべもない。「撃とうとした、と言っただろ。弾ははずれた」

「よかった。すぐかけ直す。みんなに挨拶をすませてから、外で話すわ」さいわい、賑やかな混乱のなかで誰も電話の相手を気に留めなかった。電話をポケットにしまって、子供たちや母、テッド、リンアンにさよならのキスをした。ビルはみんなと握手を交わし、子供たちは大はしゃぎでビルの手を勢いよく上下させた。母はそっぽを向いているものの、ビルに手を握らせた。小さな一歩だ。子供たちは戸口でいつまでも手を振っていた。わたしは幾度も振り返って手を振りながら、ビルにテッドに起きたことを話した。角を曲がると、すぐに電話をかけた。

「遅いじゃないか！」と、ティムが電話に出た。「母さんに話したのか？」

「何者かが兄さんを撃とうとしたって？　正気？　もちろん、話さなかったわよ。詳しい事情もわからないし」

「そうか。母さんを心配させずにすんでよかった。詳しく教えてやるよ。誰かがぼくを撃とうとした！」

「ちっとも詳しくないじゃない。いつ？　どこで？　誰が？」

「どうやったら、誰だかわかる？　こう言うのか？『失礼だが、ぼくを撃とうとするなら、まず自己紹介するのが礼儀ってものじゃありませんか』」

ティムなら言いかねないと思ったが、口には出さなかった。「じゃあ、どこで？　いつ？」

「おまえはどうやら毎日こういう経験をしているらしい。『銃撃の被害者用アンケートがありますので、漏れなく記入してください』」

「いい加減にしてよ、兄さん。こっちは力を貸そうとしているのよ。いまどこ？」

「事務所の外だ。ちょうど出たところだった」

「犯人を見たの？」

「見てない。弾は道の反対側か、車のなかから飛んできたみたいだ」

「あるいはオートバイ？」

ティムは一瞬黙った。「そうかもしれない。エンジン音を聞いたから。オートバイがしょっちゅう外壁に石を跳ねていくんだ」

「あらまあ、失礼な人たちね。外にいたなら、兄さんを狙ったとは限らないでしょう。考えてみてよ。誰が兄さんなんか狙うのよ」そう言えば、アイアンマンもわたしに同じことを言っていた。

「きっと、おまえの巻き添えを食ったんだ。ぼくを狙ったのは間違いない。メモで石をくるんで投げつけてきた」

「なんですって！　もっと教えて」ティムは重要なことを必ず最後まで取っておく。「なんて書いてあったの？」

「石が当たらなかったか、訊かないのか？」

「訊かない。なんて書いてあったの？」

「石は当たらなかった。心配してくれてありがとう。メモは〝会館を必ずティンに渡せ。今度ははずさない〟」

「うわあ、びっくり！」

「〝うわあ、びっくり〟？　それだけ？　おまえのせいで殺されかけたんだぞ。それなのに〝うわあ、びっくり〟で片づけるのか？　どうなっているんだ、おまえは」

「ティム、落ち着いて。いま、どこ？」

「事務所のすぐ近くだ。警察が来たが、隠れていた」

「どうして？」

「冗談だよな？　ティム・チンに関わると生命の危険にさらされると、パートナーたちに思われたらどうする」

「メモは？」

「ポケットに入れた」

おそらく、指紋をべたべたつけたのだろう。「石は？」

「ああ、やっぱり！　訊くと思ったよ！」間を置いた。「それも持っている」

うぬぼれが良識を凌駕するとは限らないことが証明された。

「ティム、よく聞いて。誰も生命の危険にさらされていないわよ。メモは銃撃の前に書いたのだから、最初からはずすつもりだったのよ」

「射撃が下手ではずれなかったら？　意図せずして、偶然ぼくを殺したかもしれない！」

あるいは、犯人は兄さんを知っていて、姿を見たとたん頭に血が上って、はずすつもりだったことを忘れて殺したかもしれない。

「リディア、あの件でいまなにをしているにしろ、すぐに中止しろ！」

「冗談じゃないわ！　ジャクソン・ティンは兄さんの事務所の顧客で、兄さんはチャイナタウン文化保存協会の経理担当。兄さん自身に標的になる原因があるとは考えないの？」

「ぼくは——そのふたつは——これまで発砲されたことはない！」

兄の言いたいことは理解した。論理は——そのふたつは何年も続いていることで、これまで発砲されたことはないのだから、関係ない。心情は——これまで発砲されたことはない！

「わかったわ、ティム、わかった。どこかで気持ちを落ち着けて。スポーツジムでも家でも、バーでもいいから。いま地下鉄駅の近くにいるの。これから市内に戻って、兄さんの指定する場所へ一時間以内に行く」

電話を切った。ビルも一緒に行くことは伏せておいた。気持ちを落ち着けて、と言ったばかりなのだから。

34

地下鉄への階段を下りる前にメルに電話をした。「用心に用心を重ねてちょうだい」

「どうして？　なにがあったの？」

「何者かが兄に発砲したのよ」

「なんですって？　ティムに？　それで無事なの？」

「ええ、かすり傷ひとつないわ。実際に撃つつもりはなく、脅したかっただけみたい。発砲のあと、犯人は会館をティンに渡せと要求するメモを投げつけた」

「そんなメモを？　どういうこと？　保存協会に手を引かせたいのかしら？」

「ええ、たぶん。それから、〈ハリマン－マギル〉はジャクソン・ティンの不動産取引を扱っている」

間が空いた。「知らなかった。ティムは難しい立場なのね」

「ええ、頭を抱えているわ。メル、とにかく気をつけて。いい？」

「そうするわ」彼女は言った。「ありがとう。あなたも用心して」

「いつもしているわ」

メルは皮肉混じりに言った。「でしょうね」

言うまでもないが、ティムはアッパー・イーストサイドのガラスを多用したタワーマンションに住んでいる。吹き抜けになった静かなロビーで、ハイテクデスクについている警備員に名前を告げた。警備員が兄に確認したのちボタンを押すとガラスドアが滑らかに開き、ステンレス製のエレベーターでしずしずと十五階に運ばれた。

静寂はそこで終わった。

ティムはどこまでいってもティムなので、いきり立って苛々している人がふつうするように、アパートメントの入口で待ち構えてはいなかった。わずか数分を惜しんで重要な仕事に専念している印象を与えたいのだろう。ブザーにもすぐには応じなかった。ティムは決して予想を裏切らない。

そして、力まかせにドアを引き開けた。「あ、クソっ」とビルを見るなり悪態をついた。

「やあ」ビルがおだやかに応じる。

ティムはむっつりして睨みつけた。「やあ。入れ」ドアを叩きつけて閉めたかったのだろうが、静音開閉式とあって空気圧に逆らうことはできなかった。

わたしは以前来たときにイースト川を見晴らす絶景――ジャクソン・ティンのオフィスからの眺めとほぼ同じ――を見ているが、ビルは初めてだ。暗い水面《みなも》と明かりの瞬《また》たくクイーンズに目を奪われていた。

「こっちだ」ティムはぶっきらぼうに言って、間仕切りのない洒落た部屋のキッチン部分へわたしたちを連れていった。ティムはお茶を飲んでいた。ストレスにさらされたときのチン家の習慣だ。カップで大理石カウンターの上を指す。「ほら、おまえの石とメモだ」

わたしの石とメモ。触らずに、子細に観察した。アイアンマンのときと同じような、なんの変哲もない灰色の石。プリンターで印刷したメモ。「持っていっていい？　指紋を採取できるかもしれない」

「指紋を採取」おうむ返しをするだけでこうも皮肉を効かせることができるとは、恐れ入る。「ああ、いいよ。見たくもない」

「ビニル袋はある？」

「抽斗に入っている」

「ぼくがやる」ビルは言った。「ふたりとも座ったら？」

「じゃあ、そうしましょう」ティムに言い、部屋の反対側の隅にあるコーナーソファに腰を下ろした。正面には巨大なワイドスクリーンテレビ。兄はこれでどんな番組を見るのだろう。野球、サッカー？　四〇年代の映画？　自然をテーマにしたドキュメンタリー？　見当もつかなかった。仏頂面のティムはソファと対になった角ばったデザインの肘掛椅子に座って、お茶を飲んだ。

「ねえ、ティム」わたしは言った。「悪かったわ。発砲されて怖かった――」

「怖かったかどうかは関係ない！　そういう問題じゃない！」

そういう問題だと思うが、逆らわなかった。「ええ。でも、兄さんを脅す目的だったのはたしかよ。少なくとも考えてみて。わたしではなく、保存協会がフェニックス・タワー建設に反対していることに関係があるんじゃないの？」

「協会は、開発計画が発表されたときから反対している。おまえが巻き込まれたとたん、ぼくが標的にされるようになった」

「わたしよりも、ビッグ・ブラザー・チョイの死が要因なのでは？」

「違う」

努力はしたが、取りつく島がない。「言いがかりをつけないで！　兄さんもわたしと同じくらい巻き込まれているでしょう」

「おまえはジャクソン・ティンの汚点を探している。やめろと言っただろう」

「依頼人は、調査の継続を希望しているわ。兄さんはわたしの依頼人ではない。一度はなったけれど、兄さんはわたしを解雇した。もう一度解雇したくても、二度はできないわよ」

「ぼくはおまえの兄だ」

これは〝だからおまえを二度解雇することができる〟という意味ではない。〝だから守ってくれ〟がいわば文字化けしているのだ。チン家の末っ子はわたしだが、一番庇護されてきたのはティムだ。ティムの選んだ人生は勤勉さが要求されるが、意外性はない。そうした決まりきった毎日は、わたしには――たぶんほかの兄たちも――耐えられないが、ティムには合っている。

銃撃事件はそんな平穏な毎日を打ち砕いた。

でも、わたしのせいではない。

たぶん。

悪化するばかりの状況をビルがどうにかしてくれないものかと期待したが、ビルはティムのジップロックコレクションに尽きぬ興味を持ち、こちらに来る気配がない。わたしは深呼吸をして、別の懐柔策を試みた。「わたしは依頼人の力になることができると思ったときしか、引き受けない。途中で投げ出すのは、もってのほかだわ」

「なにが言いたい？　職業倫理を守っていると？」

思わず引っぱたきたくなった。だが、ティムの落ち込みようはあまりにも激しい。怖い思いをしたことはたしかだが、お茶をすする様子を見ているうちに、ほかにも理由がありそうな気がしてきた。

「兄さん」わたしは言った。「わたしたちは同じ家庭で育った。五人ともそれぞれ違う道を進んだけれど、善悪については――私的なものでも職業上でも――同じことを叩き込まれた」

ティムはこちらを見ないでうなずいた。ややあって、低い声で言った。「お茶を飲むか？」

奇跡が起きた。「ええ。自分で淹れるから、座ってて。でも、ビルはほかに用事があるので長居できないわ」キッチンに行ってオクソーの電気ケトルのスイッチを入れ、小声でビルに言った。「先に帰って。ティムがわたしと心を通わせたいんですって」

「きみと心を通わせたい？　ついに正気を失ったか！」

「あとで〈ショーティーズ〉で」

ビルは石とメモの入ったジップロックをポケットに入れて、リビング部分に顔を突き出した。

「おやすみ、ティム」ティムはうなずき、ビルは含み笑いをして立ち去った。

カウンターに出ていた君山銀針茶を使ってお茶を淹れ、マグカップを持ってソファに戻る。コーヒーテーブルに置いて、冷めるのを待ちながら言った。「職業倫理が問題なのね？」

ティムはじろっと睨んで目を逸らした。「そんなところだ。クソっ」

「事務所と協会の利害が対立するの？」

「そんなに単純じゃない」と、お定まりの見下した口調で言った。言い返さないでいるには、鉄の意志が必要だった。ティムはひと息でお茶を飲み干した。「それなら、協会の理事を辞任すればすむ。だが、協会は……いろいろなことを代弁している。近隣、それにチャイナタウン。中国人のルーツ、父さんや母さんの故郷。ああ、わかっているとも。ニューヨークにはいくつもチャイナタウンがある」あたかもわたしが反論したかのように言った。「でも、マンハッタンにはひとつしかない。なんで、富裕層のためにぼくらが家を追われ、主要行政区から出ていかなくてはならない？」

「同感よ」

「フェニックス・タワーが建ったら」わたしの言葉が聞こえなかったかのように、続ける。「終焉が始まる。ほかの開発業者も競って建物を手に入れ、区画整理をするだろう。知ってのとおり、チャイナタウンは史跡に指定されていない。地域としても指定されていないし、指定を受けた個別の建物もほとんどない。影響力のある連中が再区分申請をしたが最後、ドカン！

バッテリー・パーク・シティの三級品がまたできる。それが問題なんだ」

「そして、兄さんの事務所は——」

「そうだ、事務所だ！　クソっ。どうすりゃいい！」

わたしはお茶を飲みながら、窓の外の夜景に目を据えているティムを眺めた。

「提案があるの」わたしは言った。「いま判断する必要はないわ。でも、選択肢に入れておいて」

ティムは振り返った。「ああ。なんだ？」

「メル・ウーに電話をしたら、どうかしら」

「なんだって？」

「黙って最後まで聞いて。メルは兄さんと同じような立場なのよ。彼女の伯父はリ・ミン・ジンに我が家を与えたくて、会館を買った。でも、メルは連中を退去させようとしている。弁護士が堂《トン》の大家になるのは、職業倫理に反するから。つまり、メルも利害の対立に悩んでいるということ」

「ふん。ふたりとも利害の対立に悩む弁護士だから、話が合うと言いたいのか？　おまえは知らないだろうが、利害の対立に悩む弁護士がみんな同じだと思ったら大間違いだ」

わたしは腹が立つのを必死にこらえ、聞こえなかったふりをして続けた。「メルは近いうちに会館の今後について決断しなければならない。もし彼女がジャクソン・ティンに売ることを決めたら、わたしがどんな汚点を探し出そうと、彼を止めるのはまず不可能よ」

ティムはマグカップを覗き込んだ。「メルと話し合ったら、なにかいいことがあるのか?」

「少なくとも、互いの問題を理解できる人と話すことはできる。うまくすれば、協力し合って解決策を見つけることができるかもしれないわよ」

「どんな解決策だ」

「ティムったら! わたしにわかるわけがないでしょう。ものすごい名案ではないにしても、いまはこれしか考えつかない」

35

オレンジジジュースを加えた炭酸水をカウンターのショーティーから受け取って、わたしはブース席でビルの向かいに座った。

「あらまあ」わたしは言った。「まだ日付が変わっていないのね」

「ウォッカを少し入れればいいのに」ビルのビール瓶は半分空《から》になっていた。

「そうすればよかったと思うくらいの心境よ」

「ティムはどうだった?」

「悩んでいる」わたしはティムのジレンマを説明した。炭酸水を飲んで締めくくった。「そこで帰り際に、メル・ウーに電話をするよう勧めたの」

「嘘だろう」

「ほんとうよ。ふたりとも不動産を巡る、似たような難題を抱えている。なぐさめ合うべきだわ」

「メルの場合は難題というほどではないだろう。自分のしたいことが、ティムよりもはっきりわかっている」

「そうね。彼女は会館を持ち続け、フェニックス・タワー建設を阻止したい。伯父さんの遺志にも沿う。ティムも心の底では阻止したいと思っている」

ビルはにやにやした。

「そうよ」わたしは言った。「わたしは兄を誘導するのがうまいの」炭酸水を飲んだ。「電話でメアリーに事件を知らせて、あしたの朝メモと石を分署に持っていくと約束したわ。わたしが電話したことは、なるべくティムに伏せておいてと頼んでおいた」

「きみの兄でなくてよかったよ」

「いまごろわかったの？」

ビルはカウンターへ行って、それぞれのお代わりを注文した。飲み物を持って戻ってきて、言った。「メル・ウーと言えば、彼女にはなぜ発砲しなかったんだろう」

「冗談にもほどがあるわよ」

「いや、真面目だ。なぜ、決定権を持つ彼女を狙わない？」

「あとに退かない性格だからでは？　脅せばかえって怒らせるだけよ。狙いと真逆の結果になりかねない」

「関係者全員がそれを知っているだろうか」

「彼女はジャクソン・ティンと同じ学校だった。リ・ミン・ジンの構成員たちは、彼女の成長を目の当たりにしていた。だから、おそらく全員が知っている。さあ、上へ行きましょう。あしたは朝が早いのよ。午前中にお葬式だもの」

あくる朝、ワー・ウィンサン葬儀場へ行く途中で五分署に寄って、受付の巡査に石とメモを預けた。メアリーが署にいないことは予想できたので、刑事部屋に持参するつもりは最初からなかった。メアリーは、これからわたしたちが向かう先にいる。

チャン・ヤオズの葬儀はスケールこそ小さいものの、ビッグ・ブラザー・チョイのときと同じだった。花で埋まった会場——今回は葬儀場で二番目に大きい——に蓋を開けた棺、冥銭を燃やす壺、線香を立てた壺、読経する僧侶、黒のスーツを着込んだギャング。棺の頭側にタン・ルーリエンが立ち、険しい面持ちをしたミスター・ルーとアイアンマン・マは足元側で、磁石の同極が反発し合うかのように間隔を空けて立っていた。

ガオおじいさんの姿はなく、またビッグ・ブラザー・チョイのときにいたほかの堂《トン》の代表とおぼしき数人もしかり。チャンは当面のリーダーだったが、当面がつくと儀礼は大きく異なると見える。メアリー、クリス・チェン、それに組織犯罪対策課のジョン・コブが今回も後方に陣取っているが、ギャングの参列が少なくてがっかりしているだろう。

アデーレ・フォン、兄、ナタリー・ウー一家もいなかった。だが、メルはいた。前回のように祭壇には立たず、昔馴染みの故人に弔意を示す一般人として参列していた。

ビルとわたしはメルとともに線香をあげ、タンにお悔やみを述べた。タンは表情を変えることなく、礼を言った。アイアンマンはわたしに気づくと、いっそう険しい面持ちになった。

「彼はまだ、わたしのことをいい女だと思っているかしら」席について、ビルにささやいた。

「彼はまだ、足を引きずっているだろうか」

儀式の最後に喪主として赤い封筒を配ったのは、タンだった。葬儀場の車が手配されていないので、写真を飾った霊柩車の数台うしろにビルのアウディを停めておいた。メルは白菊の花束をふたつ抱えて乗り込んだ。楽隊の先導で葬列は近隣を巡って橋を渡り、サイプレスヒルズへ向かった。

車内で雑談を交わすあいだに、わたしはメルに一家の墓所を尋ねた。

「ウエストチェスターのファーンクリフ墓地よ。〝思い出が永久に生きる地〟」

「それがモットーなの？」

「モットーのあること自体が、悪趣味よね。メン伯父はサイプレスヒルズの区画をくれると言ったけれど、父は生きているときも死後も堂に加わりたくなかった。母は一族全員が同じ場所で眠ることを望んで、伯父にファーンクリフ墓地へメイメイ伯母の遺骨を移すよう勧めたのよ。でも伯父は伯母の眠りを妨げることに恐れをなしたの」メルはくすっと笑った。「生者はときに、死に対して理屈に合わない態度を取ると思わない？　壺に収められた遺骨なのよ。眠りを妨げるもなにもないでしょう。なのに本気で言っている。とはいえ、わたしも清明節には両親のお墓を掃除しないと気がすまないの」

墓地の門をくぐった。ビッグ・ブラザー・チョイの葬式から一週間足らずだが、墓石がずらりと並ぶ芝生の斜面に散ったワインレッドの葉の上に、黄色く色づいた葉がかぶさっていた。ミスター・チャンの墓は、ビッグ・ブラザー・チョイの墓から少し下ったところだった。前回よりも灰色を増した空の下、より少ない参列者の前で同じ儀式が執り行われた。

さまざまな感情が渦巻いていた。堂の構成員のいくばくかの悲しみと先行き不透明な状況への不安。ミスター・ルーの真摯な悲しみと警戒心。アイアンマンの怒りと苛立ち、そしてそうした感情を隠そうとする（成功していないが）雄々しい努力への誇り。タン・ルーリエンは淡淡と儀式を行ったが、そのうしろ姿はふだんの固い決意とは違う、なにかもっと柔らかな感情を秘めている気がした。哀惜だろうか？　あり得る。ビッグ・ブラザー・チョイの逝去は大打撃だったに違いない。そしていま、彼女が正しいなら、長い年月をともにしてきたチャンの死は私的なもうひとつの損失ではすまない。人生の大半において家族だった堂を失うのだ。

儀式が終わると、メルはビルの車から花束を持ってきた。ひと束をチャンの墓に供え、もうひと束を持って丘の反対側にまわった。わたしたちもついていって、きょうはひとりで故ロン・ローと妻に一礼して備え付けの花瓶に花を供えるメルを、うしろで見守った。その前に花瓶から取り除いた色褪せた花は、先日彼女自身が供えたものだった。

「悲しくなるわ」メルは振り返って言った。「今後、訪れる人はいるのかしら。リ・ミン・ジンの構成員があそこに埋葬され続けていれば、メン伯父のお墓を訪れる人はいる。でも、こちら側に来るのは、メン伯父のほかはミスター・チャンひとりだった。清明節に伯父のお墓を掃除するときにここもするけれど、家族がするのとはやはり違うもの」

「清明節にはナットも一緒に来るの？」

「子供のころはメン伯父、父、母、ナット、わたしの全員でメイメイ伯母さんのお墓にお参りしていた。最近は、ナットは子供たちを連れて両親のお墓には行くけれど、そのあと遠いここまでは来ない。ここ二年は、メン伯父とふたりで来ていた」

　ふとあることに思い当たって、周囲を見まわした。

「メル、子供たちはどこ？」

「え？」

「伯父さん夫婦には、赤ん坊のときに亡くなった息子がいた。ロン・ローには三歳で亡くなった娘。この子たちのお墓はどこ？」

「あら」メルは言った。「訊こうとも思わなかったわ」

「両親と一緒ということはないか？」ビルが訊く。「名前を記していないだけで」

「でも、なんで記さないの？」わたしは言った。「もっと古い墓地では、子供たちはたいてい別の区画に葬られている。でも、ここにはそうした区画はない」

「どうしよう」メルは言った。「かわいそうに。もう永久にわからない」少しして、微笑んだ。「わたしが一番理屈に合わない態度を取っているわね。すっかり感傷的になってしまって」

　ビルは言った。「まあ、墓地にいるんだから無理もない」

「そうね」メルは無言でしばらく周囲を見まわしたあと、言った。「そろそろ帰りましょうか。オフィスに戻らなくちゃ」

「会食には出ないの？」

「歓迎されそうもないもの。見ていたい気もするけれど。全員が互いに毒を盛ったりして」

「それ、冗談よね」

「ええ。正直なところほんとうに見たいのは、あした会館内のドアを残らず開け、壁に穴を開けるところよ」ビルとわたしを交互に見る。「行くことにしたら、一緒に来てくれる？」

「答えるまでもないわ」

ビルの車を停めた場所を目指して、丘を下った。枯葉を踏みしめて歩いている最中にメルの電話が鳴った。メルは数歩離れて、電話に出た。すぐに、にこにこして戻ってきた。「あなたのお兄さんだった」

「ティム？」

「お茶に誘われたわ」

「わたしよりもあなたのほうがいいのね」

「嫌味を言わないで」

「ティムはあなたには態度がいいという意味」

「なぜかしら」

「好意を持っているから」

「態度云々ではなくて、なぜわたしに会いたいのかしら」

「答えは同じよ」わたしは言った。「あなたに好意を持っているから」

ビルの車に着いたとき、携帯が『バッドボーイズ』を奏でた。

メルは笑った。「ここにぴったり」と、堂の墓が並ぶ丘を指す。

「彼にもぴったりなの」わたしは言った。「いいとこよ」と説明して電話に出た。「ハイ、ライナス」

「よお。外出中？　地下鉄の音が聞こえる」

「死に囲まれた生命の音よ。いま、サイプレスヒルズ墓地の入口。地下鉄の高架がすぐ近くにあるの」

「便利だね。ぼくの知っている人？」

「亡くなった人？　いいえ、わたしの仕事上の知り合い」

「そこにはギャングを埋葬するって知ってる？」

「あら、びっくり、なんてね。それを言いたくて電話してきたの？」

「いや、情報がある。近くにいるなら、用がすんだらちょっと寄らない？　コーヒーもある」

「コーヒーがないときなんて、ないじゃない」コーヒーは〈ウォン・セキュリティー〉の原動力だ。ガレージを改装してテクノロジー機器用のトレッスルテーブルを設置したあと、機器よりも先に運び入れたのはデロンギのエスプレッソマシンだった。

「ちょうど用がすんだのよ」わたしはライナスに言った。「二十分くらいで着くわ」

メルはＵｂｅｒを呼んで、兄とコーヒーを飲むために墓地をあとにした。わたしはビルの車に乗って、いとことコーヒーを飲むために墓地をあとにした。

36

敷地を金網フェンスで囲んだライナスの実家は、フラッシングのトネリコ《ash》とブナ《beech》に挟まれたマグノリアにある。およそ百年前、フラッシングのこの地域には大規模な苗木畑が二ヶ所あった。畑はなくなったが、その過去は通りの名称となって残り、アルファベット順にAからローズのRまで続いている。金網フェンスはレンガとサイディングを使った家屋、芝生、私道、それにガレージを囲んでいる。ビルのためにゲートを開けておいて、ガレージ横の入口にある呼び鈴を押しにいったが、その前にドアが開いた。ウーフがちぎれんばかりに尾を振って突進してくると、顔を舐めようと飛びついてきたので押し倒されそうになった。だが、車から降りるビルを見たとたん、ウーフはわたしを置いて走り去った。ビルとウーフは、わたしがいまだに悪夢でうなされる事件の最中に、大の親友になった。ひとりと一匹が取っ組み合って遊んでいるところへ、トレラが戸口に現れた。

「ハイ」トレラはにっこりした。身長五フィート八インチ、むろんわたしより背が高く、またライナスよりも二インチほど高い。タータンチェックのミニスカート、黒のセーター、黒のごついブーツ。ショートカットの金髪をありとあらゆる方向に、ツンツン立てている。

「ハイ」わたしはトレラを抱擁《ハグ》してなかに入った。

雑多なものが散乱し、数多の電気コードが垂れ下がったなかに何台ものコンピューターが置かれたガレージは、最後に来たときと同じに見えるが、変化がないわけがない。ライナスはソフトウェアのみならずハードウェアも最新を求める。赤や青のダイオードライトが点滅している機器のうちいくつかは新しいに違いない。真冬以外はエアコンを稼働させて機器の温度を低く保ち、窓を覆って覗き見を防いでいるため、室内は常に肌寒い。ウーフがいるから散歩やフリスビーをするが、そうでなければいとこが陽の光を浴びることはないだろう。

「やあ、いとこ！」ライナスが事務用椅子をくるりと回転させて振り向く。「来るのが見えたよ」固太りの体軀を椅子から持ち上げて、わたしをハグした。

「どういう意味？」

「二週間前、半ダースくらいの街灯の柱にカメラをつけたんだ」

「市の街灯に？」

「超小型のやつ。誰の迷惑にもならない。そして、グレーのアウディを探知する設定をした。そしたら、さっき探知してブザーが鳴ったんだ」

「ブザーだけ？『よお、ライナス、ダチが来たぜ』と教えてくれなかったの？」

「音声案内はセットしていない。したほうがいいかな？」

「やあ」ビルがウーフと入ってきて、ライナスとトレラに挨拶した。ウーフはわたしたちを歓迎してまだ飛び跳ねている。ビルはビスケットの瓶からおやつを取って、ウーフに与えた。わたしはエスプレッソマシンの置いてあるカウンターへ行って、来る途中にドミニカ系ベーカリーで買ったポルボローネを皿に盛った。メル・ウーには柑橘類を手土産にする習慣を話したが、ここでは甘い菓子のほうが喜ばれる。エスプレッソマシンはトレラの担当だ。「いつものね?」と確認してマシンを稼働させ、ビルにダブルエスプレッソ、わたしにラテマキアートを作った。ライナスにはアメリカンコーヒーのブラック、自分用はそれにクリームと砂糖およそカップ四分の一を加える。

わたしは、再び椅子に座ったライナスに訊いた。「それで、耳寄りな情報があるの?」

「耳寄りかどうかはわからない。断っとくけど、調べきっていない。やろうと思えば、もっと——」

「やらないで」わたしは事務用椅子をもう一脚持ってきた。ビルは折り畳み椅子を広げて座り、トレラはみんなにコーヒーを配ってから、ウーフの横のラグにあぐらをかいた。

「よし、じゃあ始めるよ」ライナスはトレラを見やった。

「ティンからいくわね」トレラは言った。「ティンの経済状態は正常だと前に話したでしょう。でも、彼の周囲では不幸な事故が頻発していて、殺人も起きた。このことは知っている?」

わたしはうなずいて、ラテマキアートを飲んだ。いつもながら極上だ。

「まあ、いろいろ起きているのだけれど、どれも直接ティンには結びつかない。ティンはものすごく抜け目ないのか、不運なのかのどっちかね」

「幸運なのかもしれないよ」ビルが言う。「そうした不幸な事故は、彼の事業にプラスになっているんだろう?」

「うん、そう。殺人事件の被害者は窓の取り付け業者だった。ティンはこの男と揉めていて、男は火炎瓶を現場に投げ込んで火事を起こし、あげくに殺された。こうしたことが、死人は出なかったけれどほかに二件起きている。資料の納入業者がトラックのタイヤを引き裂かれたあと急に値段を下げたし、ある下請けは従業員が強盗に襲われて入院したあと、ティンの要求に応じて作業員を追加した。どっちも」――にやっと笑って――「建設業界ではあまり珍しくない。珍しいのは、ティンが長いあいだ汚点ひとつないこと」

「ないの?」

「そう、テフロン加工してあるみたいに」

「だけど」ライナスが口を挟む。「不幸な事故については、ほかにも興味深いことがある」

「業界報を見返すと」再びトレラが続けた。「全部載っているの。揉め事が起きる前に、という意味。たとえば、ティンの現場で起きる予定のストライキについての記事が掲載されるでしょう。すると、記事が出た一週間後に組合代表の妻が腕を骨折して、話し合いが成立する。でも、業界報やブログに載らない揉め事もあって、そういうのは早急に解決するとも、ティンに有利な結果になるとも限らない」

「どうやってこんなに詳しく探り出したの?」

「いとこがふたり、建設関係の仕事をしているの」

「さもありなん」

「うん」ビルが言った。「マイク・ディメイオも同じようなことを話していたな。ティンは常にとはいかないまでも、思いどおりになる確率が平均よりも高いって」

「かなり興味深いわね」わたしは言った。「揉め事が業界のニュースになるかならないかで、成り行きが違うのね?」

「そうみたい」トレラはうなずいた。

「ふうん」

「お待ちください!」ライナスが深夜放送のコマーシャルを真似て言った。「まだ、あるんです!」

「やっぱりね。この情報はとても貴重だけれど、これだけのためにここまで来させたとは思っていなかった」

「来させたよ」ライナスは言った。「クッキーを持ってきてくれるから」

「ほんとうに?」

「いいや。クッキーは最高にうまいけどね。ほかにも情報があるんだ。ティンのことではない。ウー・マオリとウー・ナリ、つまりメラニー・ウーとナタリー・ウー・ハリスについて」コーヒーをゆっくり飲む。

「見た限りでは、ふたりとも経済状態は正常」トレラは言った。「夫も。多額の負債や不自然な現金の引き出しはない。信用状況報告も良好。ナタリーはいい結婚をしたと言われているわ。若いころは度々問題を起こしていたみたい。十五歳のときに盗んだオートバイで派手に事故ったのよ」

「あらま」わたしは言った。「バイクで怪我をしたと言ったから、てっきり自転車だと思っていたわ」

「友だちのバイクだったので、告訴など面倒なことにはならなかったわ。全然、反省しなかったみたいよ。いまの夫に出会うまで、やりたい放題の奔放な生活を送っていた。そして、いまは落ち着いた」

「彼女に同情しているの？　落ち着いたから」

「あたしが？」と、無邪気な顔をこしらえたが、そのパンクルックとボーイフレンド兼雇用主を選ぶ趣味を考えると噴飯ものだ。

「情報はもっとあるの？」

「もっと欲しい、もっと、もっと、もっと！」ライナスが声を張りあげる。「まるでＴＷＩＣＥだ」

「なに、それ？」

「Ｋ－ＰＯＰのガールズグループ。もちろん、もっとある。正確には汚点ではないけれど、興味深い。五年前、それと二年前にもナタリー夫妻はウッドベリーの〈ゴールドコースト体外受精《IVF》〉という施設へ行った」

「ＩＶＦ？　長いあいだ子供ができなかったと、ナタリーは話していたもの。だから別に驚くような――あ、そうか」

　全員がわたしを見た。ウーフさえもが頭をもたげた。

「ティンの脅迫ね」わたしは言った。「子供たちがティンの子でも、ポールの子でもないとしたら？　第三者に提供された精子を使ったとしたら？」

「オヤジがさんざん撃ったけど空砲だったたってこと？」

トレラが顔をしかめる。「ライナス！」

「ごめん」

わたしは言った。「それで、ナタリーによると、ナタリーは息子がDNAテストを受けることに必死で反対しているのかしら。孫たちが息子の実の子でなかったら、義理の両親は泣いて喜び、息子の離婚手続きを自らしかねないそうよ」

「ひどい」トレラは言った。「最低ね」

「まったくね。それに――」

携帯電話が依頼人用の曲を鳴らした。メル用の曲はまだ選んでいなかったが、ディスプレイに氏名が表示された。

「ちょっと、失礼」コーヒー会議を中断した。「ハイ、メル。どうしたの？」

「大変なことになったの。動画を送るわ。見たら、電話して」メルの声はいまにも自制を失いそうだった。電話が切れた。

数秒後にメールで動画が届いた。開いて、全員で見た。

ナタリーが怯えた顔でカメラを見つめていた。「メル」と、呼びかける。「お願い。ジャクソンに会館を売って」カメラのうしろにいるとおぼしき人物に、視線を転じた。ナタリーはそれ以上なにも言わず、カメラは後退して天井に明かりの灯った薄暗い部屋で、椅子に縛りつけられているナタリーを映し出した。

「女の言ったこと、聞いたな」画像の外で男が言った。「やれ」聞き覚えのない声だ。中国語の強い訛りがある。「警察、行くな。誰にも言うな。トラブルを起こすな。ティンが会館を買う。女は家に帰る。トラブルが起きたら、女は死ぬ」

画面が白くなった。

37

「なんなのよ、これ？」トレラは叫び、ライナスは目を丸くして呆然とした。わたしはビルに目をやって、携帯電話の〝折り返し〟をタップした。メルはただちに出た。

「いつ届いたの？」わたしは訊いた。

「ついさっき。非通知の番号からだった」

「あの声に聞き覚えは？」

「ないわ」

「では、場所は？　見覚えのあるものはなかった？」

「いいえ。いま、どこ？　スピーカーフォンにしているの？　まさか、外ではないでしょうね。誰かに見られたら大変よ」

「いいえ、ビルといるの。彼にも聞かせたかったので」わたしは唇に指を当ててライナスとトレラに警告し、いったん口をつぐんだ。メルはすでに〝誰にも言うな〟に逆らい、その声はいまにも自制を失いそうだ。

「メル」言葉に迷いながら、わたしは言った、「もしかして……自作自演とは考えられない？」

「自作自演？　ナットが？　ひどい！　ナットがどれほど怯えていたか、見たでしょう？　わたしにはわかる。あれは本物の恐怖よ。それに、ナットは嘘をつくのが下手。だから子供のとき、ナットの見え透いた言い訳に口裏を合わせて助けていたのよ。ねえ、どうしてよ？　なぜ気になるなら、ナットが会館の売却を気にするの？　メン伯父はナットと子供たちに多額の財産を遺したのよ。気になるなら、わたしに直接訊けばいい。わたしはあなたに力を貸してもらいたかった。それなのに、ナットを疑っているのね。幻滅したわ」顔の向きを変えたのか、声がくぐもった。

「あなたは間違っていた」

「間違っていた？　なにが？」

「あなたに言ったんじゃないのよ」

聞き慣れた声が言った。「替わってくれ」兄のティムが電話に出た。「メルはぼくに話しかけたんだ。おまえなら力を貸すことができると思って、連絡するよう勧めた。それについてぼくは間違っていた、と彼女は言ったんだ。残念だ」

「ティム」そう言えば、ティムとメルは一緒にコーヒーを飲んでいたのだ。「違う。兄さんは間違っていなかった。わたしを信じて、とメルに伝えて。わたしにやらせて」

「警察には行かないな？」

「ええ」わたしは言った。「行かないわ」これは、まさに弁護士流答弁だ。わたしは警察には行かない。でも兄は、誰に電話をするのか、とは訊かなかった。

通話を切ったが、すぐにはメアリーにかけなかった。予備の手段として取っておくことにした。使わずにすむかもしれない。「ねえ、あなたたち」わたしはライナスとトレラに言った。

「動画からなにかわからない？」

「やってみる」ライナスは仕事モードに切り替えて、てきぱき言った。「こっちに送って」

わたしは動画を転送した。「なにかわかったら、すぐに教えて。さあ、行くわよ」と、ビルに声をかけた。

「よし。それで、どこへ？」

「ジャクソン・ティンのところ。あいつは最低よ。許せない」


フラッシングを出て二十分でタートル・ベイに着いた。もう少しかかると予想していたが、ビルは交通警官につかまらないぎりぎりのスピードで走る辣腕ドライバーだ。わたしはティンのオフィスに近い駐車場を検索した。これで、着いてからまごつく心配はない。

「ティンが誘拐の黒幕だとほんとうに思うのか？」ビルは車中で訊いた。

「ほかにいないでしょう？　何者かがティンのためにやったの？　メルが会館をティンに売ったら、得をするのは誰？　ティンと、ティンに煩わされなくなるナットよ。メルの言うとおり、ナットの自作自演ではなく本物の誘拐なら、ティンしか考えられない」

「ルーかもしれない」

「なんですって？」わたしははっとしてビルを見た。

「ルーは会館の売却を望んでいるときみは話さなかったっけ？　ルーもアイアンマンも、組織を整理して再出発することを望んでいる。その際誰を切り捨てるかは、互いに意見を異にしているが。そして、ルーは会館が堂《トン》の再出発を妨げているという意見だ」

「あ！」

「それに、ルーはギャングだよ。ティンよりも誘拐の黒幕にふさわしい」

「しまった」少し考えてから、反論した。「違うわ。リ・ミン・ジンは、どのみち会館を失う。メルは、売らなくても堂を退去させる。だから、ルーは待っていればいい。いっぽう最終期限のあるティンは、待っていられない。やはり、誘拐を企てたのはティンよ」

「そうか……たぶん、きみが正しい。ただ……」

わたしはビルのほうを向いた。「ただ、なんなの？」

ビルは無言だ。

「わたしのことが心配なのね。兄がわたしへ電話をするようメルに勧めたから有頂天になっていて、間違いを犯すのではないかと」

ビルは前方の道路に視線を据えて言った。「まあね」

わたしは深々とため息を吐いた。「正直なところ、わたしも心配よ」

ティンをいきなり訪問したかったが、オフィスにいることは確認したかった。「いなかったら、どうする？」と、ビルが言った。

「開発業者臭をたどって捜し出すまでよ」

だが、彼はいた。トンネルから出るのを待って、ティンのオフィスに電話した。

「もうし、もうし、こちらはぁ」と母音を伸ばす南部の訛りを精いっぱい真似た。「ジュニアリーグのルシンダ・セントクレアでござあます。このたびはミスター・ティンに大変寛大な寄付を頂戴しましたので、ぜひともじかにお礼を申し上げたくて。貴重なお時間を少々割いていただければありがたいのですが」

「オフィスにいるか確認しますので、そのままお待ちください」

回線が保留に切り替わると同時に電話を切って、「オフィスにいるわ」とビルに告げた。受付係はボスがオフィスにいるかどうか、むろん知っている。〝いるか確認する〟は、〝電話に出るか確認する〟の同意語だ。

見つけておいた駐車場に車を入れた。ビルは係員に二十ドル渡して、最前列での前向き駐車を頼んだ。係員は瞬《まばた》きひとつしなかった。ティンのオフィスへ急いで向かった。

「待ってください！」と叫ぶ受付係の声を背にさっさと待合室を抜け、アシスタントの制止を振り切って、専用オフィスのドアを開けた。ワイシャツの袖をまくり上げてコンピューターに向かっていたティンが、顔を上げる。

「すみません、ミスター・ティン。止めようとしたんですが——」

「かまわないよ、デリア。仕事に戻りなさい」ティンは立ち上がってアシスタントが出ていくのを待ち、デスクをまわってきて静かに言った。「かまわなくないのは、承知だろう。どういうつもりだ」

「そっちこそ、どういうつもり？」わたしは携帯電話を突き出して、動画を再生した。

ティンは青ざめた。「なんだ、これは？」

「いい加減にして！　とぼけないで！　ナタリーはどこ？」

「知るわけないだろう」ティンはわたしを見つめた。「ぼくを疑っているのか？」

「当たり前でしょう。あなたは今月末までに会館売却の合意が成立しないと大損する。ナタリーを脅迫もした。でも、なかなか進展しないので――」

「待て。誰にそれを聞いた」

「さあ、誰でしょう。ナタリーはどこなの、ティン？」

「知らない」ティンは疑わしげにわたしを見た。「たしかに、圧力はかけた。鼻持ちならない姉貴を説得させたくて。だが、これ――これはぼくとはいっさい関係ない。こんな野蛮なことをするもんか」

「窓の取り付け業者が殺された件も関係ないのか？」ビルが言った。「組合代表の妻が腕を骨折した件も？　資材納入業者のトラックのタイヤが引き裂かれた件も？　こうした野蛮なことはしないのか？」

「してない。どれもやってない！」

「ほんとうに？　じゃあ、こうしたことが周囲で起きるとは、まったくもって幸運だ。なぜだ、ティン？　妖精の教母がついているのか？」

ティンは顔をこわばらせてビルを睨んだ。ビルが睨み返す。わたしはその場で棒立ちになった。

「ああ、なんてことだろう」わたしは言った。「まさか、こんなこととは。妖精の教母ではないわ。無敵の母親がついているのよ」

38

ティンはわたしに視線を転じた。「いったい、どういう意味だ」

「わたしが間抜けだったということ。タンよ」わたしはビルに言った。「なぜ、突然香港から姿を消したのか、不思議でならなかった。あなたは彼女が情報屋だった可能性を挙げた。でも、わたしは――」

「なんの話だ?」ティンは苛立った。

わたしはティンを無視して続けた。「彼女は龍船節の最中《さなか》に向こうを発ってこちらに到着した。つまり、六月よ。ルーの話では、彼女がリ・ミン・ジンに加入して三ヶ月も経たないうちに、ビッグ・ブラザー・チョイは清明節に妻の墓掃除に連れていった」

「彼女って誰だ?」ティンが言った。

ビルもティンを無視した。「ということは……?」

「龍船節は六月。清明節は四月。リ・ミン・ジンに加入したのが清明節の三ヶ月前なら、一月だわ。では、六月から翌年の一月まで、彼女はどこにいたのか」

「事態が落ち着くまで、どこかの隠れ家に潜んでいた」

「そうじゃない! 彼女は情報屋ではなかった。身ごもったから、香港を去ったのよ」

ビルは長々と息を漏らした。

同時にティンがいきり立つ。「誰のことだ？　なんの話だ？　それがぼくとどんな関係がある」

「タン・ルーリエン」わたしは言った。「彼女はあなたの母親よ」

「なにを——」ティンは両手を振り上げた。「なにを突拍子もないことを。ぼくの母はマリア・ティン、父はキー・ティンだ。なにか勘違いしてるんじゃないか？」

わたしは戸惑った。ティンは知らなかったのだろうか。「タン・ルーリエンは」わたしは言った。「一九八四年六月に香港からここへ来て、わたしが正しければ十一月二十八日にフラッシング・ホスピタルで出産した。病院では」手を挙げてティンを制した。「マリア・ティンと名乗った。ある看護師は、彼女が不法滞在者ではないかと思った」

「不法滞在者だって？　くだらない。母はアメリカの市民権を持っていた！」

「マリア・ティンは持っていた。マリア・ティンのいとこ、タン・ルーリエンはおそらく観光ビザで入国した。あなたの誕生や母親のことを知っている人に会ったのよ。産んだのはマリア・ティンではなくその友人だったと、その人は話した。あなたの母親は赤ん坊——あなた——を病院から連れ帰るとすぐ、マリアと彼女の夫に渡した。その瞬間から彼らがあなたの親になったけれど、生物学的な両親ではない」

「頭がおかしいんじゃないか。両親の名が記された出生証明書がある。養子縁組証ではない！ぼくは……」言葉をとぎらせた。ティンはずるがしこいうぬぼれ屋だが、愚鈍ではない。

「これから話すことは、その事実と矛盾しないわ。ある女性が、自分はマリア・ティンで夫はキー・ティンだと病院で話す。そして出産し、赤ん坊をティン夫妻に託す。誰もそれを知る必要はなかったし、実際誰も知らない。その赤ん坊があなたよ。そして、その女性はタン・ルーリエンだった」

ティンはデスクに戻って腰を下ろし、しばらくうつむいていた。顔を上げずに言った。「帰ってくれ」

帰ろうとして、ふと思い出した。オフィスで同じ言葉を口にした兄のことを。兄もまた、わたしに言われたことをひとりで考える時間が必要だった。その兄は、わたしがメルに力を貸すことができると思った。

「ねえ、ジャクソン」わたしはおだやかに、だがきっぱり言った。「急に言われても、受け入れられないでしょうね。わたしが正しければ――正しいと確信しているわ、ジャクソン――これまでの暴力事件の説明がつく。公表されて、タン・ルーリエンが前もって知ることのできた揉め事に限って、事件が起きたことも。タンはあなたを見守っていたのよ。いとこと連絡を取り合い、家に滞在したりもした。私立学校の学費を出したのも、おそらくタンだわ」

ティンは幾度も頭を振った。「父は――父は遠縁の人から相続した遺産を、ぼくの教育費にしたと話していた。でも、なぜだ」今度は顔を上げた。「いったい、なぜなんだ。赤ん坊を手放して、その子の人生から消えたんだろう。それなのに、まだ関わろうとするのか？　それに、どういう意味だ、説明がつくとはなんの――あ、クソっ……」長い間を置いて再び言った。

「クソっ。リ・ミン・ジンか?」ジャクソンはたしかに愚鈍ではないが、それでも一瞬にして悟ることはできなかった。

「チョイ・メンの葬儀のときに、きみは彼女を見ているよ」ビルは言った。「棺の足元側に立っていた。ショートヘア、険のある顔――」

「あの女が? あれがぼくの母親? あり得ない!」

「彼女は」わたしは言った。「きっと、あなたを堂《トン》から切り離しておきたかったのよ。立派な人になるチャンスを与えたかった。成功してもらいたかった。そこで常に見守り、できる限り援助した」

ティンはうなずいたが、心から納得したふうではなかった。「では――父は? キー・ティンがぼくの父親か?」

「可能性がなくはないけれど、違うでしょうね。あなたが生まれる前の冬に香港にいたのでなければ」

「父は四歳のときにアメリカに来た。その後は国外に出ていない。では、ぼくの父親は誰だ」

「わからない。タンに話してもらうほかないわね」

ティンは深いため息を吐いた。「〝援助〟と言ったが、それは金銭だけではないんだろう? 窓の取り付け業者、組合代表の妻。全部を指しているんだ」

わたしはうなずいた。「それに、あなたがいま動画で見た、ナタリー・ウーの誘拐」わたしはつけ加えた。「あなたの母親は、ナットのことも赤ん坊のころから知っているのよ」

「あの女を母親と呼ぶな！　ああ、どうしたらいいんだ」ティンは立ち上がって窓の前へ行った。しばらくしてようやく気を取り直したようだ。「これまでの話は事実なんだな？」と、わたしに向き直って率直に尋ねる。「出まかせではないな？」

「ええ、自信があるわ。理解できるまで時間がかかったけれど、事実よ」

ティンは証拠を求めなかった。ミセス・レイエスのことやDNA検査は後回しにしたのだ。いまは緊急事態だ。そして、ありがたいことにティンは自らの役割を自覚していた。

「いいだろう」ティンは深呼吸を繰り返した。「よし、売却を承諾したとメルに言わせよう。ぼくの――あの女がナットを解放したら、メルと本物の交渉を始める」

いまのところ、メルはジャクソン・ティンに会館を売る気がないのだから、これは一時的な解決にすぎない。だが少なくともナットは解放される。監禁場所は会館のどこかだと、わたしは睨んでいた。

ティンはメルに電話をかけた。「あの探偵たちがここに来ている。動画を見た。ぼくはいっさい関係がない、メル。ないと言っただろう。聞いてくれ。とにかく、聞けっ！　交渉が成立したことにしよう。きみはぼくに会館を売る決心をし、話がまとまったと。ナットが解放されたら、次の段階について話し合おう」

ティンがメルの話を聞いているあいだ、わたしは念じていた。メル、言わないで。次の段階があるふりをして。

わたしの思いはメルに通じ、ティンは言った。「うん、それでいい。わかった。なんていう名前だっけ？　ぼくの——」わたしに訊く。「——あの女は」わたしが伝えた名を言った。「ぼくがタン・ルーリエンに連絡する。え？　いや、できない。いまは無理だ、メル。ものすごく複雑なんだ。あとで話す。いまは——」

「ジャクソン」わたしは言った。ジャクソンが目を向けた。「タンの電話番号を知っているか、メルに訊いて」

「タンの電話番号を知っているか？」再びこちらを見て言った。「知らないって」

「では、わたしたちが行くほかないわね」

「どこへ？　会館？」

「ええ」

「わかった」電話に話しかける。「これからチャイナタウンへ向かう。いや、来るな。来たって、どうにもならないだろう？　だめだ、メル——ふん、じゃあ勝手にしろ、いつもみたいに」電話を切った。

「メルはまさか来るつもりではないでしょうね」わたしは言った。

「もちろん、来る。正義の味方、メル！　あきれたもんだ。ちっとも変わらない」

人間はそうそう変わるものではないと、わたしは思った。ジャクソンはドアのフックから上着を取った。アシスタントのオフィスを抜けながら面会予定のキャンセルを指示したジャクソンとともに、受付係に見送られて廊下に出た。じりじりしてエレベーターを待ち、駐車場に駆けつけて前向き駐車してあった車に乗り込んで、チャイナタウンを目指して高速道路をひた走った。

39

車のなかでメルに電話をした。「来ないで。わたしたちに任せて」

「なに言ってるの？　妹がつかまっているのよ」

「来てもできることはないのよ」

「でも、行くわ」

「メル――」

「行く」

「しょうがないわね」わたしは言った。「だったら、わたしたちが着くまで会館に入らないで。公園で会いましょう」

わたしが電話を切ると、ビルは言った。「来るって？」

「メルはナットを救うことを生涯の仕事と考えている節があるのよ。妹が危機に瀕しているのに、おとなしくしていると思ったのが間違いだった」

半ブロックも進まないうちに電話が鳴った。メアリーだった。留守電に切り替えて、メッセージを残す声を聞いた。「電話をちょうだい。面白いことがある」

怒っても、辟易してもいない。ということは、ナタリーの誘拐と、わたしがそれを黙っていたことを知らないのだ。思い切ってかけ直した。「もしもし、なにかあったの？」

「ナタリー・ウーを捜しているの」

それは誰もが同じ、と早合点を後悔しながら思ったが「どうして？」と、とぼけた。

「ティムが発砲されたとき」メアリーは言った。「メモが投げつけられたでしょう。びっくりするわよ。メモから彼女の指紋が出た」

たしかに、びっくりした。「え、ほんとう？」

「一応、アイアンマンのときの石も鑑識に調べてもらったけれど、これにはなかった。前に見つかったひと組だけ、例の登録されていない指紋しかないわ」

「ふうん。では……」

「ええ、わたしもそう思う。ナタリーは自宅にいないし、ベビーシッターは行先を知らない。居場所の心当たりはない？」

「ないわ。彼女を見つけたら、電話する」その理由はひとつではない。

ビルに情報を伝えた。ジャクソン・ティンが後部座席で言った。「石？　メモ？　発砲されたのは、誰だ？」

「兄のティムよ。話せば長くなる。あとにしましょう」

「銃撃事件が起きるなんて、信じられない」

わたしは体をよじってうしろを向いた。「ちょっと考えればわかるでしょう？　チャン・ヤオズは殺され、ナタリーは誘拐された。あなたが莫大な金で買おうとしている建物は、内部抗争中のギャングであふれ、宝が埋まっているという噂まである。それでも、銃撃事件が意外なの？　ふたりが銃撃されたわ」わたしは告げた。「どちらも、命中しなかった。故意にはずしたのか、腕が悪かったのか、わからない」でも、少なくともティムの場合は故意にはずした。メモが証拠だ。

メモにはナタリー・ウーの指紋がついていた。

わたしは再び前を向いた。

ビルが静かに言った。「これでナタリーの自作自演が現実味を帯びてきたね」

「そうね。でも、動画の彼女の顔を見たでしょう。ナタリーは嘘が下手だと、メルは話していた。わたしもそう思う。あの顔に浮かんでいた恐怖は本物だった。ただし」わたしはつけ加えた。「兄に発砲したのがほんとうだったら、あの程度の恐怖ではすまさない」

マンハッタン・ブリッジで高速道を出て、キャナル・ストリートに入った。会館は数ブロック南にあるが、昼下がりのチャイナタウンを車で通るのは正気の沙汰ではなく、駐車したいときはなおさらだ。ビルはキャナル・ストリートで素早く違法のUターンをして駐車禁止の黄色い縁石の前に停めて、グローブボックスに入っていた〝配達中〟の札をフロントガラスに立てかけた。わたしは急いで車を降り、ビルを見習って魚屋のシユウ老人に二十ドル札を渡した。「警官が来たら、これから魚を積むところだと言ってね」

「四十」シユウ老人はにやにやして中国語で言った。「警官に払わなくちゃならんかもしれん」

警官には魚をあげたら、と言い返したくなったが、突き出された手のひらに黙ってもう一枚置いた。

一ブロック先の公園の角に到着した一分後、メルが歩いてやってきた。チャイナタウンの大渋滞を経験しているのだろう。

メルのすぐうしろにいる男性もやはり経験している。兄のティムだ。「なんで来たの？」

「うるさい。メルが大きなショックを受けていたので、ひとりで行かせたくなかったんだ。友人がついているべきだ」

メルになにかをさせる、させないという考え自体がおこがましいし、先日からの出来事を考慮すればわたしは〝友人〟の条件を満たしている。だがティムと一緒に育ってきたから、たとえ愚にもつかない根拠によっていても、いったん決めたことを頑として翻《ひるがえ》さないときはわかる。やはり牡牛座だけのことはあるのだ。

牡牛はわたしの連れに気づいて、唇を歪めた。明らかに、どちらにも等しく嫌悪感を抱いているが、まずはジャクソン・ティンに詰め寄った。「ティン、なんで来た。ざまあみろと言うためか」

「いまはやめよう」ティンは言った。「喧嘩をしている場合ではない。どうしてもと言うなら、あとで叩きのめしてやる。いまは重大な事件の最中じゃないか。動画を見たんだろう？　だったら、なんで突っかかる」

「おっと気をつけなくちゃ。越えてはならない一線が、おまえにあるとはね」ティムは言った。

「信じられない」

「やめて、ティム」わたしは咎めた。「いまはジャクソンの協力が絶対に必要なのよ」

「〝ジャクソン〟だって？」ティムは眉を吊り上げてティンとわたしを見比べ、ティンに言った。「おまえはこの件に関わっていないんだろう？　だったら、ここにいてもしょうがないじゃないか」

「きみの妹が正しければ、誘拐犯はぼくの言葉に耳を貸す。もう一度、彼女の名前を教えてくれ」と、わたしを向いた。

ティムが鼻を鳴らす。母にそっくりだ。「名前も知らない女が、言葉に耳を貸す？　大したうぬぼれようだ」

「ティム」わたしは言った。「口を閉じていて。失せろ、と言いたいところだけれど、やめておく。でも、この種のことは、兄さんではなくわたしの専門よ。ビル、ジャクソン、それにわたしの三人で対処する。兄さんとメルがどうしても来たいならしかたがないけれど、口を閉じて静かにしていて。いい？」わたしはより容易な相手を先に選んだ。「メル？」

メルはむっつりして唇を引き結んでいたが、うなずいた。

「ティム？」

「それは――」

「ティム？」

一瞬遅れて、兄も渋々うなずいた。

わたしはジャクソン・ティンに言った。「名前はタン・ルーリエン。臨時の――一時的なリ・ミン・ジンのボスよ」

「ボスだって？　そんなことは言わなかったじゃないか」

「ええ、そうね。さあ、行きましょう」

わたしは歩き出した。ビルはすぐ横を歩いている。ほかに誰がいるのか、振り返って確認しなかったが、きっと全員いるのだろう。ブロックのはずれまで行かないうちに電話が鳴った。ライナス用の曲『バッドボーイズ』だったので、電話に出た。

「もしもし、なにかわかったの？」

ふざけるのが大好きなライナスだが、ただちに本題に入るべきときは心得ている。「すごく重要というほどではないよ」と断った。いつものようにスピーカーフォンのエコーが聞こえた。

「でも、少しはわかった。声は間違いなく男性で、ボイスチェンジャーなんかは使っていない。トレラは、中国語訛りのほかにイギリス英語の響きも感じるって。つまり中国語が母語で、英語はイギリス英語を使う。電話はSIMカードつきの使い捨て。GPS機能がついているけど、オフになっている」

「SIMカードか。では、ここで買ったのではないわね」

「うん。外国製だな」

「どこ製だかわかる？」

「実物がここにあれば――」

「実物がそこにあるなら、すでに誘拐犯をつかまえたということでしょう。でも、よくやってくれたわね、ライナス。それで、映像のほうはどう？　監禁場所についてなにかわかった？」

「ほとんどゼロ。照明は蛍光灯だった。部屋に窓はないようだけど、断定はできない。機械の騒音が混じっているけど、同じ部屋または同じ建物内の音ではないかもしれない。これで全部だ。そっちはどう？」

「衝撃的事実が判明したわ。今度、教えてあげる。これからビルや市民団体と一緒に悪の巣窟に乗り込むところ」

「市民団体？」

「三人だけどね。そのひとりは、ティム」

「マジで？　ティムおじさんと協力してなにかするってこと？　トレラ、聞いたかい？　それに、悪の巣窟ってなんだよ。どうなってるんだ？」

「今度、必ず教えるわ。情報はものすごく助かった。続けてちょうだい。ほかになにかわかったら、すぐ教えて」

「了解。なんだかよくわからないけど、とにかくうまくいくといいね」

「そっちもね」

　全員で歩道を進むあいだに、声を潜めてライナスの情報をビルに伝えた。ほかの人たちはまだ知る必要がない。情報の持つ意味は、ある程度察しがついた。勘が当たっていれば、手遅れになる前に確認できるだろう。

　そして騒動の中心、リ・ミン・ジン会館に到着した。ブザーを押して、ドアを開けたビーフィーに中国語で言った。「タン・ルーリエンに会わせて」

「いるかどうか確認する」ビーフィーは銃のようにベルトにつけている携帯電話を取った。いない、と即答される覚悟だったので、進歩ではある。ビーフィーを受付係とみなしたことは一度もないが、わたしの受付係用語理論は適用できる。タンは会館にいる。もっとも、わたしたちには間もなく、「いない」という返事が与えられるだろう。

だが、こうしたオフィスゲームに慣れっこのジャクソン・ティンは、ゲームをしたい気分ではなかった。大声で言った。「ジャクソン・ティンが来ていると伝えろ」

ビーフィーが電話をかけると、ジャクソンの名前は呪文のごとき効果を発揮した。ビーフィーは電話を切ってわたしたちをなかに入れ、ドアを閉めた。「ここで待て」

40

ビーフィーが言い終わらないうちに上階《うえ》でドアの開く音がして、階段を小走りに下りてくる足音が聞こえた。眉をひそめたタン・ルーリエンの姿が目に入った。わたしたちの前に来ると、タンは全員を素早く一瞥してからジャクソン・ティンに話しかけた。「なんで、来た？」この一時間で何度聞いたことか。

「わかるだろう」

「わからない。ついておいで。あとの連中はここを動くんじゃないよ」

「だめだ」ジャクソンは言った。「みんな一緒に行く」

タンは全身をこわばらせた。わたしはその険しい顔のなかにジャクソンの面影を探した。ふたりの関係を知って、似ている箇所が見えてきた。もっとも、どれにおいてもジャクソンのほうが、柔らかさがあった。タンの与えた、苦労の少ない人生の賜物だ。

ジャクソンもタンの顔をしげしげ見つめた。そして無言のタンを前にして、独り言のようにつぶやいた。「ほんとうだ。見ればわかる。ああ！」

タンはひと言も発せずにくるりと背を向けて、三階のこぎれいな私室ではなく、以前ミスター・ルーが使ったエレベーターの裏の粗末な応接室につかつか入っていった。今回は賓客ではないことを知らしめるためではなく、わたしたちのいることが館内に知れ渡る前に話をつけてしまいたいからだろう。

全員が入るのを待ってタンはドアを閉め、ジャクソンに言った。「ここに来るべきではなかった」

ジャクソンが答える前にメルが怒りをぶつけた。「あなたが妹を誘拐したからいけないのよ」

口を閉じていてと指示したのは無駄だった。もっとも、あれはメルよりもティムを念頭に置いてのものだった。

タンはゆっくりメルに顔を向けた。「なんの話？」と、慎重に言った。

「とぼけないで！」メルは携帯電話を出して動画を再生した。

タンは表情を変えずに画像を眺め、画面が白くなると言った。「もう一度」

メルは再生した。

「彼女を解放してくれ」二度目の再生が終わると、ジャクソンは言った。「こんな真似をする必要はなかった。売却話はもうまとまっていた。発表する準備ができていなかっただけだ」

タンはジャクソンをじろじろ見て、小さな笑い声をあげた。「不動産業者だってのに、嘘が下手だね」少しして微笑んだ。「あたしはそのほうがうれしい」微笑を消す。「ここで待ってなさい。あんたたちも」部屋の隅へ行ってこちらに背を向け、携帯電話でメールを送った。返信が来た。もう一度メールして、電話をしまう。戻ってきてドアを開け、ビーフィーを呼んだ。

タンは低い声でビーフィーと言葉を交わした。ビーフィーは携帯電話をベルトから取って手短に話した。一分と経たないうちに、白のTシャツを着たビーフィーよりも少し背が低いがもっとがっちりした男――親戚だろうか？――が階段を下りてきて、ビーフィーと見張りを交替した。

「あんたたちはゴンニュウとここで待ってなさい」タンは言った。「すぐ戻る」

「いやよ！」メルが言った。「わたしも一緒に――」

「マオリ、あんたと妹はチョイ・メンの親族だ。あたしはあんたが成長するのを見てきた。あたしがナットに危害を加えると本気で信じているのかい」

「なにを信じたらいいのか、わからない。いま信じられるのは、あの動画で見たことだけよ」

「なにも恐れる必要はない。ここで待ってなさい。すぐ戻るから」

ビルはいつでも動ける体勢でわたしの合図を待ち、わたしはメルの様子を窺った。

メルはタン・ルーリエンの目をじっと見た。

タンは瞬《まばた》きひとつしなかった。

と、メルが脇に避けてタンを通した。

タンはジャクソン・ティンをちらっと見て部屋を出ると、どこへともなく行ってしまった。

ビーフィーはドアを閉め、腕を組んでわたしたちひとりひとりを順繰りに見た。

タンは彼をゴンニュウと呼んだ。

ゴンニュウは中国語で牡牛を意味する。

ほんとうにビーフィーという名だったのだ。

室内には十分な数の椅子があったが、誰も腰を下ろさなかった。

ジャクソン・ティンは落ち着きなく歩きまわった。わたしたちを避けるようにして歩き、目を合わせようともしない。無理もない。生みの母だと一時間足らず前に知ったばかりの女と対峙したうえに、その女は窓の取り付け業者の殺害、組合代表の妻への暴行その他諸々の悪事のみならず、ナタリーを誘拐した犯人でもあると糾弾されているのだ。

メルはドアの横で自分を抱きしめるようにきつく腕を組んで突っ立ち、ティムに体を支えられていた。

「タンをひとりで行かせて、よかったのかしら」わたしはビルにささやいた。「戻ってこないかもしれない。ナットも」

ビルは、歩きまわるジャクソンを見て言った。「タンはジャクソンが子供のとき以来ずっと会っていなかったし、彼に悪い印象を持たれている。戻ってくるさ」

〝悪い印象〟とはずいぶん控えめな表現だが、聞き流した。

十分が過ぎた。タンが行ってから四十回くらい時間を確認していたから、間違いない。ジャクソンと一緒に歩こうかと思ったとき、メルが叫んだ。「もう、待てない！　あの女はわたしたちをだまして逃げたのよ。警察に通報するべきだった。いまからするわ」携帯電話を出す。

ビーフィーが腕をほどいてメルに詰め寄った。ビルがメルの脇に立つ。

ティムも身構えた。

兄がビルとタッグを組んで闘うところを見たかったが、腕をつかんだ。「正気？」わたしは小声で答めた。「ボコボコにされるわよ」

「放せ！」

「ビルに任せておけば大丈夫」正直なところ不安はあったが、兄をおとなしくさせておけば加勢できる。

メルが腕をうしろに伸ばして、ビーフィーから電話を遠ざけた。

ビルがふたりのあいだに割り込んだ。

ビーフィーがその肩をぐいと押す。

ビルが押し返す。

ティムがこぶしを握った。

わたしは兄を押しのけて、ビルと並んだ。

乱闘寸前のそのとき、ドアが開いた。

誰もが動きを止めた。戸口に立った三人に視線が集中した。

髪や衣服が乱れ、疲れ果てたナタリー・ウーがおずおずと足を踏み入れ、メルに気づいて言葉にならない声を発して駆け寄った。

メルは妹を抱きしめた。まだ戸口にいるタン・ルーリエンの背後に、前に三度見かけた長身の痩せた男が、袖に赤線の入った黒の革ジャンパーを着て立っていた。誰も素性を知らない、チャイナタウンの者ではないギャングだ。

41

でも、男の素性はたぶんわたしの考えているとおりだと思う。

メルがナットをなぐさめているあいだに、タンと長身のギャングは室内に入ってきた。タンの指示を受けたビーフィーが、部屋の外に出てドアを閉める。

わたしは長身のギャングに向かい合った。「おやおや。あなたはジョニー・ジーね？　香港から直行したのかしら。ブラックシャドウズのかつてのボス、いまはリ・ミン・ジン・香港の幹部」

「それに」ビルがつけ加える。「名バイク乗りにして射撃の達人。ニューヨークへようこそ」

ジャクソンは言った。「投資家でもある。プロジェクトへの出資を考えていると言っただろう」

「おい、待て」ティムがわめく。「バイク乗りだって？　射撃の達人？　こいつがぼくに発砲したのか？」最後のほうは金切り声だった。

タンは手を挙げて制止した。ジーは激しい憤りを全身から発散して、全員を押しのけて窓辺へ行き、外を見つめた。一階のここからは裏庭のレンガ壁しか見えないが、どのみち眺望を楽しむためではない。

タンはジーから視線をはずして、メルとナットに言った。「悪かったね。知らなかったんだよ。知っていれば止めていた」

メルは小さくうなずいた。

タンはジャクソンの前に行き、ほかの誰も目に入らない様子で直接話しかけた。「あんたに知ってもらいたくなかった。かえすがえすも残念だけど、いまさらどうしようもない。とうに承知だろうけど、あたしがあんたを産んだ。ジョニーが父親だ」

ジャクソンはその場に根が生えたかのように立ちすくんでいた。なにも言わず、なにも尋ねない。

兄のティムは説明を求めることにかけては、じつに頼りがいがある。どんなことでも知る権利があると思っているらしいのだ。「いったい、なんの話をしている?」タンに詰め寄った。「彼は何者だ」とジョニー・ジーを指す。「そもそも、あなたは何者なんだ。なにがどうなっている?」

兄の疑問はもっともだ。堅物の兄がリ・ミン・ジンの構成員を知っているわけがない。奇妙な同志、ビッグ・ブラザー・チョイを除いては。ティムの当惑は、攻撃性を欠いた形でメルの表情に反映されていた。タンの素性は知っていたものの、ジャクソンがここにいる理由をいま初めて聞いたのだ。メルの陰から覗き見ているナットも、混乱している態だった。パニックよりはましだ。きょときょとしていた目が、落ち着きを取り戻しつつあった。

「タン・ルーリエンはリ・ミン・ジン・ニューヨークの最高財務責任者なのよ」わたしはティ

ムに説明した。「臨時のボスでもあるわ。ビッグ・ブラザー・チョイが病死し、ミスター・チャンが殺されたあとの」

　口を開きかけた兄を制して、全員に向かって話した。「タン・ルーリエンが三十年以上前に香港からここへ来たとき、彼女はジョニー・ジーの子を身ごもっていた。あなたは知らなかった。そうでしょう？」窓辺にいるジョニー・ジーは、反応を示さなかった。わたしは続けた。「タンは赤ん坊を手放し、リ・ミン・ジンの資金管理などをして半生を過ごし、そのあいだ離れたところから息子の面倒を見ていた」

　ジャクソンはいまだ身じろぎもしない。ほかの人たちが納得した表情を浮かべ始めたのが目の隅に入った。

「なぜだ？」ジャクソンがようやく口を開いた。「だったら、どうして……」ぼくと一緒にいなかったのか、と訊きたいのだろうが、彼は言葉にしなかった。

「その探偵の言ったことが」タンは言った。「間違っているからさ。ジョニーは知っていた」

　それでもジョニー・ジーは振り向かなかった。体をこわばらせたうしろ姿から、激しい怒りが伝わってきた。

「あんたがいたら」タンは言った。「ブラックシャドウズであの地位に留まっていることはできなかった。あんたを裏社会から切り離しておくことも。あたしたち親子はジョニーに養われ、あんたはギャングのなかで育つ。そして、ジョニーが堂《トン》への加入を認められたら、そこで育つ。どっちも避けたかった。冒険心や権力へのあこがれでギャングになる連中が多いけど、あたしは自由でいたいからブラックシャドウズに入った。将来の選択肢なんてほとんどないなかで、それを選んだ」

タンはジャクソンの目をじっと見つめて言った。「あんたにはたくさんの選択肢を持ってもらいたかった」

ジャクソンは目を逸らした。

タンは険しい表情を変えなかったが、寂しげな目をしたように思えた。

「あたしは誰にも見つからずにニューヨークへ来た」タンは語った。「だけど、ジョニーはあきらめずに捜し続けたから、いずれ見つかると覚悟していた。あたしを取り戻すためではなく、あんたを求めてやってくると予想していた」

ジャクソンがようやく口を開いた。「ぼくを求めて」質問ではなく、理解したことを示すために繰り返した。

「あんたを守るためには、堂に入るしかなかった。ジョニーは、まだブラックシャドウズのギャングだった。堂の後ろ盾があれば、あんたもあたしも安全だった。でも」彼女は言った。「一緒にいるのは無理だった。若い女がリ・ミン・ジンに加入すること自体、難しい。資金運用の才があったからどうにか叶ったけど、幼子を抱えた母親が加入するなんてとんでもない。たとえ加入できたとしても、あんたをギャングのなかで育てたくなくて香港から逃げてきたことが無駄になる。マリア・ティンはあたしのいとこだよ。マリアとキーはとても子供が欲しかったのに、子宝に恵まれなかった。だったら、やることは決まっている。そして」タンは微笑んでつけ加えた。「あんたにいい結果をもたらした」

「いい結果をもたらした」ジャクソンは繰り返した。「あなたの……援助で」

「そうよ。あんたを育てることは叶わなかったけど、自分の息子だもの。リ・ミン・ジンの事業で出た利益の取り分で、あんたを寄宿学校や私立大学、大学院へ行かせた」

「そのことを知っていたのか」ジャクソンは訊いた。「ぼくの両親は」と、強調して発音した。

「両親は金の出どころを知っていたのか」

「あたしの金だとは知っていたけど、あたしがリ・ミン・ジンに入っていることはまったく知らなかった。リ・ミン・ジンに入ったとき、マリアとキーには会計事務所に就職したと話したからね。あたしが事務所で昇進を続けていると思わせておいた。そのほかのことは、なにも知らなかった。あたしはあんたの成長を、離れたところで見守っていた。キーとマリアを堂に結びつけられるようなことがあってはならないから。あんたが高校のディベートクラブで決勝に出たとき、見にいったのよ。大学の卒業式も。公開イベントなら誰にも気づかれないからね。あんたはMBAを取ってキーの会社に入り、仕事を学んでいった。あたしは、とても誇らしかった。あんたには天賦の才があった。数字に強いあたしの才を受け継いでいた」

ジャクソンはしばらく黙っていたあと、硬い声で言った。「ほかの面でも後押しした」

タンはうなずいた。「それが必要なときは」

ジャクソンが言っているのは事業を巡る暴力事件だが、わたしは別のことに思い当たった。

「アイアンマンは、あなたが堂から金を盗んでいると疑っているわ」

室内にはタンとジャクソンのほかに六人いたが、タンは初めてそれに気づいたかのようにはっとして振り返った。わたしの目をとらえて言った。「アイアンマンが間違ってるのさ」

「ええ、そうね。ジャクソンがキー・ティンの会社を継いでもっと大きな開発計画に乗り出すずっと以前に、あなたは堂の資金投資を管理する権限をチョイ・メンに与えられていた。そこで、投資した」

ビルが最初にその意味を悟って、にんまりした。「そうだったのか。いくつもの幽霊会社を抱える幽霊会社のグループ、〈スター・グループ〉だ。ティンに投資する正体不明のグループの正体はあなただった」

42

「あんたが?」ジャクソンはタンに言った。「あんたが〈スター・グループ〉?」

「スターフェリーのスターね」わたしは言った。「香港の永遠の象徴」

タンはにやにやした。「正解よ。事業に幸運をもたらす名前をつけたかったけど、あまりに中国風だとばれるかもしれないからね」ジャクソンに目を戻した。「あんたは長年にわたってリ・ミン・ジンをたっぷり儲けさせてくれた」

「あんただけではなく、堂《トン》も? 堂がプロジェクトに出資していた?」

「あんたは身の丈――キーが手がけていたよりも大きなプロジェクトに乗り出したとき、資金集めに苦労した。計画は頓挫寸前だった」

「そこへ、どこからともなく〈スター・グループ〉が現れた。誰かがプロジェクトに将来性を見出してくれたと思った。ぼくのビジョンや実行力を信じてくれたのだと」

「もちろん信じたわよ」

「違う。あんたがぼくを支えた理由は、ぼくの……」ティンはその言葉を口にすることができなかった。

「リ・ミン・ジンの資金を一般企業に投資するのは、仕事の一部よ。あんたを〝支えた〟のではない。あたしは資金を増やす責任を忠実に果たしただけ。リ・ミン・ジンの利益にならないと思ったら、投資しなかった」

「一般企業に投資する」ジャクソンはその言葉をレモンでも嚙むかのように発音した。「つまりは、汚い金をきれいにした。教育費を払ってくれた堂に、ぼくは恩返しをしていたのか。あんたは長年のあいだ、堂の資金をぼくのプロジェクトを通じて洗浄していたんだ」

「あたしの仕事は資金の投資よ」タンは言った。「あんたのプロジェクトを選ばなかったら、別のところに投資していた。あんたの競争相手だったかもしれない。だけど、あたしのしたことで、あんたは害を被った？　どうなの？」

「被りかねなかった」ジャクソンはいきり立った。「誰かに見つかったら、ぼくは破滅していた」

「これまでずっと、誰にも見つからなかったわよ」

誰も調べようとしなかったからだ、とわたしは思った。

ジャクソンは返す言葉が見つからないようだった。

わたしは見つけた。「でも、〈スター・グループ〉はフェニックス・タワーに出資しなかった」

「そりゃ、そうよ」タンは言った。「できるわけがない。チョイ・メンは計画に反対だったから」

「では、秘かに出資したんですか？　あれも――」――ライナスの情報を思い返した――

「〈アドバンス・キャピタル有限会社〉もあなただったんですか?」

「違う」窓辺の男が大声を発した。「おれだ」ジョニー・ジーが怒気をはらんだ目をして振り向いた。「母親のルーリエンは」と、ジャクソンと同じくレモンを嚙んでいるかのように言った。「何年ものあいだ、息子をおれの手の届かないところに置いていた」

「あんたには息子が三人と素敵な娘がふたりいる」タンはおだやかに言った。

「だが、こいつは初めてできた子だ。おれの長男だ」

ジャクソンは血の気を失っていた。

「遠く離れていても、忘れたわけじゃない」ジョニー・ジーは、タンから数フィートのところに立った。ふたりともわたしたちに視線を据え、互いの目を見ようとしなかった。「おれはアメリカから報告を受け取っていた」

「知ってたわよ。あんたの手下がここにいることは」タンは言った。「チョイ・メンの保護があれば、危険はなかった」

「なにがあったんです?」わたしはジョニー・ジーに訊いた。「なぜ、ここへ来たんですか」

ジーは無言だ。タンが答えた。「フェニックス・タワーは野心的なプロジェクトよ。ジャクソンが会社を継いだ直後のプロジェクトはキーのときとは桁違いに大きかった。今度もそのときと同じくらい、これまでのものとは違う。不動産帝国への足がかりになる」

「不動産帝国だと?」兄はわめいた。「地域を破壊してもかまわないのか!」

タンは肩をすくめた。「地域に変化はつきものよ」

わたしはティムを睨み、メルは腕を押さえた。そのどちらかが効いて、兄は顔を真っ赤にしたものの、口を閉じた。

「だけど」タンは言った。「開発区域内の細切れの土地をひとつにまとめる必要があったから、多くの投資家が警戒して様子見をした。〈スター・グループ〉までもが出資しないので、誰も出資しなかった。プロジェクトは資金難に陥った」

「そこで、資金が集まらなかったとき……」ジャクソンの声は先細りになって消えた。

「あたしはジョニーに相談した」

「ついに」ジョニー・ジーは言った。ほくそ笑んでいる。「ついに、おれが必要になった」

「リ・ミン・ジン・香港の幹部にかけた電話ね」わたしは言った。「あれはジョニーにかけた電話だった。このことを相談するための」

タンは眉間に皺を寄せた。「どうしてそれを――」

「アイアンマンよ。あなたは携帯電話を使って盗聴を防いだけれど、電話をかけたことは知れてしまった。あなたと香港の幹部はリ・ミン・ジン・ニューヨークを切り捨てる計画を話し合っている。アイアンマンはそう誤解したのよ」

ジョニー・ジーが言った。「計画？　そんなものあるわけないだろ。リ・ミン・ジン・ニューヨークは大事な財産だ」

「そうでしょうね」わたしがうなずく傍《かたわ》らで、タンは低い声で罵った。罵る際のご多分に漏れず母語だったが、〝アイアンマン〟は英語だった。「タン・ルーリエンが資金管理の責任者だから、なおさら大事だった」わたしは続けた。「お腹の赤ん坊とともに逃げた彼女にこれまで手を出さなかったのは、それが理由ね。彼女はニューヨークの組織で、香港のあなたよりも早く出世階段を上ってかけがえのない存在になった。やがて彼女に対抗できる力を得ても、莫大な利益を生み出す彼女を排除するわけにはいかなかった。アイアンマンはとんでもない誤解をしていた。あなたとタンが話し合っていたのは、フェニックス・タワーのことだった。ジャクソンは資金が必要だった。リスクを冒して、長年避けていたあなたに連絡を取る価値があると、タンは判断した。それはあなたの突破口になった。息子と親密になるための手段を手に入れた」

ジョニー・ジーはせせら笑った。「〝息子と親密になるための手段〟かよ。一度も会ったことのない、アメリカ人の男と言ってくれ。くだらねえ。女ってのは感傷的で始末に負えない。たったひとり、そうじゃない女がいると思っていた。だけどおれが間違ってたって、何年も前に思い知らされた。そいつもあんたたちと同じ、腑抜けだ」あざけりを露骨に浮かべた目で、わたしからメル、ナットと見ていった。タンには目を向けず、タンもジーを見ようとはしなかった。

「息子はもうおとなだ」ジーは言った。「親密になったって、なんになる。だが、タンが相談してきた。息子をこれまでずっと遠ざけておいたくせに、いまになって父親のおれを頼ってきた。やむを得なかったからだ。ここぞというときに、力が足りなかったからだ」苦々しげにうっすら笑った。「喜んで力を貸すことにした」

本心は〝喜んで〟ではなく、〝ざまあみろと思って〟か〝勝ち誇って〟だろう。

「タンは言った。おれの息子は」ジーは言葉を続けた。「おれの息子はニューヨークを変える。これを足がかりにして帝国を築く！　それがほんとうなら、会ったことがあろうがなかろうが、どうでもいい。会ったことがないから、なんなんだ？　こいつはおれの息子だ。息子の勝利は、家族の勝利だ」

ジャクソンは呆然として立ちすくんでいる。

しばらくジーに話を続けさせることにした。誰もが事情を呑み込む時間を必要としていた。

「でも、チョイ・メンは会館を売りたがらなかった」わたしは言った。「リ・ミン・ジン・ニューヨークが売却を拒否しているためにプロジェクトが中止になったら、あなたやリ・ミン・ジン・香港は困ったでしょう？」

「そのとおりだ」ジョニー・ジーは冷ややかに言った。「知っていれば、ルーリエンと同じく、出資しなかった。だが、こいつはそのことを伏せていた。そうだな？」と、初めてタンに顔を向けた。その目は憎悪で燃えていた。「こいつは自分の息子を助けるためなら、おれや堂を平気で危険な目に遭わせる」

「あたしたちの息子だよ」タンはまっすぐ前を見て言った。

「一度も会わせようとしなかった息子だ」

「もっといい人生を送ってもらいたかったのさ。こんなのではない人生を」タンは腕をひと振りして、この部屋や会館、リ・ミン・ジンを示した。

「おまえはおれに無理強いしたあげくに香港側ともども窮地に立たせ、ここでもおれの側につこうとしない」

「無理強いなんかしなかった」

「女ならではの無理強いをした！　甘い言葉で家族や息子との絆を説き、情に訴えただろうが！　おまえはなにもかも承知の上で、おれをだました」

「チョイ・メンに面と向かって反対することはできなかった。父親同然だったから」

「おまえはおれを息子から遠ざけ、赤の他人を父親にしやがった」

「あたしはあの子が生まれてからずっと、援助してきた」タンはついに堪忍袋の緒を切らして、ジョニー・ジーに向き合った。「あんたはあたしたちの居所を知ってた。なのに、なにもしないし、手紙ひとつ寄越さなかった。こっそり様子を窺うだけだった。あたしがあんなことをした理由を理解してくれるとは、とても思えなかった」

「おまえがしたのは、息子をおれから切り離すことだった」

ふたりは三十年以上にわたって溜まった鬱憤をぶつけ合った。

「そして」――ジョニー・ジーはにやりとした――「チョイ・メンが死んだ。香港側は膠着状態を打開して開発に取りかかるか、出資を引き揚げるか、どっちかにしたかった。そこでおれが来た。プロジェクトを実際に見るためだ。息子をこの目で見るためだ。おれの力でできあがる帝国の主を、見るためだ」

「ナットを誘拐したのは、なぜ？」わたしは言った。「なぜ、アイアンマンに発砲したの？」

「じれったかったんだよ。膠着状態が続いてて。こっちの意向を示したんだ。息子はおれの助けが必要だった」ジョニー・ジーは再びにやりとした。

そのとき、ジョニー・ジーの話を黙って聞いていたジャクソンが口を開いた。「信じられない。信じられないよ。フェニックス・タワーはチャイナタウンに恩恵をもたらす。みすぼらしいおんぼろの住居の代わりに近代的できれいなアパートメント。学校。公共施設。それに堂の追放！　すばらしいだろ？　ただし、こういうことを可能にするのは、堂の金だった。ふたりのギャング——ろくでなしのギャングの両親——も手助けしている。なんてことだ。泣きたくなるよ」

ジャクソンの嘆きがギャングの両親の気を引いている隙に、わたしはビルの視線をとらえた。ジョニー・ジーはたったいま、凶器を用いた攻撃及び誘拐を認めた。一般人を部屋から出して、あとはすべてメアリーに委ねなくては。あまりにも多くの事実が明らかになった。これ以上ここにいるのは危険だった。よけいなことを知られたと、タン・ルーリエンかジョニー・ジーが判断したら大変なことになる。

だが、いつもひと言多いティムがいた。ジョニー・ジーに向かってわめいた。「なぜ、ぼくに発砲した？　どんな意向を示したかった？」

「おまえに？」ジョニー・ジーはじろっと睨んだ。「どこの誰かも知らないおまえに？」

「ごまかすな！　アイアンマンのときと同じだった。オートバイ、メモ。なぜだ？」

ジョニー・ジーは両の手をこぶしにした。「おい、青二才——」

「いま、なんと言った？」

すばらしい。自分自身に的を描いて、殴るものを探していたジョニー・ジーに差し出すとは、さすがティムだ。

「このへんで。おしまいにしましょうよ」わたしは言った。「さあ、みんな——」

だが、おしまいにはならなかった。

43

部屋の外で怒声が巻き起こった。ひとりの声ではない。英語あり、中国語あり。全部、男の声で一様に、なかに入れろと叫んでいる。下がれと警告するビーフィーと相棒の声が交じった。タンは唇をきつく引き結んでつかつかと戸口へ行き、ドアを開け放った。ビーフィーと相棒が防波堤のごとくに、男たちの集団の前に立ちふさがっていた。みな若い構成員ばかりで、年配者は見当たらない。全員がいきり立ち、武器を持っている者もいる。アイアンマン・マが一番前でビーフィーたちの壁を突破しようとしていた。

「なにをしている？」タンが中国語で怒鳴る。「どういうつもりだ？」

やにわに、しんと静まり返った。数人がばつが悪そうにもじもじする。「盗人」「追いはぎ」などと、声高にあるいはひそひそと言う声が聞こえた。ひとりが叫んだ。「裏切り者！」

「誰だ？　誰が言った？」タンは漂流物をどかす泳者のようにアイアンマンを押しのけて、集団に分け入った。「あたしを裏切り者と呼んだのは、誰だ！　あたしは半生を堂《トン》に捧げたんだよ。前に出なさい。面と向かって言ってごらん」

誰も動かなかった。

「思ったとおりだ。アイアンマン、あんたの仲間は揃いも揃って臆病者だ。立派な友人を持ったもんだね」タンはアイアンマンを頭のてっぺんから爪先まで眺めまわしてから男たちのほうを向いて、冷笑した。「あんたたちも立派な友人を持ったね。さあ、行った、行った」

タンは集団に背を向けて、部屋に戻った。侮蔑を滲ませ、まったく怯んでいない。アイアンマンもそれを感じ取った。

「タン・ルーリエン！」と声を張り上げる。「あんたはチョイ・メンには忠誠心を持っていたが、おれたちには持ってなかった。おれたち全員がそれを知っている」アイアンマンも中国語で話した。おそらく、聴衆を確実に留まらせるためだろう。「チョイは死んだ。リ・ミン・ジンへの忠誠心を証明するのは、いましかないぞ」

タンは立ち止まった。うしろ向きのまま、苦々しげに一語ずつ強調して言った。「忠誠心を証明する？」

アイアンマンは言った。「あんたは鍵を持っている。どこのドアの鍵か教えろ。隠してある宝を見せろ。おれたちに返せ。正当な持ち主に返せ」

タンはおもむろに向き直って、集団をしげしげ眺めた。「リ・ミン・ジンも落ちるところまで落ちたもんだ」長々と間を置いた。「チョイ・メンを葬ったのは、数日前。チャン・ヤオズは、ほんの数時間前。あんたたちは、あしたまで待って故人に安らぎを与えることもできないほど、欲の皮が突っ張っているのかい？　あした、あんたたちの満足のいくまで調べていいと言ったはずだ。どこでも開けて、宝なんかないことを確認すればいい」

「安らぎを与えることに異存はないさ。あんたも与えるならな」アイアンマンは大声で言った。

「だが、あんたはチョイ・メンやヤオズを裏切ろうとしている。あした調べたって、宝は見つからない。あんたともども消え失せている。ほかのやつらもみんな。そこに誰がいるか知ってるぞ、タン」体を斜めにして、人だかりに向かって話しかけた。「ジャクソン・ティン！ それにウー・マオリ。その妹。リ・ミン・ジン・香港のジョニー・ジー。私立探偵がふたり。なんでこっそり会っていたのか？ 盗んだ金の分配について話し合っていたのか？ 会館のことか？ 金も会館も、おれたちのものだ！」

兄は声を潜めて、メル、ナット、それにそばに来て耳を澄ましているビルに通訳した。メルは最後の言葉が我慢ならなかったらしい。悪態をついて部屋を出ると、タン・ルーリエンの傍《かたわ》らに立った。

「この建物の所有者はわたしです」と、宣言した。「会館内のすべてが、わたしに帰属する。所有権を主張したい物品があれば、訴訟を起こしなさい。建物の損傷と物品除去の差し止め命令をすでに取得しています。いますぐ発効し、有効期間は全員が退去してわたしが単独所有者になるまで」携帯電話を掲げて、発令を確認したふうを装った。「間もなく書類が配達されます」

一から十まで出まかせだ。前に差し止め令の話をしたとき、メルは改修が必要だから穴だらけになっても大差ないという理由で、申し立てをする気がなかった。そして宝が見つかっても争奪戦をさせておくつもりだった。だが、会館の所有者であり、不動産専門の弁護士でもあるとあって、抜群の説得力だった。

「帰らせてもらうわ」メルは言った。「わたしと妹、それにほかの人たちも。書類手続きはまたあらためて。いまは、ここに一分でもいたくない。道を空けて」

メルはさっきわたしがしたように一般人を立ち去らせようとしていた。これから内部抗争が勃発するかもしれないのだ。

「だめだ」仲間を背にして、アイアンマンは言った。「鍵を開けて隠されているものを見せろ。そうしたら、帰っていい。もちろん、宝は置いていってもらう」

メルは一歩前に出て、アイアンマンと顔を突き合わせた。視線がぶつかって火花を散らしたと思ったとき、玄関のドアがバタンと開いて新たな声が聞こえた。「このたわけた真似はなんだ」

アイアンマンがはっと振り向く。ルー・フーリがリ・ミン・ジンの古参構成員たちを引き連れて入ってきた。アイアンマン一派と同様、こちらも銃や刃物を携え、二名は金属バットを持っていた。

ルーは手下を従えて数歩進み入り、怒声を轟かせた。「アイアンマン・マ、これがおまえのやり方か？　こうやって堂の指導者たる力があることを示しているのか？　そのためにありもしない宝を口実にしてこの者たちを焚きつけ、チョイ・メンの姪を襲わせるのか？」

「ルーじいさん、あんたの時代はもう終わった」アイアンマンが怒鳴り返す。若い構成員たちは紅海のようにふたつに分かれて、ルー・フーリに通じる道を作った。アイアンマンはその道を半分まで進んだ。「あんたはこの建物がなくなれば、行き場を失った構成員たちが〝優れた経験〟とやらに従って新しい本拠についてくると思っている。なにが〝優れた経験〟だ！　あんたにはくたびれた老いぼれの時代遅れの考えしかない」首を傾げてみせる。「もしかして、あいつらと宝を山分けする密約を交わしているのか？　そうか。それで、チョイ・メンの愛したこの会館をジャクソン・ティンにぶっ壊してもらいたくてたまらないんだ」

アイアンマンがチョイ・メンや彼の会館への愛を引き合いに出すとは、偽善の最たるものだが、いま指摘するわけにはいかない。

「もう、たくさんだ！　やめろ」ジャクソン・ティンが進み出た。中国語での口論を逐一追っていたのは明らかだが、これだけはまだ自分のものだと主張するかのように、英語で話した。全員の視線が集中した。「このおんぼろ会館を誰が愛したかなんて、知ったこっちゃないが、あんたたちが後生大事に持っていろ。プロジェクトは中止する。ぼくの評判が落ちないよう、うちの広報がうまくやってくれることだけを願っている」うしろにいるタン・ルーリエンとジョニー・ジーに向き直った。「ありがとう、母さん、父さん」一語一語から憎悪がしたたり落ちた。「まずぼくを捨て、次には利用することを思いついてくれて。あんたたちはクズだ。地獄に堕ちろ」

重苦しい静寂がロビーに満ちた。わたしはビルにうなずいた。ビルはティムとナットをそばに引き寄せた。わたしはメルに目配せして、全員でゆっくり玄関へ向かった。ジャクソンがついてきていればいいのだが、振り向いて確認するのは我慢した。とにかく、堂の連中を残してここを出るのが先決だった。まだ残っている疑問については、あとで考えればいい。

ルーが脇へ避けて道を空ける。

だが、アイアンマンは譲らなかった。

「だめだ、と言っただろ！」とわめく。「その鍵を使って宝を見せるまでは、帰さない」

背後にいたアイアンマンが銃を構えるところは、見なかった。弾が空気を切る音を聞き、漆喰の破片が頭に降ってきて、初めてそれを知った。アイアンマンの撃った弾が天井に穴を穿っていた。

くるりと向き直って「狂ったの？」と怒鳴った声は、いっせいに巻き起こった騒音に消された。別方向から飛んできた弾が照明を砕き、ガラス片が降り注ぐ。男たちがいっせいにこぶしや金属バットを振り上げた。

タンが「やめろ！」と叫んだが、効果はなかった。

ルー一派がロビーになだれ込んでアイアンマン一派に襲いかかり、玄関前に空間ができた。ビルがナットの肩を抱いて走り出す。そのうしろからティムが走ってきて片手でメル、もう片方でわたしをつかんでビルに続いた。兄は乱闘の最中《さなか》を突き進み、わたしを安全な場所へ連れていこうとしていた。

比較的安全な場所へ。玄関前で急停止して、全員で両手を高く掲げた。警官がびっしり並んで防護盾の壁を作っていた。

44

「ああ、もうっ！」メアリーはメガホンを使わずに叫んだ。「早くそこを離れて！」

ＮＹＰＤの多数のパトカー、エマージェンシー・サービスのトラック二台、それに爆弾処理班のヴァンが道を塞いでいた。ブロックの先のほうに救急車が待機している。ヘリコプターのローター音がやかましい。

背後でリ・ミン・ジン会館のドアが音高く閉まった。みなでいっせいに駆け出した。左右に分かれた防護盾の隙間を抜ける。警官隊のうしろにヘルメットと防弾チョッキをつけたメアリーとクリス・チェンがいた。

「連中は武装しているわよ」ビルと駆け寄って、ふたりに告げた。「リ・ミン・ジンの二派閥。刃物や金属バット、銃を持っている」

「あのね、なんでわたしたちがここにいると思う？」メアリーは言った。「構成員が集団で会館へ向かっていると、通報があったのよ。なんであなたがここにいるのか、ぜひとも聞かせてもらいたいけど、いまは時間がない。愚にもつかない言い訳はあとでして。銃声が聞こえたけど、怪我人は？」

「いまのところ、いない。乱闘はまだ続いているわ」

「なかに一般人はいる？　リ・ミン・ジンの構成員だけ？」

わたしは周囲を見まわした。メル、ナット、それにティムがパトカーへ誘導されている。

「ジャクソン・ティンが残っている」

「ティンがあそこに？」

「それに、素性のわからなかった背の高いギャング。あの男はリ・ミン・ジン・香港の幹部よ。ティンの実の父親。そして、タン・ルーリエンは生みの母」

「え？　えーっ！」

「ティンはその事実をついさっき知った」

「この騒動の原因はそれ？」

「いいえ。あそこに埋まっているという噂の宝が原因。アイアンマンは、タンがそれを持ち逃げすると疑っている。ルーは宝の存在を否定し、それを利用してアイアンマンがボスの器ではないことを証明しようとしている」

「宝？　なんの話だ？」と、男の声。

振り向くと、制服姿のハンサムな細面の白人がいた。五分署のトニー・イープライル警部だ。隣にはワイシャツとネクタイの上に防弾チョッキをつけた、アジア人の青年。メアリーがメガホンを渡す。

「レン・シェ、人質解放交渉を担当しています」と青年は自己紹介した。「状況を教えてください」

「人質は何人いる？」と、イープライル警部。

わたしは言った。「堂《トン》の構成員以外という意味なら一名ですが、正確には人質と言えるかどうか。なぜ一緒に来なかったんだろう」

「状況をお願いします」と再度訊かれて、ときおりビルの補足を交えながら説明すると、シェは素早くメモを取った。

「連中はほんとうに宝が埋められていると思っているんですか？」シェは聞き終わると言った。

「さあ、どうかしら」わたしは言った。「アイアンマンはそう言っているけれど、なんでも知っていると仲間に誇示したいだけかもしれない。タンとルーは否定している。でも、ルーは建物が壊されることを望んでいて、宝がないほうが都合がいい」

「よし」イープライル警部が言った。「きみたちはパトカーに乗って、車外に出ないこと。レン、始めてくれ」

シェはメガホンを掲げて、落ち着いた口調で呼びかけた。

「ルー・フーリ！　アイアンマン・マ！　おれはレン・シェ。電話番号を教える」番号を言った。「きみたちの抗争は周囲の人々を危険にさらしている。ただちに中止しろ」シェは広東語、次いで北京語で繰り返した。

銃声はしなくなったが、ドアは開かなかった。わたしもビルもパトカーに乗らなかった。警官はわたしたちをどうするだろう？　まさか撃ちはしないだろう。実際のところ、気づいてもいないようだった。

シェが再び呼びかける。「ジャクソン・ティンとそのほか希望する者を外に出せ。発砲はしない」これも二度繰り返した。

なにも起きなかった。

わたしはビルに耳打ちした。「NYPDには不可能を可能にする力があって、堂をひとつにまとめることができるかしら?」

「それは意図しなかった結果の不運な例と言えるだろうな」

「びっくり」わたしは言った。「メルとそっくりの話し方ね。それに、ティムともそっくり」

「ルー! マー!」交渉人が叫んだ。「リ・ミン・ジンは一世紀にわたってチャイナタウンで敬意を払われてきた。ふたりの尊敬すべき指導者を葬ったばかりではないか。こんな形で堂を終わらせたいのか?」反応はない。「話をしよう。道路は封鎖され、近隣住民は怯えている。彼らは平穏な日常生活を望んでいる。リ・ミン・ジンはそのためにあるのではないか? スポーツのチームや奨学金はどうなる? なにもかも水泡に帰していいのか? 話をしよう。力になる。だが、これを続けさせるわけにはいかない。電話を待つ」

なにもなし。

少なくとも、シェの電話は鳴らなかった。

だが、わたしの電話が鳴った。

慌ててポケットから出して、ディスプレイを見た。「アイアンマンよ」周囲に知らせて電話に出た。イープライル、シエ、ビル、メアリー、クリスが即座にわたしを囲んだ。

「警察を追い払え」と、アイアンマン。

「警察を？　わたしが？　頭がどうかした？　アイアンマンが慌てふためいているから、黙って立ち去って、と頼んだって警察は耳を貸さないわよ」

「これはリ・ミン・ジン内部の問題だ」

「そのくらい、わかっているわよ。いま、なにをしているの？　室内で戦争ごっこ？　脱出ゲームを本物の銃でやっている？　NYPDとしては互いに殺し合って全滅してもらいたいだろうけれど、あいにく〝保護と奉仕〟のモットーという厄介なものがある」電話をシェに渡せと、メアリーが苛々してその身振りをしたが、アイアンマンが耳元で話していた。

「耄碌《もうろく》じじいたちは、好きにすればいい。おれは宝を手に入れないうちは、出ていかない」

「そこになかったら？」

「ここにある！　絶対にある！」

「あなたは間違っているし、頭がおかしいのよ。電話を交渉人に渡すわ。さもないと、汚い言葉を使ってしまって、まとまるものもまとまらなくなるから」電話をシェに渡した。

「やあ」シェはおだやかに話しかけた。「アイアンマンだね。おれはシェ。そっちの状況と要求を話してもらいたい」うなずきながら聞き入って、しまいに言った。「怪我人がいないなら、安全に投降する手順を決めよう。まずはドアを開けて、立ち去りたい者全員を立ち去らせる。だめだ。希望者全員が出るまでは、だめだ。出てくるときは、丸腰で両手を高く上げる。いや、それは認めない。だったら？　武器を携帯していないこと、負傷していないことをわれわれが確認する。確認が終わった段階で、次の手順を教える。だめだ。やめておけ。外を見ろ、アイアンマン。われわれは襲撃をかけることも、きみたち全員が餓死するまで包囲していることもできる。ドアを破らないのは、なかに少なくとも一般人一名がいると理解しているからだ。この一般人に危険が迫っていると判断した場合は、突入する。いいか、ここにいる」シェは酒を飲みながら友人と雑談しているような屈託のない口調になった――「ここにいる特殊部隊《SWAT》は、おれが口を閉じて主導権を渡せば大喜びする。高価な銃をぶっぱなしたくてうずうずしているんだ。部隊は大型銃を装備し、陸軍のスナイパーが二名いて、派手な銃撃戦が大好きとくる。いったん攻撃が始まれば、おれに止めることはできない。双方の中間地点で会おう、アイアンマン。ドアを開けて、希望者を外に出せ」電話を下ろして、わたしにささやいた。「入口を支配しているのは、あいつの一派？　彼はそう話した？」

「いいえ」

　再度電話を上げて、シェは言った。「アイアンマン、今度はメガホンを使って全員に聞かせる」メガホンを口に当てて呼びかける。「立ち去りたい者は、警察が突入する前にドアを開けて出てこい。丸腰で、両手を高く上げてゆっくり歩く。われわれは発砲しない。こちらをよく見ろ。われわれが突入したあとは、どんな保証もいっさいできない」

　一分ほどはなにも起こらなかった。

　すると、ドアがわずかに動いて、外を覗くことができる程度の隙間が一、二インチできた。数秒後、ドアが大きく開いて禿頭の太った男が手を上げて出てきた。ルーの手下だろう。防護盾を持った警官が駆け寄って、離れた場所へ連れていく。そのすぐあとに痩せた男がひとり、それからさらに三人。年格好はさまざまだが、全員がルーの手下だった。ルー一派が入口を支配しているか、ルーの手下だけが脱出を希望したかのどちらかだろう。ひとり出てくるたびに警官が確保する。もうふたり、そしてルー。ジャクソンはいなかった。タンも、ジョニー・ジーもいないが、うまくいきそうだ。

そう思ったのは間違いだった。シェが再びメガホンで呼びかけようとしたとき、車のバックファイアのような銃声が聞こえた。

ルーが胸を真っ赤に染めて倒れる。

大騒動が勃発した。

会館のなかと外とで銃弾が飛び交った。警官隊がいっせいに突進する。弾の当たったガラスが砕け散る。命令する声。わめく声。金切り声。慌てて歩道に伏せた。

「最悪」わたしはつぶやいた。

体重百六十五ポンドのビルがわたしに覆いかぶさり、びくともしない。

「まだ息をしている？」わたしの心臓が止まった。

「うん」

心臓が再び動き出した。「よかった。じゃあ、どいて」

「どうしようかな」ビルは言った。「居心地がいいんでね」

「どかないと、よくなくなるわよ」

ビルは体をずらすついでにわたしの首にキスをして、傍《かたわ》らに転がった。わたしは文句を言わなかった。

45

大騒動はほんの十分ほどで終わったが、何日も続いたように長く感じられた。ジャクソン、タン、ジョニー・ジー、それに卑劣なアイアンマンのことまでもが頭から離れず、しまいにようやくわたしは彼らのことが心配なのだと気づいた。気づくまで時間がかかったのには、理由《わけ》がある。メアリーとクリスがほかの警官たちとともに会館に突入したので、そっちが心配だったからだ。防護盾を持った班に先導されて、NYPDは誰かが――ビーフィーだろうか？　彼はどうなっただろう――ドアを閉める前になだれ込んだ。長時間の包囲攻撃が不要になったのはさいわいだが、外にいるわたしたちには内部の様子がまったくわからず、髪の毛を掻きむしりたくなった。

会館の外で銃弾が飛び交わなくなるとすぐ、ヘルメットと防弾チョッキをつけた救急隊員が、うつ伏せに倒れているルーに駆け寄った。別の隊員を手招きして呼び寄せ、ルーを担架に乗せて大急ぎで去っていった。まだ息があるのだ。

一緒に車の陰にしゃがんでいるレン・シェは、メガホンとわたしの携帯電話を交互に使って、懸命にアイアンマンと連絡を取ろうとしていた。大声での呼びかけに反応はなかった。電話は留守電になっていた。メールをしても返信はない。声を張り上げたが、返事はない。これが何度も繰り返された。わたしだったら、銃撃戦の最中に警官の呼びかけには反応しない。たとえ、それができる状態であっても。

大騒動は唐突に終わった。銃声がはたと止み、少ししてドアが開いた。ふたり一組になった警官が、手錠をかけられた若者や年配者を連れて次々に出てくる。アイアンマンは最初のひとりで、あざや傷だらけだったが自力で歩いていた。そのあとにふたり、そしてジョニー・ジー。警官に当たり散らしているが、無傷のようだった。さらに数人が続いたあと、流れが途切れた。

「どうしたのかしら」わたしはビルにささやいた。「あとは死んだとか？」冗談のつもりだったが、少しもおかしくなかった。

「館内をくまなく調べているんだろう」ビルは答えた。

シェはうなずいた。「既定の手順だよ」

ひとりの警官が玄関に出てきて、救急隊を呼んだ。三人が急いでなかに入り、別の三人がキャスターつきの担架のそばで、トリアージのために先行した隊員の要請に備えて待機した。やがて要請を受けてなかに入っていき、そのあとに歩ける者は後ろ手に手錠をされ、担架に乗せられている者は担架に手錠を固定して、ぽつりぽつりと数人が出てきた。状況を観察しようと、ビル、シェとともにパトカーのうしろで立ち上がった。ビルはなにも言わなかったが、去っていく警官隊を眺めているあいだ、わたしの手を握っていた。きっと、わたしの激しい鼓動を感じたことだろう。やがて、幼馴染みの親友の見慣れた姿が戸口に現れ、歩道を横切ってきた。肩に包帯を巻いたクリス・チェンを支えて、ゆっくり歩いている。

警官やビルに止められる前に、わたしは駆け出した。もっとも、ビルは止めようともしないで横を走っていた。

メアリーを抱きしめた。「大丈夫？」

メアリーはわたしを抱き返した。「まだいたの？」

「おいおい、おれは？」クリスが嘆く。「抱きしめてくれないのか？　撃たれたってのに！」

「大したこと、ないわよ」メアリーは言った。「ほんのかすり傷じゃない」

「まあ、文字どおりそうだけど」クリスは認めて、首を伸ばして肩を見た。「出血は止まったみたいだ」

「ひどい怪我でなくて安心したわ」

「でも、抱きしめてくれる？」

わたしは要望に応えた。

「なにがあったの？」わたしは訊いた。「ジャクソン・ティンは？　それに、タン。ふたりとも出てこなかったけど」

「見つからなかったのよ」

「どういうこと？　銃撃が始まったときはふたりともいたし、そのとき会館はすでに包囲されていた。いったいどこへ行ったんだろう」

「秘密のトンネルだ」クリスは言った。「きっとイースト川の反対側に通じている」

「もう一度、会館を捜索する」メアリーは言った。「でも、最初の捜索は徹底的だったのに、見つからなかった。タンがティンの母親だというのは、事実なの？」

わたしは肩をすくめた。「そうねえ、なんと答えたらいいのか……」

「とにかく、いますぐ分署に行って答えてもらう」

そこで、そうした。到着すると、五分署は蜂の巣をつついたような騒ぎになっていて、ふたつある留置房は堂《トン》の構成員で満員になっていた。警官やワイシャツ姿のお偉方がひっきりなしに出入りした。ジョニー・ジーとアイアンマンはどちらの房にもいなかった。おそらく、それぞれ取調室をあてがわれる名誉を得たのだろう。

負傷したクリスは、上階《うえ》の刑事部屋で自分の席に座った。メアリーが彼のデスクに腰を預ける。わたしはその向かいの椅子に腰を下ろし、ビルは別の椅子を引き寄せて座った。クリスはNYPDのロゴが入った空《から》のマグカップをいいほうの手でつかみ、物欲しげに見つめた。

「あきれた人ね」メアリーは言った。「そういう真似をするわけ？」クリスは悲しげな顔をこしらえた。メアリーは鼻を鳴らしたが、それでも腰を上げてコーヒーを注いだ。「ビルは？リディア、紅茶を飲む？　リプトンのティーバッグしかないのよ。どうする？」

「それで十分よ。ねえ、すごく心配したのよ」わたしはメアリーが戻ってくると言った。それぞれの手にマグカップを二個ずつ持っているのを見て、ウェイトレスのアルバイトをしていた高校生のころを思い出した。

「ありがとう。だったら、今度はギャングの詰めかけた闘牛場で赤い旗を振る前にわたしとクリスのことを思い出して。あなたは自分の身を心配するほど賢くないみたいだから」

「そんな言い方ないでしょう。実際に起きたことと全然違う」

「そうなの？　では、なにが起きたの？」

「ジョニー・ジーがナタリー・ウーを誘拐したのよ」

「ジョニー・ジー？　何者？」

「背の高い、誰も素性を――」

「ああ、あの男ね。それで？」

わたしは説明を続けた。リプトンではあるけれど、心のなかで紅茶の神に感謝しながら、誘拐やギャング一家の頂上会談の顛末をビルとともに語った。ジャクソン・ティンの建設プロジェクトについてまわる不幸な事故や、ジョニー・ジーのフェニックス・タワーへの出資についても話した。

聞き終わったメアリーとクリスは長々と顔を見合わせたあと、同時にこちらを向いた。「つまり」メアリーは言った。「タンが窓の取り付け業者を殺した。その女性の腕の骨を折った。そういうこと？」

「認めたも同然だったわ」

「ビル？」と、メアリーは眉を上げて確認した。実際に確認が必要だったのか、わたしへの嫌がらせだったのかわからないが、わたしは黙ってしとやかにリプトンの紅茶を飲んだ。ビルはうなずいた。

「下請けには出さず、自分の手でやったと思う」ビルは言った。「なぜこだわるのかと、誰にも、たとえ殺し屋にも不審を抱かれるのを避けて」

「香港のブラックシャドウズで実行員だったとき制裁が楽しかった、とタンは話していたわ」

メアリーはコーヒーを飲み、むっつりして虚空を見つめた。「誘拐の動画を手に入れたとき、通報しようとは考えなかったの？」

「もちろん考えた――」

「けれど、通報するなと言われた」メアリーはうんざりした口ぶりでさえぎった。

「そういう理由ではないわ」

「ふうん。では、どういう理由？」

「ひとつには、ジャクソンが犯人だと確信していたから。タンがジャクソンの母親だとひらめくまではね。そのあとは、タンの仕業だと思っていた」

「両方とも間違っていたじゃない」

「よく考えて、メアリー！　これは身代金目当ての一般的な誘拐ではなかったのよ。警察が介入したら、事態が好転した？」

「銃撃戦は避けられたかもしれない」

「銃撃戦は誘拐とは無関係よ！　ただの偶然だわ！」

四人で見つめ合ってから、吹き出した。

「偶然起きた銃撃戦か」クリスが言った。「いいね。引退したら、その題で本を書く」

「まあ、いいでしょう」メアリーは言った。「ふたりとも帰っていいわよ。よけいなことに首を突っ込むな、とは忠告しない。どうせ守らないし、そうなると頭にくるから」

「もっとも」クリスは言った。「本のネタは必要だけどね」

メアリーはクリスをひと睨みして、言った。「〝生きていて〟なら、守れる?」

「なるべく守るようにする」わたしは言った。「兄はどうなるの? メルとナットは?」

「訊いてみる」クリスは、メアリーが口を開く前に立ち上がった。顔をしかめてうめき声を漏らし、わたしにウィンクして刑事部屋を出ていく。警察独特の喧騒のなかで黙って待つうちに、クリスが戻った。「メルとティムは聴取が終わって解放された。下でナットを待っている。ナットもあと少しで終わると、ヴィーヴァス刑事が言っていた」

「よかった。ありがとう、クリス。早く治るといいわね。さよなら、メアリー」ビルも同じような挨拶をして、わたしたちは退散した。

オーク材の階段を下りていくと、ティムとメルが受付デスクの横で、傷だらけだがぴかぴかに磨き上げたベンチに座っていた。ティムはわたしを長々と睨んでから「これがおまえの日常なのか?」と言った。「想像していた以上にひどい」

「やめなさいよ、ティム」メルはおだやかにたしなめて、わたしとビルに言った。「ふたりとも怪我はなかった?」

ティムが横目でちらちら窺っている。答えが気になるが、そのことを知られたくないかのように。「なんともないわ」わたしは言った。「あなたは?」

「まだ胸がどきどきしている」メルは言った。「こんな一日を過ごすことは、ふだんないもの」

「信じられないだろうけれど、わたしたちも」

「二度とごめんだ！」ティムが怒鳴った。

「信じられないだろうけれど」ビルはわたしのフレーズを借用した。「ぼくたちも」

メルがわたしの背後に目をやって、慌てて立ち上がる。「ナット！　大丈夫？」

ビルとティム、わたしの三人は振り返った。ナットが階段を下りてくる。ナットはメルを抱きしめた。「大丈夫よ。お姉さんは？」

もう一度全員で無事を確認し合って、わたしは言った。「さあ、メアリーに見つかって浮浪罪で逮捕される前にここを出なくちゃ」

46

分署の前で解散するとばかり思っていたら、地球は奇怪な現象を起こす放射線雲のなかかなにかを通過したらしく、ティムが言った。「提案がある。みんな、疲れている。〈タイパン〉へ行ってお茶と菓子はどうだろう」

舌の先まで出かかった——動転していて誰かに一緒にいてほしいのはわかるけど、わたしとビルがいていいの？　あなたは誰？　ティム・チンになにがあったの？　でも、口に出したのは「賛成」。

メルも賛成した。ビルとナットが最後尾について、五人でキャナル・ストリートへ向かった。

すでに夕刻に近く、チャイナタウンのベーカリーが混み合う時間ではなかったので、テーブル席を確保できた。ビルは飲み物を注文しにカウンター、ティムはトレイとトングを取ってショウケースの前に行った。

「ナット」と、メルは言った。「ほんとうに、ごめんなさい」

「なにが？」

「あの不気味な男に誘拐されてしまったじゃない！　会館のことで迷惑をかけて悪かったわ。あなたではなく、わたしの問題なのに」

嘘をつくのが下手なナットは、わたしをちらっと見た。わたしが暴露するのではないかと心配なのだ。疑った罰によほど暴露しようかと思ったが、こちらへ戻ってくるビルに視線を据えて、素知らぬ顔をした。ビルがトレイからテーブルに飲み物を移していると、ティムが戻ってペストリー、タルト、バンズを取り混ぜた七個《ベイカーズ・ハーフダズン》を置いた。五人に七個。砂糖の塊を前にして、全員の眉が上がった。ティムは言った。「なにが好きかわからなかったから」兄が他人を気遣っている——不思議な感覚に襲われた。

馴染みの感覚もあった。実際に格闘したわけではないが、猛烈に空腹だった。トレイの上で何本もの腕が交差して、指をべとつかせ、砂糖やパン屑を散らし、もっちりした生地を引っ張って、半分、四つ、三つに分けて、お茶を飲んではあれやこれやと味わった。全員がいっせいにしゃべり始めた。

「ジョニー・ジーはあなたをどうやって見つけたの？」

「タン・ルーリエンは、ほんとうに誘拐のことを知らなかったんだろうか」

「ティンはほんとうに彼女が生みの母だと知らなかったのかしら」

「タンは息子のために人殺しを？」

「あの悪党め、ぼくを撃ったことを否定するなんて、信じられないよ。アイアンマンを撃ったことは認めているのに、なぜこだわる」

最後はもちろん、いつも言葉数が一番多いティムだ。

わいわいがやがやと賑やかに話をするのは楽しく、兄がビルに礼儀正しくしようと努めているのもうれしかった。その最中《さなか》にポケットのなかで曲が鳴った。『バッドボーイズ』。電話を出した。「ハイ、ライナス」

「いまどこ？　無事？」ライナスは息を殺して言った。

「〈タイパン〉でマンゴー・チーズケーキを食べているところ。もちろん、無事よ」

「あのさ、さっきニュースを見た。ベイヤード・ストリートで銃撃戦があったって。特殊部隊や人質解放交渉人とかいろいろ。それで、ぼくもトレラも心配になって」

「チャイナタウンでのそういう派手な事件には、必ずわたしが巻き込まれているということ？」

「いや、別にそういうわけでは――」

「いいのよ。ほんとうだもの。わたしとビル、依頼人、それにティムもいたのよ。でも、みんな無事だった」

「ティムおじさんが？　銃撃戦に？」

「世の中にはびっくりすることがたくさんあるのよ、ライナス」

「だろうね。ねえ、トレラ、みんな無事だって。だけど、ほんとうにあそこにいたんだって。どういうことだよ、リディア？」

「長い話《ストーリー》なのよ。あとで教えてあげる」

「長い『ＳＴＯＲＹ』！　ＮＦのラップみたいだ。〝あとで〟マンゴー・チーズケーキを持ってきてくれる？」

「え？　ええ、いいわよ」

「よしっ！　トレラ、マンゴー・チーズケーキを持ってきてくれるって！　じつはニュースが入る前、電話をしようとしていたんだ。面白い事実がもうひとつわかったからだけど、あとがいい？」

「いま教えて」もっとも、ジャクソン・ティンが本気でフェニックス・タワー建設を中止するつもりなら、わたしたちの出る幕はなくなる。

「ゴールドコーストの話を覚えている？　ナタリー・ウーが亭主と一緒に不妊治療センターに行った話」

「ああ、いま思い出したわ」わたしはテーブルの向かいにいるナットに目をやった。アンパンを食べながら、なにかを説明する兄の言葉に耳を傾けている。「それがどうかしたの？」

「ふたりだけではなかった。もうひとりもいた」

「もうひとりって？」

「姉だよ。メル・ウー。彼女も行ったんだ」

「彼女が……なんで？」そのとき、頭のなかでクリスマスの電飾がいっせいに灯った。「ありがとう、ライナス。あとでかけ直す」

わたしは電話をポケットにしまい、会話が途切れるのを待って言った。「ナット、ちょっと一緒に外に来てくれる？」

ナットは怪訝な顔をして、メルを見た。メルもわたしに目を向け、ふたりはこれまでになくそっくりに見えた。ティムは「リド、どうした？」と言った。ビルはなにも言わず、怪訝な顔もしなかったが——怪訝に思ったのは間違いない——テーブルに両手をついて、必要とあればいつでもわたしに手を貸せるよう、身構えた。

わたしはビルに小さくかぶりを振って、ナットを見て待った。

ナットは肩をすくめて、わたしのあとについて店の外に出た。

数歩進んで、ビルとティムのあいだに座っているメルの死角になるようにしたが、見ようと思えば見ることができそうだ。立ち止まって、ナットと向かい合った。「あれが兄でなければ、見逃してもよかった」わたしは言った。「でも、あなたは一線を越えたわ」

「なんの話？」いかにも苛立った口調と眉根を寄せた表情は、あまりに芝居がかっていた。

自由奔放な生活を送っていたのだから、もう少し演技がうまくなってもよさそうなものだが、いつも姉がかばってくれたので必要なかったのだろう。それに引き換え、わたしには姉がいない。

四人の兄だけだ。

「ティムに発砲したでしょう。オートバイに乗って。なんてことをしたのよ！　兄は死んだかもしれないのよ」

ナットはあっけに取られて目を丸くした。

「そんな顔をしても無駄よ」わたしは言った。「あくまでも白を切るつもり？　不可能よ。全部、知っているもの」実際のところなにひとつ知らないが、徹底的に追いつめない限り、真実を知ることはできないだろう。

　数秒後、ナットは表情を崩して誇らしげな笑みをうっすら浮かべた。「バイクを停めて撃ったもの。わたしをバカだと思っているの？　それに、命中させる気はなかった」

「失敗したら、どうするのよ！」

「するわけないわ。射撃の腕には自信がある。小さな銀色のリボルバーの話をしたじゃない」

「あきれた人ね。あなたは重罪を犯したのよ。それに、兄を心底縮み上がらせた。兄はわたしを責めたわ」

「ごめんなさい」

「心にもないことを。そこが肝心な点よ。あれはティムではなく、わたしを脅すためだった。メルの説得を急がせたかったのね」

「そうよ。あなたはちっとも説得する気がないみたいだった。フェニックス・タワーの建設に反対していることは、知っていた。わたしの抱えている問題なんか、取るに足らないと思ったんでしょう？」

「ジャクソン・ティンに手を貸して、わたしの生まれた街を破壊することに比べて？　そうね、そう思った」

「ほらね、やっぱり。だから、わたしの身になって考えさせようとした。アイアンマンが発砲されたことを聞いて、お兄さんが狙われたら本気になると思ったのよ」

「断っておくけれど」わたしは言った。「わたしは決して依頼人を見捨てない。できるだけのことをすると言ったでしょう。メルを説得して会館を売却させようとはしなかったけれど、別の方法でジャクソンの脅迫をやめさせようとしていたのよ」

「どんな方法？」

「彼が建設をあきらめれば、脅迫する必要がなくなる。そうよね？　でも、ジャクソンに脅迫されてあなたは慌てふためいた、ほんとうの理由を知る権利がわたしにはあるわ。あなたにとって、公表されるかどうかは問題ではなかった。ＤＮＡ検査がいやだったんでしょう。ＩＶＦの件を知られたくなかった」

ナットは固まった。

「長いあいだ子供ができなかったと、話したわね」わたしは言葉を続けた。「ＩＶＦのことは伏せていた。それを知ったとき、わたしは――」

「どうやって知ったの？」

「しっかりしてよ。わたしの仕事は、調査なのよ。隠し事をしているのが明らかだったから、あなたのことを調べた。これからも人を欺き続けたいのなら、演技教室かなにかに通ったら？」

ナットは頬を赤らめた。

わたしは言った。「あなたがＩＶＦに行ったことを知って、子供の父親はポールではなく、精子の提供を受けたのだと最初は考えた。だから、ＤＮＡ検査を受けたくないのだと。でも、ふたりともポールの子ね？　精子ではなく、卵子の提供を受けたんでしょう。メルがふたりの子の生物学的母親ね」

「あーあ、最悪」ナットは静かに言った。「最悪よ」それから「わかるでしょう?」と訊いてきた。

「完全にはわからない。検査をしたところで、ポールがマッティの父親だと証明されるだけよ。あなたのDNAは検査されないわ」

「いまはね。でも、マッティの検査結果が記録されるから、リスクは永久になくならない」

「マッティにずっと隠しておくつもり?」

「大きくなったら、話すわよ! 意地悪な義両親が子供たちを取り上げる心配がなくなったら。わたしがあの子たちの母親でないと知ったら――」

「あなたは母親よ。あなたはあの子たちを育てた。生まれる前も、生まれたあとも」

「あなたが義両親にそれを話しなさいよ。悪知恵の働く、こすからい東洋人だとかなんとか、ありとあらゆる悪口を並べてとどめにこう言う。大事な息子をだまして妻に収まったけれど、子供ができないものだから姉がひと役買って、息子の財産を吊り目の一家のものにしようとした。これでわかった?」

わたしは返事をしなかった。

「誇張していると思っているでしょうけれど、違うわ」ナットは唇を噛み締めて、目を逸らした。女たちが家族に夕食を作るために魚や野菜の入った買い物袋をさげて家に帰っていく。彼女たちはわたしたちを川の真ん中の岩のように避けていった。

「ポールは知っているの？」わたしは訊いた。

「当たり前じゃない！　そんな大事なことを夫に黙ってやる人がいる？」ナットの険しい面持ちは、悲しみに覆われた。「わたしならやると思っているのね」

「あなたがどんな人か、わたしは知らない。知っているのは、ここ数日間のことだけ。ええ、やりかねない気がする」

「でも違うのよ。わたしはそんなことはしない」ナットは鼻をすすって涙ぐんだ。たとえ名優でも、こんな演技は難しい。ナットにできるわけがない。「あの子たちはわたしの子供よ。ポールはわたしの夫。失いたくないの。絶対にいや。失ったら、死んでしまう。お願い。誰にも言わないで。ねえ、お願い。約束して」

　わたしは沈黙を続けた。

「お願い！　お兄さんには絶対に当たらなかったわ！」

　これまでの緊張と疲労、それに過度の糖分で神経がおかしくなっていたのだろう、わたしは突然吹き出した。約束を迫るナットの言葉を、とてつもなく滑稽に感じた。

　ナットはおずおずと微笑んだ。

「いいわ」わたしは言った。「でも、兄だけではだめ。今後、誰に対しても発砲しないと約束して」

「約束する」ナットの明るい微笑は、活発だった若き日を思わせた。「ありがとう」

　お互いに晴れ晴れした気分で〈タイパン〉へ向かってブロックを戻った。着くと同時に、メルがティムとビルとともに店を出てきた。

「どうしたの？」わたしは言った。

「タン・ルーリエンから電話があったのよ」メルは言った。「わたしに見せたいものがあるんですって」

47

「タン・ルーリエンが？」わたしは言った。「どこにいるの？　ジャクソンも一緒？　ふたりになにがあったの？」

「タンはリ・ミン・ジン会館から東に数棟離れた建物にいるわ。なにも訊く暇がなかった。会う場所を言って、すぐに電話を切ってしまったの。警察を連れてくるな、とつけ加えて」

「意外ではないわね」わたしは言った。「じゃあ、行きましょう」

「来てくれなくてもいいのよ」メルは言った。

「冗談よね？」

　メルはビルに目で尋ねた。ビルは言った。「行くとも」

「わたしも」と、ナット。

　むろん、ティムは言った。「あまり賛成できないな。罠かもしれない」

　メルは「タンがわたしにひどいことをするとは思えない。ジョニー・ジーにナットを解放させたのは、彼女だもの」と、かすかな微笑を浮かべてティムに請け合った。わたしは「怖いなら来ないで」と言おうとしていたので、兄は幸運だった。

　ティムは心底納得したふうではなかったが、みながせかせかと歩き出すと、歩調を合わせてついてきた。

ベイヤード・ストリートの封鎖は解除されていたが、リ・ミン・ジン会館の入口には立ち入り禁止のテープが貼ってあった。NYPDはこの機に乗じて埋蔵財宝を探しているのだろうか。会館の東側三棟目の建物で、メルは美容院の横にある戸口のブザーを押した。それに応じてブザーが鳴った。メルはドアを開けて、上階《うえ》のアパートに通じるみすぼらしい階段ではなく、パーマ液のにおいが染みついた廊下の奥にあるドアへ向かった。ドアの先は地下室への階段で、滅多に見かけない低ワットの裸電球がぽつんと灯っていた。メルは下に着くと、わたしたちがまだ階段を下りているあいだに「タン・ルーリエン?」と静かに呼びかけた。埃っぽい地下室の闇のなかに何本もの支柱や黒々と弧を描いて垂れ下がる電線、箱や建築資材の瓦礫がぼんやりと浮かんでいた。

少しして、より深い闇のなかから人影が現れた。タンはひそやかな笑い声を立てた。「友人と家族の集い?」

「警察を連れてくるな、とは言ったけれど」メルは落ち着いて答えた。「ひとりで来いとは言わなかったでしょう」

「たしかに」タンはわたしたちをじろじろ眺めたあと、背後の暗闇を振り返った。「ジャクソン?」

ジャクソン・ティンが姿を現した。

「待って」わたしは背筋が寒くなった。「これはサーカスの道化車（小さな自動車から大勢のピエロが出てくる芸）かなにか？　あと何人のギャングがそこに隠れているの？」

「ぼくはギャングではない！」と、ジャクソン。

「あら、そうかしら」

「あたしたちだけだ」タンは言った。「あたしもジャクソンも、アイアンマンとルーの抗争に巻き込まれるのはごめんだった。あんたたちが玄関から出ていくと同時に、あたしたちはこの地下室に来たのさ。あたしが去ったあと、ジャクソンはあたしに無理やり連れてこられたと主張することになっている」タンはジャクソンをじっと見つめた。薄暗いなかで、その表情を読み取ることはできなかった。

「去ったあと？」わたしは言った。「五分署が総力を挙げてあなたを捜しているのよ」

「見つけられやしないさ。でもその前に、マオリに見せたいものがある」タンはメルに向き合った。「あんたに話したとおり、あたしはあんたの伯父さんがチャン・ヤオズに託したメッセージの内容を知らない。でも、想像はついた。その想像をジョニー・ジーに話してしまってね。愚かだった」タンは頭を振った。「ジョニーは少しも変わっていなかった。昔から気が短くて性急なことで有名だったのよ。あたしはあんたが伯父さんのメッセージを知ったらどうするか見当がつかなかったけれど、とにかく様子を見るつもりだった。ジョニーは違った」

「どういう意味です？」メルは訊いた。「彼がミスター・チャンを殺したということ？」

「メッセージが伝わらなければ、あんたはそれに影響された行動を取らないからね。ジャクソンには最終期限が迫っていた。あんたがどう決断しようと、遅すぎるかもしれない。そう考えたジョニーは、最善と思った方法を取ったんだよ」

「メッセージですが」短い間を置いてメルは言った。「どんな内容ですか」

「自分の目で見るといい。さあ……」タンはぐるりと見まわして苦笑した。「さあ、みんなついておいで」

タンが先導する通路は急な角度で曲がりくねり、一度階段を下りて少し先で再び階段を上った。最初の階段と同じく暗かったが、西に向かって進んでいることはわかった。そこでタンが立ち止まってこう言ったとき、驚かなかった。「ここはあたしたちの会館の地下室だよ。おっと、失礼、マオリ。あんたの会館だね。リ・ミン・ジン会館」

訊くまでもないことを、訊かずにはいられないのが兄のティムだ。「なぜ、こんなところに連れてきた」

タンは無言で、積み上げられた箱や壊れた家具、石壁や漆喰、木材などの廃材や雑多ながらくた類を避けて進んだ。ボイラーの横で立ち止まって、奥の壁の一部をつかむ。いい加減に打ちつけたように見えるベニヤ板には、指が引っかかる程度の溝が作られていた。タンは押したり引いたりして板を動かし、横にずらした。

隠されていた背の低いドアの輪郭が、闇のなかでかろうじて見えた。

タンはポケットから銀色の鍵を出して、鍵穴に差し込んだ。

「では、ほんとうだったのね」メルはあっけに取られて言った。「ほんとうに宝が埋められていたのね」

タンは振り向いた。その顔にはこれまでに見たことのない、柔らかな微笑が浮かんでいた。「そう。ここに宝が埋まっている」ドアを開けて、タンは背を屈めてなかに入った。明かりが灯ったが、戸口の背が低いので見えるのは部屋の床だけだ。打ちっぱなしのコンクリート床にカーペットの端のようなものが見えたが、全体の様子がわかったのはメルの次に屈んで戸口をくぐって腰を伸ばしたときで、この部屋の意味を悟るまで一分近く要した。

いっぽうメルは、悟ることができなかった。わたしは彼女の視線を追った。高さ四フィートほどの磁器製の男女の人形が絹の衣装をつけ、台座に置かれた椅子に座っていた。カーペットから絡み合う龍と鳳凰の絵に視線を移す。壁にはほかにつがいの鴛鴦《おしどり》、雪の積もった枝に留まった鳥、桜の絵。椅子が二脚、人形と向かい合う位置に置かれている。地下室特有の湿った空気に香のほのかなにおいが混じり、先ほどの五ワットの裸電球ではないものの、照明は薄暗かった。タンが今しがたスイッチを入れた真鍮製の吊りランプが、室内を柔らかな光で満たしていた。

メルは声を潜めて言った。「なに、これ?」

ナットも演技ではなく、当惑して眉をひそめている。ビルは例によってポーカーフェイスを保っているが、途方に暮れているのが明らかだ。

でも、ティムは悟った。とどのつまり、わたしと兄は同じ家庭で育ったのだ。ふたりとも見たことはなかったが、これがなんであるかわかった。ティムは言った。「幽霊の結婚、冥婚だよ」

48

「なんですって?」ナットは言った。

ティムの返事を待ったが、いつもは説明するのが大好きなのに、珍しく黙っている。それに、心なしか顔色が悪い。もしかして、幽霊が怖い? きょうはティムにびっくりさせられてばかりいる。

代わりにわたしが答えた。「息子が未婚のまま他界すると」きれいな衣装をつけた、精巧に作られた人形を眺めて言った。「幽霊の妻を見つけてあげる風習があるのよ。いまでも行われていると思う。やはり未婚のまま亡くなった、誰かの娘をね。そうすれば、どちらも永遠にひとりで過ごさずにすむでしょう。ほら、女性の人形は赤、男性のほうは黒で彩ってある。それに、龍と鳳凰が絡み合っている絵。ここは新婚の夫婦のための寝室なの」わたしはタンのほうを向いた。「夫は、赤ん坊のときに亡くなったチョイ・メンの息子でしょう? 妻は、三歳で亡くなったロン・ローの娘。ふたつの堂《トン》が合併した真の理由はこれだったのね。ふたつの家族。結婚」

タンはうなずいた。「チョイ・メンの息子が亡くなったとき、妻は息子と離れたがらなかった。自分たちの住んでいるここに、この建物に息子を埋葬してほしいとせがんだのさ」タンは人形のうしろの壁に掛けられた二枚の位牌を指さした。「冥婚のため、ロン・ローの娘もここに運ばれた。夫と一緒になるために」

「メン伯父は家族にいつも我が家があることを望んでこの建物を買ったのよ」メルは言った。

「家族とは堂のことだと思っていた」

「堂も家族だった」タンは言った。「ふたつの家族。チョイ・メンは両方の家族のためにここを買ったんだ」

「リディア、あなたは墓地で」メルは先ほどから魅入られたように人形を見つめていた。「赤ん坊の墓はどこにあるのかと訊いたわね。ここだったのね。この位牌のうしろの埋葬室にあるのね」

「半分は正解で」タンは言った。「半分は間違いだよ」

　そのときわたしは、位牌に記された中国語を読んでいた。「あら！」と、声をあげた。「これ。この位牌は子供たちふたりの名前を一緒に記してある。もう一枚は――チョイ・メンの妻、あなたの伯母さんのニ・メイメイよ」

「伯母は墓地に埋葬されていなかったの？　メン伯父の墓石には――」

「〝永久に眠る〟と記してあっただろう」とタンは言った。「チョイ・メンは妻をここに埋葬したのさ。彼女が亡くなった場所に。ひとりぼっちで墓地にいないですむように」

「この部屋で亡くなったんですか？」

「ここで自殺した。息子の一周忌に」

メルははっとして、手を口に当てた。

「チョイ・メンはしょっちゅうここに来て、妻子と過ごしていた。毎日欠かさず、ときには一日に何度も。なぜ、この部屋を秘密にしていたのかわかるね？　そうした感傷は弱さと取られ、ボスにふさわしくないと思われる。でも、チョイ・メンはあたしに頼んだんだよ。チャン・ヤオズにも。自分が死んだら、妻と子供たちを墓地に移してもらいたい。そうすれば、みんなが一緒にいることができる。チャン・ヤオズはそれをあんたに伝えたかったんだろう」

「この部屋の鍵は」わたしは言った。「祭壇ではなく墓のそばに置くはずの、赤ん坊の位牌の前に置いてあった。ある意味では、しきたりを守ったことになるわね」

メルは人形とそのうしろの位牌を見つめた。「だから、メン伯父は会館の売却を拒んだのね。毎日ここに来て、家族と一緒にいたかったから」

「会館を堂ではなく、家族に遺したのもそれが理由ね」ナットが言った。

メルはうなずいた。「もちろん、この人たちを墓地に移すわ。しきたりに従って、正式に弔いましょう」間を置く。「でも」――ジャクソンの目を見て――「会館は売らない」

ジャクソンはぼんやりしていた。尊敬すべき亡くなった両親を持ち、銃に縁のない不動産開発業者として目覚めた彼には、さぞかし長い一日だったのだろう。「かまわないさ」と、我に返って言った。「プロジェクトを中止すると言っただろう。始めなきゃよかった。荷が重すぎる」

「そんなことはない」タンはなぐさめた。「あたしの息子、あたしとジョニーの息子に重すぎる荷などない。今後の心配はいらないよ。あたしやジョニーに二度と会うことはない」わたしたちが目の前のことに気を取られているあいだに、タンはドアの前に移動していた。「このドアはやわだからね。ミスター・スミスならたやすいものだろう。あたしはほんの数分あれば十分」メルを直視した。「よろしく頼んだよ、ウー・マオリ」ひょいとドアをくぐって、バタンと閉めた。

駆けつけてノブをまわしたが、外から鍵がかかっていた。「どいて」と、ビルがにやにやして言った。「たやすいものだ」思い切り蹴飛ばすと、ドアはあっさり開いた。

タンの姿はなかった。

49

「いつかそのうち」メアリーは、コーンを伝って落ちてくるジンジャーアイスクリームをせっせと舐めながら、言った。「殺される羽目になるからね。犯罪者か、わたしに」

「ほんとうにツー・スクープでなくていいの？」

「警官を買収する気？」

「おれはツー・スクープ」クリス・チェンが言った。傷病休暇中だが（メアリーは「かすり傷なのに」と、あきれ顔だった）、お詫びに〈チャイナタウン・アイスクリーム・ファクトリー〉でご馳走すると伝えると、いそいそ参加した。

「こっちも」と、ビル。

「あなたにもご馳走しないといけないの？　パートナーでしょう」

「だから？」

「まあ、いいわ。どうぞ」

クリスはコーヒーとバニラファッジ、ビルはウベのダブル・スクープ、最後のわたしはパイナップルアイスクリームとクレジットカード。コロンバス・パークへ歩いていって、フォークソンググループの近くでベンチに座った。

「タンは影も形もなし？」訊くと同時に、アコーディオンの演奏が始まった。

「喧嘩を売ってるの？」メアリーは警告した。

「それはないでしょう。依頼人が――」

「言わないで」

アコーディオンに竹笛が加わった。

「でも、ジョニー・ジーは送還するよ」クリスが言った。「チャン殺しの犯人だというタンの言葉は伝聞証拠だから使えないが、銃撃戦の最中《さなか》に現行犯逮捕したのは、香港へ送り返す十分な理由になる」

「マーク・チュワンには送還を知って喜ぶ友人が絶対に何人かいるわよ。連絡しておく。あとの人たちは？」

「ルーは回復に時間がかかるだろうな。年が年のところへもってきて肺を撃たれ、大量に失血した。アイアンマンは無謀な危険行為の容疑で留置している。あいつの銃の弾がロビーに散乱していたし、歩道のアスファルトにも三発めり込んでいた。ありがたくも」

「なんで、ありがたいの？」

「悪党ども全員をぶち込めたからさ。道路に弾があったということは、警察隊に向かって発砲したことになる」クリスはアイスクリームを食べ終えて、コーヒーを飲んだ。「これが精いっぱいだけど、重罪だからね、七年は食らう」

「では」わたしはおずおず言った。「タンは行方をくらまし、ルーは入院中、アイアンマンは勾留――リ・ミン・ジンを率いる人物はいないみたいね。そして、会館からの退去が迫っている」

メアリーは眉を上げた。「感謝してもらえるとは思っていないわよね」

「許してもらうことはできる？」

「できるかも」

「あら、依頼人が――」

「さっきも言った――」

「違うのよ。あそこに依頼人がいるの。こんにちは、メル。どうしてここに？　もう少し早ければアイスクリームをご馳走したのに」

「気にしないで。あとで食べるから。あなたのお兄さんとここで待ち合わせていたらみんなが見えたので、あなたの名誉を回復するチャンスだと思って。ほんとうに」メアリーを向いて言う。「わたしがいけなかったのよ」

「なにが？」

「あなたがリディアとビルに怒っていること」

「わたしはリディアが無鉄砲だから、そしてビルがそれを止めないから怒っているのよ。あなたのせいではないわ。このふたりとは腐れ縁なのよ。それにしても絶対に変わらないことってあるのよね。なにか言ってもエネルギーの無駄遣いだわ」

「うん、それは保証する」ビルが言った。

わたしは言った。「おれも」と、クリス。

「最重要事項に戻らない？」わたしは言った。「これから兄と会うの？」

メルはにっこりした。「ガオおじいさんがお兄さんについて言ったことは正しかったみたいよ」

「ガオおじいさんが？」わたしはびっくりした。「どう正しかったの？」

「初めて会った日にあなたたちが店を出ていったあと、おじいさんはこう話したのよ。ティムは自分で自分を老け込ませているが、心はまだ若者だ。それを見せる理由が必要なのだよ。見せたくなる相手も」

「ガオおじいさんがそんなことを？」わたしが言う傍《かたわ》らで、メアリーは鼻を鳴らすのをこらえていた。

「あ、来たわ」メルは言った。「じゃあ、また。ねえ、メアリー、ほんとうにわたしがいけなかったのよ」

メルは踵《きびす》を返して公園を出ていき、兄にキスをして腕を絡ませた。

「うわあ」ビルが言った。「お母さんが知ったら、大喜びするよ」

「チャイナタウンの噂網をとっくに駆け巡っているに決まっているでしょう。母はきのうの夜、ティムが賢くてチャーミングな同業のお嬢さんと巡り合ってよかった、とご満悦だったわ。もちろん、すごく意味深にこうつけ加えるのを忘れなかった——ティムの業種だから、そういう人が見つかるのよ」

「おやおや」ビルは言った。「つまり、ぼくは賢くてチャーミングではないということか？」

「おれは賢くてチャーミングだ」クリスは言った。

わたしもメアリーも、天を仰いだ。わたしはメルとティムのうしろ姿を見送った。歩行者を避け、露店を迂回して、平日の昼下がりのチャイナタウンを歩いていくふたりを。

解説

若林 踏

現代私立探偵小説の至宝。Ｓ・Ｊ・ローザンの〈リディア・チン＆ビル・スミス〉シリーズほど、このような形容が相応しい作品はないだろう。一九六〇年代後半から八〇年代にかけて数多くの私立探偵小説が生まれたが、九〇年代以降になるとその波は急速に衰えていく。かつてジャンルを支えていた幾つかの人気シリーズも完結もしくは作者の逝去などによって途絶えていくなかで、〈リディア・チン＆ビル・スミス〉シリーズは今もなお現役の私立探偵小説として変わらぬ魅力を放ち続けているのだ。

本作『ファミリー・ビジネス』は〈リディア・チン＆ビル・スミス〉シリーズの第十四作目に当たる長編で、本国アメリカでは二〇二一年に刊行された。翌二〇二二年にはアメリカ私立探偵作家クラブ（ＰＷＡ）のシェイマス賞最優秀長編賞を受賞している。シリーズものではあるものの、ひとつひとつの作品が独立した話として楽しめるように書かれており、本作から読み始めても何の問題もない。人物相関や描写も明快で読みやすく、私立探偵小説というジャンルに触れたことがない読者が入門書として手に取るのにも最適だと思う。

とはいえ登場人物の基本設定は知っておいて損はないだろう。本シリーズの主人公は二人いる。ひとりはリディア・チン。中国系アメリカ人で、世話好きだがちょっと口うるさいところもある母親と、四人の兄がいる。小柄だが非常にタフな面があり、道場通いで鍛えたテコンドーの腕前を生かして大立ち回りを演じることも多い。もうひとりの主人公、ビル・スミスはアイルランド系の中年白人男性。見た目はもっさりしていてワイルドな印象なのだが内面は繊細で心優しく、ピアノを演奏して心の安らぎを得るという一面を持つ。出自も性格も異なる二人がコンビを組み、私立探偵として数々の依頼をこなしていく、というのがシリーズの基本線である。

男女コンビの私立探偵小説という設定自体は、例えば〈リディア・チン&ビル・スミス〉シリーズと同時期にスタートしたデニス・ルヘイン（レヘイン）の〈パトリック&アンジー〉シリーズなどでも試みられている。〈リディア・チン&ビル・スミス〉が他のシリーズと決定的に異なっているのは、男女のペアが一作ごとに語り手を交代していく、という形式が取られていることだ。これは従来の一人称私立探偵小説にはない、画期的な試みだったといえる。

私立探偵小説の核となるのは、どのような人物を視点人物として据えるのか、という点である。作中ではその人物の目を借りて社会を描写することになる。だが視点を固定化すると、社会を様々な角度からフラットに見つめることは難しくなる。ましてや多様化が進む世界において、フェアネスを保ったまま一人称私立探偵小説のシリーズを書き続けることは出来ないのではないか。〈リディア・チン&ビル・スミス〉シリーズにおける語り手の交代という形式は、そうした私立探偵小説というジャンルが抱える限界を軽やかに飛び越えてみせるものだった。

生まれも育ちも性別も異なる人物を対等な立場に置き、複雑化した社会を出来得る限り公平に見渡す。この姿勢は一九九四年に発表された第一作『チャイナタウン』から一貫している。これこそが〈リディア・チン&ビル・スミス〉シリーズを私立探偵小説の至宝と呼びたい、一番の理由なのだ。

さて、本作『ファミリー・ビジネス』ではリディア・チンが語り手を務めることになる。物語はリディアが旧知のメアリー・キー刑事と一緒にいる最中に、チャイナタウンのギャングであるリ・ミン・ジン堂《トン》のボス、ビッグ・ブラザー・チョイが心臓発作で亡くなったというニュースを知るところから始まる。チョイは亡くなる数か月前から、チャイナタウンの再開発計画を進めようとする一派と対立していた。高層タワーの建設予定地にリ・ミン・ジン堂が拠点としている古い会館があるのだが、その売却にボスであるチョイが応じなかったのだ。再開発を巡る会館の売却についてはリ・ミン・ジン堂内でも意見が割れているらしく、ビッグ・ブラザー・チョイの死は再開発の関係者たちに波紋を起こすことは必至だった。

その波紋はやがてリディアとビルの元にまで広がることになる。ビッグ・ブラザー・チョイの姪で弁護士のメルことメラニー・ウー・マオリが、リディアとビルに仕事の依頼を持ち掛けてきたのだ。チョイは生前、会館をリ・ミン・ジン堂ではなくメルに遺すよう手続きを済ませていた。メルはチョイと同じく売却には反対の意向だが、それを快く思わないものもいるはずだ。そこでリディアとビルに、葬儀や会館に行く際の護衛を頼みたいという。依頼を引き受け、メルと行動を共にするリディアとビルだが、思わぬ事件に遭遇してしまう。リ・ミン・ジン堂の最高幹部であるチャン・ヤオズが他殺体となって発見されたのだ。

これまでのシリーズでもリディアが語り手を務める作品では、中国系アメリカ人が米国社会で置かれている状況やその歴史を背景にした物語が展開することが多かった。本作で主題として浮かび上がるのは、チャイナタウンの裏社会事情と、都市の再開発事情である。リ・ミン・ジン堂は香港から送り込まれたビッグ・ブラザー・チョイの手腕によって勢力を拡大、ニューヨークにおけるアンダーグラウンドを仕切るようになる。チャイナタウンの暗部を象徴する存在ではあるのだが、いっぽうでチョイ自身は家族思いで性差による差別には否定的、貧しい人間を追いやる再開発には反対など、一言で悪と切り捨てることは出来ない面も持ち合わせている。いっぽうリ・ミン・ジン堂や再開発にかかわる人間たちの思惑も複雑で、裏社会の人間たちも決して一枚岩ではない様相を呈しているのだ。

こうした絡み合う勢力図と人間模様のなかをリディアとビルが歩き回りながら、ビッグ・ブラザー・チョイの死を発端とした様々な出来事の背景を探っていくのが本作の主眼となる。この、リディアとビルが関係者に聞き込みを重ねて調べていく過程を追うだけでも楽しい。先述の通り、リ・ミン・ジン堂構成員をはじめとするチョイの周囲の人物にはそれぞれの思惑があり、リディアやビルに対して簡単に情報を渡さないだけではなく、逆に駆け引きを持ち掛けようとするのだ。そのような人間たちを相手に、リディアが機転を利かせて探偵としての仕事を全うしようとする場面が幾つか描かれる。探偵が欲しい情報を如何にして引き出すのかの興味で読ませる私立探偵小説の基本形にどこまでも忠実な作品なのだと、改めて思う。

ミステリとしてのポイントはもう一つ、謎解きの要素が優れていることも記しておきたい。護衛の依頼から一転、殺人事件に遭遇したことでリディアとビルの調査には犯人探しの様相が加わることになる。冒頭で引き受けた依頼から予想外の事件にかかわることになる、というのも私立探偵小説における常道ではあるが、実は犯人当てだけではない謎解きの興趣も途中から現れることになる。それはどういう類の謎なのかは伏せておこう。感心したのは真相へとつながる布石がしっかりと用意されていたことだ。初読時には全く気が付かなかったのだが、一度読み終えた後で再び頁を捲《めく》ってみると、枝葉だと思っていた箇所に実は重大な情報が含まれていたことに気付き愕然とする。謎解き小説の観点から見ても、周到な計算に基づいて書かれた作品だということが良く分かる。真相も驚くべきものであり、同時にこのシリーズだからこそ書き得た真相であると、大いなる納得感をもって読者は本を閉じるに違いない。この点を含めて本作は〈リディア・チン&ビル・スミス〉シリーズを読み始める入り口としてはもちろん、「本格謎解きミステリは読むけれど、私立探偵小説は読んだことがないな」という方にも広くお薦め出来る作品になっているのだ。

ところで本作を既に読まれた方は、作中でビルが「南部に行って以来、表現がとても豊かになったね」というような言葉をリディアに投げかける場面にたびたび出くわしたと思う。この「南部に行って以来」とは、シリーズ長編第十二作目の『南の子供たち』におけるエピソードを指す。『南の子供たち』もリディアが語り手の作品だが、舞台はニューヨークではなく南部のミシシッピである。そこでリディアは南部における中国系移民の生活を垣間見るとともに、南部に根強く残る差別の現状に直面することになった。同作が優れているのは、そうした差別や分断の有り様が単純化されたものではなく、微妙な立場の差から生まれるグラデーションのようなものとして描かれていることである。ミシシッピにはリディアの親戚に当たる人物が暮らしており、彼にかけられた殺人容疑を晴らすことを母親を通して依頼され、リディアは南部に赴くのだ。『南の子供たち』はリディア自身の事件といっても差し支えなく、そのなかで彼女は複雑な世界の有り様を目の当たりにする。実は『ファミリー・ビジネス』でもリディアの身近な人が事件にかかわることになり、都市部における中国系アメリカ人の複雑なコネクションを見ることになる。つまり『南の子供たち』も『ファミリー・ビジネス』も、複雑かつ多様化が進む社会の様相を探偵役が自身のルーツや家族の問題として捉え、受け止めていく物語なのだ。あらゆる物事が単純な二項対立に落とし込まれ、攻撃的な言葉で分断を煽る動きが世界各地で進むなか、複雑な世界を柔軟に受け止めようとするリディアやビルのような視点は、今後ますます重要かつ貴重なものになっていくのではないだろうか。シリーズの続編としては長編第十五作目の *The Mayors of New York* が二〇二三年に刊行されている。出来れば一作でも多くシリーズが続き、リディアとビルに世界の有り様を見つめていてもらいたい。

訳者紹介　東京生まれ。お茶の水女子大学理学部卒業。英米文学翻訳家。主な訳書、ローザン「チャイナタウン」「ピアノ・ソナタ」、デ・ジョバンニ「集結」「誘拐」、フレムリン「泣き声は聞こえない」など。

ファミリー・ビジネス

2024年12月20日　初版

著　者　S・J・ローザン

訳　者　直《なお》良《ら》和《かず》美《み》

発行所　（株）東京創元社

代表者　渋谷健太郎

162-0814 東京都新宿区新小川町1-5
電　話　03・3268・8231-営業部
　　　　03・3268・8201-代　表
URL　https://www.tsogen.co.jp
組　版　フォレスト
暁印刷・本間製本

乱丁・落丁本は、ご面倒ですが小社までご送付ください。送料小社負担にてお取替えいたします。

ISBN978-4-488-15317-5　C0197

創元推理文庫

別れを告げるということは、ほんの少し死ぬことだ。

THE LONG GOOD-BYE◆Raymond Chandler

長い別れ

レイモンド・チャンドラー 田口俊樹 訳

◆

酔っぱらい男テリー・レノックスと友人になった私立探偵フィリップ・マーロウは、テリーに頼まれ彼をメキシコに送り届けて戻ると警察に拘留されてしまう。テリーに妻殺しの嫌疑がかかっていたのだ。その後自殺した彼から、ギムレットを飲んですべて忘れてほしいという手紙が届く……。男の友情を描くチャンドラー畢生の大作を名手渾身の翻訳で贈る新訳決定版。(解説・杉江松恋)

大人気
冒険サスペンス・シリーズ!

〈猟区管理官ジョー・ピケット〉シリーズ

C・J・ボックス◎野口百合子 訳

創元推理文庫

発火点
越境者
嵐の地平
熱砂の果て
暁の報復

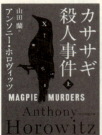